홀로 쓰고,
함께 살다

조정래 ————

등단 50주년 기념 | 독자와의 대화

홀로 쓰고, 함께 살다

해냄

즐겁고 솔직하고 진지한 대화를

올해로 글 인생 50년이 되었다. 문인이 되었을 때 글 쓰며 사는 세월 반백 년이 이리도 빠르게 흘러갈 줄 몰랐었다. 흘러간 세월의 허망감이 문득 인생무상을 불러온다. 그런데 저쪽 책꽂이에서 그동안 내가 써낸 책들이 나를 위로하려고 든다. 저희들이 있잖아요, 하며.

작품집들을 보면 유상(?)한 세월이었는데 나이를 생각하니 깊은 무상감을 떼치기 어렵다. 그게 어찌할 수 없는 인생살이 감상이 아니랴.

글쓰기 50년 세월을 그냥 보내기 서운해하는 출판사와 협의한 것이 『태백산맥』『아리랑』『한강』의 개정판 출간이었다. 30여 년 만에 세 작품을 여기저기 손질하고 다듬고 나니 어딘가 허전했다. 그 일로 50년을 기념하기에는 무언가 모자라고 찜찜했다. 그래서 그

빈자리를 채우기 위해서 생각해 낸 것이 이 '독자와의 대화'였다.

내 글쓰기 인생 50년이 건강하게 이어져올 수 있었던 것은 수많은 독자들께서 내 작품들을 지속적으로 아끼고 사랑해 주신 덕이었다. 그런데 그동안 책만 읽어달라고 했을 뿐 내가 정겹게 해 드린 것이 아무것도 없다. 그래서 이번에 허심탄회하고 즐겁고 솔직한 대화의 자리를 마련하기로 한 것이다.

그런데 이것은 새로운 시도는 아니다. 10년 전 40주년 때 『황홀한 글감옥』을 엮었으니까 이번이 두 번째 대화집이 되는 셈이다. 그러나 그 내용은 전혀 다르다. 그 두 권을 합하면 '작가 조정래'에 대해서 한결 더 구체적이고 종합적으로 알 수 있게 되지 않을까 싶다. 문학관·인생관·역사관·사회관·세계관·문학론 등을 꾸밈없이 말하려고 했다.

질문자 모두에게 성실하고 진지하게 응답하고 싶었다. 그러나 응답을 듣지 못하게 된 분들도 적지 않다. 질문이 지극히 사사롭거나, 지나치게 흥미 위주라 응답할 의미가 희소한 것들은 제외할 수밖에 없었다. 응답을 듣지 못하게 된 분들은 이 점 널리 이해하여 주시기 바란다.

이 글이 젊은이들에게 조금이나마 도움이 된다면 더 바랄 것이 없겠다. 그러나 이것이 바로 과욕일 수도 있다.

2020년 8월을 보내며

2부

3부

1부

문학과 인생, 인생과 문학

저는 글이 잘 풀리지 않고 막힐 때 사회의 관대함에 편승한 예술가의 낭만의 방법을 택하지 않고 단호히 거부했습니다. 그리고 글이 제가 뜻하는 바대로 풀릴 때까지 저를 학대하듯이 다그치며 책상 앞으로 더욱 더 바짝 다가앉으며 펜을 부르쥐었습니다. 그리고 반드시 만족할 만큼 글을 써내고는 의자에서 일어나고는 했습니다. 자기의 예술작업은 자기가 끝끝내 해내야 하는 것이고, 그 자기와의 싸움은 송곳으로 자기를 찌르듯 하는 치열한 노력을 바치면 반드시 해결되고, 자기와의 싸움에서 이긴 그 승리의 성취감은 다음의 원고를 자신 있게 써나갈 수 있는 원동력이 됩니다.

일러두기
* 이 책은 조정래 작가의 등단 50주년을 맞아 공모를 통해 독자분들께 질문을 받고 선정하여 작가의 답변과 함께 엮었습니다.
* 질문의 내용이 중복되거나 답변이 중복되는 질문일 경우, 한 사람의 질문을 대표로 넣거나 하나의 질의응답으로 묶었습니다.

문학, 길 없는 길

　저는 선생님의 소설을 한 편도 빼놓지 않고 다 읽은 문학 지망생입니다. 선생님, 존경합니다. 선생님은 소설에서 단연 최고봉이십니다. 저도 꼭 선생님처럼 되고 싶습니다. 선생님처럼 되는 데, 선생님께서 실천해 오신 가장 좋은 방법, 꼭 실천해야 하는 것을 한 가지만 가르쳐주십시오. 죽기를 각오하고 저도 따라 하겠습니다. '문학은 가르치는 것이 아니라 깨닫는 것'이라고 말씀하셨지만, 저에게 꼭 한 가지만 가르쳐주십시오. 선생님 작품을 다 읽었으니 이제 저도 『태백산맥』 필사를 시작할 작정입니다. 존경하는 선생님, 이렇게 질문할 기회를 갖게 되어 끝없는 영광이고, 한없이 행복합니다.

박경민(20대, 전남 목포시)

　정말 '죽기를 각오'했습니까? 그 각오를 하기 전에 '소설을 쓰지 않는다면' 또는 '소설을 쓰지 못하게 방해를 당한다'면 '차라리 죽을 수밖에 없다' 또는 '차라리 죽는 게 낫다' 이러한 결의도 수십 번씩 반복, 확인했습니까?

　귀하의 질문을 열 번 이상 거듭 읽으며 그러한 진정성을 확인하려고 했습니다. 죽음을 맞대면한 자아 결의와 확인 없이 감상적으로 예술의 길을 선택했다가는 십중팔구 실패하기 때문입니다.

　귀하가 『태백산맥』까지 필사하기로 했다니 어느 만큼 그 진정성에 믿음이 가긴 합니다. 그런데 이 대목에서 한 가지 충고를 하고자 합니다. 『태백산맥』을 필사하는 데 들어가는 세월(예, 분명 '시간'이 아니라 '세월'입니다)이면 좋은 장편 100여 편을 읽어낼 수 있을 것입니다. 어느 편이 더 효과적일지는 치밀하고 냉정하게 판단하시기 바랍니다.

그런데 귀하가 뜻밖에도 두 가지를 다 하겠다고 말하고 있습니다. 예, 그렇다면 그보다 더 좋은 습작 방법은 없습니다. 만약 귀하가 즐거움 속에서 그 두 가지 일을 성공적으로 끝낼 수 있다면 귀하는 틀림없이 좋은 작가가 될 수 있을 것입니다. 그 두 가지 일이 야말로 좋은 작가가 될 수 있는 가장 기본적인 습작이며, 가장 치열하고 치밀한 습작인 동시에 가장 효과가 큰 습작 방법이기 때문입니다.

강렬한 인상이 박히도록 결론만 딱 잘라서 말하려고 했는데 귀하가 보인 진정성 때문에 서론이 너무 길어졌습니다. 이렇게 그저 길게 쓰는 것이 저의 가장 큰 단점이니 용서하시기 바랍니다. 그러나 무슨 일에 대해서나 무작정 길게 쓸 수 있는 힘, 이것은 바로 소설을 쓸 수 있는 기본 조건을 실하게 갖춘 것이라 할 수 있습니다. 그와 반대 현상에 대해서는 굳이 말하지 않겠습니다.

귀하가 원하는 꼭 한 가지 방법은 바로 이것입니다.

문학, 길 없는 길

읽고 읽고 또 읽고

생각하고 생각하고 또 생각하고

쓰고 쓰고 또 쓰면

열리는 길

이것은 제가 문학을 시작할 때 가슴벽을 깊이 파 새기고 지난 50년 동안 한시도 잊은 적 없이 곱씹고 곱씹고 또 곱씹어온 경구였습니다. 저는 위의 세 가지를 지금까지 문학인생 50년 동안 끊임없이, 줄기차게, 치열하게, 끈덕지게 실천해 왔습니다. 그 지치지 않은 노력의 결과가 오늘의 저를 만들어주었습니다.

그런데 그 세 가지는 제가 생각해 낸 것이 아닙니다. 그것은 저 중국의 시인 구양수가 다독(多讀), 다작(多作), 다상량(多商量)이라고 한 것을 제가 한글로 변주시키고, 두 번째와 세 번째의 순서를 바꾼 것입니다. 그래야 창작에 이르는 길이 바른 순서가 되기 때문이었습니다.

그리고 제목으로 삼은 '문학, 길 없는 길'은 화엄경에 담긴 부처님의 말씀입니다. 물론 부처님께서는 문학이 아닌 '도(道)'에 대해서 '길 없는 길'이라 하시고, '도의 길은 스스로 찾아가야 하는 길'임을 설하신 것입니다.

그런데 제 인식으로는 어디 도의 길만 길 없는 길이겠느냐, 문학도 인생도 길 없는 길이 아니랴 싶어 슬쩍 빌려다 쓴 것입니다.

그 세 가지는 누구나 다 아는 것입니다. 고등학교 작문 시간에 배우는 것이니까요. 그리고 그 내용 또한 지극히 쉽습니다. 그러나 쉼 없이 지치지 않고 실천해 나가기는 어쩌면 가장 어려운 일일지도 모릅니다.

제 경험으로는 그보다 더 효과가 큰 문학하는 방법은 없습니다. 그 쉼 없는 정신작업 속에서 뇌의 작동은 날로 윤기를 발하며 민활해지고, 그 동력을 받아 사고력은 더욱 새로운 생각들을 촉발시키고, 그 자극은 작가의식에 언제나 늙음을 모르는 젊은 활력을 제공하고, 그것들은 서로 상호작용하며 영혼이라는 용광로에서 창작적 마그마를 끝없이 조성시켜 영감으로 분출시키는 것입니다. 그 세 가지의 치열한 실천은 이런 체험을 언제나 실감케 해주면서 계속 새로운 작품을 쓰게 해줍니다. 그러니 작가는 세월의 나이만 먹을 뿐 정신은 언제나 싱싱하게 젊을 수 있습니다.

그 문학하는 방법은 100년 후에나 200년 후에도 그 생명이 창창할 것입니다. 구양수 이후 지금까지 창창했듯이(이 세 가지에 대해서는 『황홀한 글감옥』에서도 자세히 언급하고 있습니다. 그런데 또 새롭게 쓰는 것은 그만큼 중요한 문제이기 때문에 강조하기 위해서입니다. 그리고 같은 주제를 다르게 말하는 방법도 비교해 보십시오. 그것도 글쓰기 공부이니까요. 그 두 가지를 합해 놓으면 이해와 납득이 더 완벽해질 것입니다).

작가로서의 재능 판별법

저는 국문과에 다니고 있습니다. 작가가 되는 꿈을 품고 4학년이 되었는데도 저는 저의 재능에 대해 회의에 빠져 있습니다. 저에게 글 쓸 수 있는 재능이 있는 것인지 없는 것인지, 제가 작가가 될 수 있을지 없을지, 생각할수록 점점 더 혼란해지고 회의가 깊어집니다. 선생님, 선생님 같으신 분은 이런 회의를 안 느끼셨겠지요? 자기 스스로의 재능이 얼마인지 알아내고 판단할 수 있는 방법이 뭐가 있습니까? 선생님께서는 그런 것을 다 아실 것 같습니다. 꼭 좀 알려주십시오. 이런 질문 드려 죄송합니다.

신동현(20대, 부산광역시 동래구)

귀하의 고민을 충분히 이해합니다. 귀하의 모습은 57년 전쯤 대학생이었던 바로 저의 모습이니까요. 그때 저도 귀하와 똑같이 저의 재능에 대해 꽤나 회의하고 있었습니다. 그리고 옆의 동급생들도 똑같은 고민에 빠져 있었습니다. 그런데 서로 잘난 척하는 객기로 뻐겨대며 그런 내심을 감추고 있을 뿐이었습니다. 그런 사실은 10년이고 20년이 흘러 서로 문인이 된 다음에 술자리에서 털어놓았습니다.

귀하가 먼저 안심할 것은, 지금 귀하 혼자만 자신의 재능에 대한 회의에 빠져 있는 것이 아니라는 사실입니다. 문학을 하고자 하는 귀하의 동료 모두가 똑같은 고민과 회의에 빠져 있습니다. 다만 자존심 때문에 그런 내심을 드러내거나 실토하지 못하고 그 반대로 글쓰기에 자신이 있는 척 감정을 위장하고 있는 것입니다.

모든 예술가들의 숙명적 고뇌

거듭 말하지만 모든 예술은 일단 '재능'을 타고나야 합니다. 그런데 그 재능이라는 놈이 분명 존재하면서도 실체 형성을 하지 않은 무형체이기 때문에 계속 문제가 생기는 것입니다.

음악계의 1등 천재를 베토벤으로 꼽는 것에 이의를 제기할 사람은 아무도 없습니다. 미술계에서 최고 천재라는 것을 객관적으로 인정하는 것이 최고 그림값을 계속 경신하고 있는 반 고흐의 그림들입니다. 셰익스피어가 문학계의 압도적 천재라는 것은 그의 희곡들이 전 세계에서 가장 많이 공연되었다는 점이 입증하고 있습니다.

그런데 그 천재들도 청년 시절에 하나같이 자기들의 재능에 대해서 회의하고 고민했다고 합니다. 그리고 기성 작가들이 되고서도 그 정신적 올가미에서 벗어나지 못했습니다. 왜냐하면 예술은 끝없이 '새롭게' 만들어내야 하는 작업이기 때문입니다. 그 '새롭게'는 모든 예술가들의 목에 감겨 있는 올가미이고, 죽을 때까지 벗어날 수 없는 형틀입니다. 바로 그 '새롭게'가 모든 예술가들에게 자신의 재능에 대해 회의하게 만드는 잔인한 고문기입니다.

예술가들이 새 작품을 만들어낸다는 것은 거칠게 밀어닥치는 파도를 헤쳐나가야 하는 것과 같습니다. 아무도 도와주는 사람 없이 오로지 혼자서. 그 실존적 고독은 '새롭게'에 좌절할 것인가, 극복할 수 있을 것인가 하는 치열하고 처절한 대결입니다. 그 '새롭게'의 파도 저편에는 예술 감상자와 향유자들이 '이번에는 어찌하는지 보자' 하는 자유로운 특권을 가지고 느긋하게 기다리고 있습니다. 예술가들은 '새롭게'를 실현시키려고 온갖 고통 속에 몸부림치며 새 작품을 내놓습니다. 그다음 순간 감상자와 향유자들은 자기들의 자유로운 특권을 맘껏 행사합니다.

"이거 별것 아니네!"

"요거 그게 그거잖아!"

"새로운 게 없이 시시해."

이런 냉혹한 평가 앞에서 살아남을 수 있는 예술가는 아무도 없습니다. 예술가들은 그 흉탄을 피하기 위해서 최선을 다하며 동시에 자신의 재능에 매번 고뇌와 회의를 반복하게 됩니다. 예술의 길은 이렇듯 괴롭고 외로운 극기의 길입니다.

자기 재능 판별법

많은 심리학자들이 인간에 대해 오래 연구하고 동의한 결론이 있습니다.

'인간이 가장 하기 어려운 일이 자기를 객관화하는 것이다.'

그 반증이 바로 '인간은 남의 결점은 잘 알면서 자신의 결점은 잘 모른다'는 것입니다. 그래서 야기되는 인간사의 숱한 말썽이며 비극을 미리 막아내기 위해서 일찍이 예수께서는 '내 탓이로소이다, 다 내 탓이로소이다'를 일깨웠는지도 모릅니다.

자기가 예술적 그리고 문학적 재능이 있는지, 없는지를 스스로 판별해야 하는 일은 바로 '자기를 객관화하는, 인간으로서 가장 하기 어려운 일'을 시도하는 것입니다. 그 어려운 일의 가장 쉬운 요령을 알려드리겠습니다.

첫째, 누가 시키는 것이 아니고 배고픔처럼, 목마름처럼 글을 쓰고 싶은 마음이 자꾸만 동해야 합니다. 글을 쓰고 싶은 욕구가 스멀거리는 가려움처럼 일어나고, 어떤 부당한 일을 보거나 슬픈 일을 목격하면 글로 써서 세상에 알리고 싶은 마음을 참기 어려워지고 해야 합니다.

둘째, 그 어떤 계기로든 글을 쓸 때마다 남다른 생각과 특이한 발상이 일어나야 합니다. 그것이 바로 재능의 핵심을 이루는 개성과 창의력의 발동입니다. 이 능력이 내재되어 있다는 것은 커다란 보물 덩어리를 품고 있는 것이나 마찬가지입니다. 그건 소중하고도 귀한 글쓰기의 자산입니다.

셋째, 같은 소재와 주제로 두 번, 세 번 글을 쓰는데도 각기 색다르고 특출하게 써낼 수 있느냐, 없느냐 하는 문제입니다. 다시 말하면 어머니, 민족분단, 반일 불매운동, 노을, 낙엽, 동백꽃 등에 대해서 두 번이든 세 번이든 다른 표현, 다른 문장, 다른 논리, 다른 전개로 각기 다른 글을 써낼 수 있느냐, 없느냐 하는 것입니다.

두 번째에 이어 세 번째도 가능하다면 그 사람은 글 쓰는 데 필요한 재능의 60퍼센트 이상을 확보했다고 할 수 있습니다.

넷째, 일기를 날마다 대학노트 한 장씩(2페이지) 써나갈 수 있는가 하는 것입니다. 이것은 소설에 국한된 문제입니다. 소설은 기본적으로 길게 써나가야 하는 '이야기'입니다. 소설의 이야기성을 확보하려면 무슨 이야기를 쓰든 간에 무작정 길게 써나갈 수 있어야 합니다. 그 능력의 부족으로 중도 작파하는 소설가들이 뜻밖에도 많습니다. 그 이야기꾼의 필력도 중요한 재능 중의 하나입니다.

다섯째, 세계적으로 유명한 소설들을 읽고 감동받는 것은 당연한 일입니다. 감동이 크기 때문에 세계적인 작품이 된 것이니까요. 그런데 감동받은 그다음이 문제입니다.

'어어……, 내가 쓰고 싶은 이야기를 다 써버렸네.'

'허, 아주 잘 썼네. 그런데 말야……, 그걸 그런 방법 말고, 다르게 쓸 수도 있잖아? 나도 새로 쓸 수 있겠는데…….'

이 두 가지 독후감 중 어느 것이 귀하의 것이면 좋겠습니까? 그것이 객기여도 좋고, 만용이어도 좋습니다. 귀하의 독후감이 후자라면, 명작들을 읽을 때마다 그런 독후감이 생긴다면 작가가 될 수 있는 재능 100퍼센트를 갖춘 것입니다.

귀하가 자신만만하게 다섯 가지를 다 갖췄다고 확인되었으면 전혀 망설일 것 없이 작가의 길로 뛰어드십시오.

그러나 그것으로 성공적인 작가의 길이 보장되는 것이 아닙니다. 그 외에도 또 그와 같은 비중을 가진 두 가지 중대한 요건이 있습니다. 그러나 그것을 여기서 다 말할 수는 없습니다. 왜냐하면 그 두 가지는 귀하의 질문에 포함되지 않기 때문입니다.

다른 분들이 각각 한 가지씩 질문하셨으니 그 응답을 함께 들어주시기 바랍니다.

한 가지 명기해야 할 사실이 있습니다. 재능이란 예술의 세계에서만 필요한 것이 아닙니다. 우리 인간의 세계에는 헤아릴 수 없도록 수많은 직종들이 있습니다. 그 직종들은 전부 다 우리 인간 생활에 꼭 필요한 것이기 때문에 생겨났습니다. 그리고 사람들은 그 다양한 직종들에 어울리는 온갖 재능들을 가지고 태어났습니다. 그 다채로운 재능의 향연이 우리 인간사회의 약동적인 모습일 것입니다. 그 여러 재능들도 성공적 열매를 맺으려면 소설 쓰기에서와 마찬가지로 두 가지가 더 보태져야 합니다.

오늘의 조정래를 있게 한 것은 무엇입니까

선생님의 말씀 중에 도저히 믿어지지 않는 것이 한 가지 있습니다. '나의 재능은 40퍼센트이고, 나머지 60퍼센트는 노력으로 채웠다.' 선생님 같으신 분이 재능이 40퍼센트밖에 안 되다니요. 누구나 천재라고 인정하고 있는걸요. 혹시 노력의 중요성을 강조하려고 그렇게 말씀하신 것 아닌가요? 그것이 아니라면 작가로서 겸손을 보이시는 것인가요? 아무리 생각해도 헷갈려서 알 수가 없습니다. 선생님께서는 '작가는 오로지 진실만을 말해야 하는 존재'라고 하셨습니다. 제가 알고 싶어 하는 진실을 말씀해 주십시오.

서슬기(30대, 경북 경주시)

귀하는 저의 소설만 읽은 것이 아니라 다른 산문들도 읽으신 모양이군요. 진실을 말하라고 추궁하는 것을 보니.

예, 그 진실을 한마디로 말하겠습니다.

"예, 오늘의 저를 있게 한 것은 재능이 아니라 노력입니다."

제가 저의 글 쓰는 재능을 알아차린 것은 나이를 따라 몇 단계가 있습니다.

1단계: 초등학교 때 아버지가 만들어준 문집에다 동요 동시를 계속 지어가며 여러 차례 글짓기 상을 탔을 때.

2단계: 중학교 때 방학만 되면 두 여동생의 글짓기와 공작 숙제는 저의 차지가 되었는데(어머니의 강압과 성화에 의해서), 그 글짓기가 번갈아가며 1등상을 타올 때.

3단계: 고등학교 때 서울 시내 고등학교 문예반 학생들이 모인 서클에서 글짓기 발표를 하면 늘 선생님이 첫 번째로 뽑아 낭독하고 합평에 부칠 때.

4단계: 대학신문 학술상 모집에서 창작 부분 1등상을 타고, 그 상금의 일부로 애인 김초혜에게 검정 가죽 손지갑을 사주었을 때(김초혜는 그 낡은 손지갑을 지금까지 간직하고 있음. 내가 김초혜를 사랑하는 만큼 김초혜도 나를 사랑하고 있는 것이 틀림없음).

이런 확인을 거쳐 저는 저의 문학적 재능을 믿게 되었고, 그 믿음을 힘과 무기 삼아 문학에 제 인생을 걸기로 작심하고 결심했습니다. 그런데 첫 단계의 시련이 닥쳤습니다. 국문과에 입학하는 모든 학생들은 문인이 될 찬란한 꿈을 품고 있습니다. 그리고 그 꿈을 졸업하기 전에 꼭 이루겠다는 꿈을 또 꾸게 됩니다. 그러나 꿈은 으레 빗나가기 때문에 꿈인지도 모릅니다. 학년이 올라갈수록 글쓰기를 포기하는 학생들이 늘어갑니다. 그래서 4학년에 이르면 30명 중에서 대여섯만 남습니다. 그리고 졸업할 때 보면 문인의 꿈을 이룬 자는 하나도 없습니다. 대충 보면 5년이나 10년에 한 명쯤 그 꿈을 이루게 됩니다(그런데 김초혜는 기막히게도 대학 2학년 때 시인이 되었습니다. 그리고 저는 그 여학생의 애인이 되었습니다. 졸업할 때까지 등단을 하지 못한 빈손이었으니 문학사업에는 실패하고 청춘사업에만 성공한 셈입니다. 그런데 이 글을 쓰다가 슬그머니 생각난 것인데, 청춘사업하느라고 문학사업에 실패한 것은 아닐까 싶기도 합니다. 그렇다고 김초혜한테 손해배상을 청구할 마음은 전혀 없습니다. 그때 김초혜를 잡지 않았더라면 저는 소설가 자체가 되지 못하고 갈팡질팡했을 확률이 훨씬 크니까요. 얘기가 나온 김에 이 얘기도 마저 해야 되겠습니다. "그때 날 뭘 보고 애인을 삼고, 결혼까지 한 거야? 등단도 못 했고, 물려받은 돈 한 푼 없는 가난뱅이였는데." 저는 이 말을 가끔씩, 지난날을 회고하며 최근까지도 아내한테 묻고는 했습니다. 그때마다 아내는 곱게 웃으며, "이렇게 될 줄 다 알았어요. 내 눈에는 다 보였으니까요." 이렇게 대답하곤 했지만, 아내는 아슬아슬한 인생 곡예와 인생 투기를 한 셈입니다).

저에게 닥친 두 번째 시련은 억울하게 3년 6개월의 군복무(청와대를 '까부스러 왔다'는 김신조 부대의 남파로 군복무가 무조건 6개월 연장되고, 향토예비군이 창설되었다. 남북한의 그 짓들이 바로 분단을 악용해 서로의 독재정권을 유지해 나갔던 '적대적 상호의존관계'였다)를 마쳤어도 등단이 되지 않았습니다. 그때 이미 장가를 들었기에 백수의 신세란 참으로 참담했습니다. 남자 노릇도, 남편 노릇도 못하는 그 괴로운 시간을 글로 바꾸어 원고지 한 칸, 한 칸을 메꾸어나가면서, 정말 문학을 해야 하는가를 깊이깊이 회의했습니다.

국어 선생을 하게 되면서 직장이 생겼고, 마침내 소설가도 되었습니다. 낮에 열심히 가르치고, 밤에 또 열심히 글을 썼습니다. 젊기도 했지만 소설에 내한 열성 때문에 그 밤잠 모자라는 이중생활이 전혀 힘들지 않았습니다. 새 소설에 대한 생각이 봇물 터지듯, 샘솟듯 하며 줄지어 떠오르니 그 신명 앞에 피로는 기가 꺾일 수밖에 없었습니다.

그런데 세 번째 시련이 닥쳤습니다. 유신 바람에 주제 강한 제 소설들이 거슬리게 된 것입니다. 육군대학 총장 출신 교장의 노골적인 억압이 나날이 심해졌고, 저는 사표를 낼 수밖에 없었습니다. 교직을 버리는 것은 안정된 생활의 파탄을 뜻합니다. 그때는 사회의 경제력이 빈약해 출판사들은 번역물이나 내면서 연명하고 있었고, 전업작가란 꿈도 꿀 수 없는 빈궁의 시대였던 것입니다.

저는 경제력 불안한 생활을 연명해 가면서 앞으로의 문학인생을 심각하게 검토하기 시작했습니다. 평생 글을 쓰면서 사는 일생에 대한 총체적인 점검이었고, 문학하는 태도에 대한 정립이었고, 문학인생의 목표 설정이었습니다.

그 냉정하고 치열한 시간을 거쳐가면서 어느 날 선배 여류소설가 부부와 우리 부부가 산정호수로 여행을 하게 되었습니다. 저녁 자리가 술자리로 이어지고 있었습니다. 화제야 물론 문학 이야기였습니다.

"김××도, 황××도 당대적으로 볼 때는 선배고 선생님이지만 100년 단위의 문학사로 볼 때는 동급일 뿐입니다."

술기운에 실려 제 입에서 불쑥 나간 말이었습니다.

"아니, 조정래 씨!"

선배 문인은 깜짝 놀라며 더 말을 잇지 못했습니다. 그리고 저를 쳐다보고 있는 그 눈은 '너 미쳤어? 정신이 있어, 없어? 감히 어떻게 그따위 소릴 해?' 하는 말을 여실하게 담고 있었습니다.

저는 더 말하지 않았고, 그 자리는 어색한 채 끝나고 말았습니다.

우리 방으로 돌아오며 저는 불안하기 짝이 없었습니다. 괜히 객기 부린다고, 눈치 없이 분위기 망쳤다고, 싫은 소리를 단단히 들을 것 같았기 때문입니다. 아내는 시인답게 감각이 예민할 뿐 아니라 대인관계에서 예의에 어긋나는 일이 없었고, 말실수 같은 것을 전혀 하지 않는 깔끔한 성품이었던 것입니다.

그런데 아내는 아무 말도 하지 않았습니다. 며칠이 지나도 그 일을 잊은 듯 아내는 아무 눈치도 보이지 않았습니다.

그때서야 저는 알아차렸습니다. 아내는 제가 그저 술기운으로 아니면 객기에 넘쳐 즉흥적으로 한 말이 아니라는 것을, 무슨 생각 끝에 내놓은 말이라는 것을 그 나름으로 헤아린 것 같았습니다.

예, 제가 한 그 말은 문학인생을 심각하게 검토한 끝에 나온 목표 설정 바로 그것이었습니다.

'100년 단위 문학사와의 싸움!'

그 싸움을 승리로 이끌 수 있는 무기는 단 하나, 노력이었습니다.

문단을 형성하고 있는 많고 많은 문인들은 모두 다 제 나름으로 재주와 재능을 타고난 존재들이었습니다. 말하자면 초등학교 때부터 글 잘 쓴다고 칭찬받고, 문학상깨나 받은 콧대 높은 존재들, 그들과 저의 재능은 시쳇말로 도토리 키 재기로 별로 차이 나지 않는 평균치. 그런 상황에서 문학사와의 싸움에서 이기려면 어찌해야 할 것인가! 이 화두 앞에서 찾아낸 응답이 바로 노력이었습니다.

이 평범하기 짝이 없고, 너무 오랜 세월 너무 많은 사람들의 입에 오르내려 진부하기까지 한 '노력'이라는 그 말을 제 문학인생을 이끌어갈 새로운 빛으로 내걸었던 것입니다.

'노력은 성공의 어머니!'

영원한 금언이기에 오히려 진부해진 그 말을 저 혼자만의 새로운 금으로 만들기 위해 눈 부릅뜬 결심을 하고 나섰습니다.

'남들보다 열 배, 백 배 노력해야 한다!'

저의 영혼과 가슴팍에 깊이깊이 새긴 경고고, 결의였습니다.

그리고 오로지 글쓰는 일에만 매달렸습니다. 앞만 보고 달리는 눈 가린 경주마가 되어 제 스스로에게 가차 없이 채찍질을 해댔습니다. 문단생활과 담을 쌓았고, 사회생활에도 발을 끊었습니다. 그리고 어쩌다가 몇몇 후배에게 말했습니다.

"딴짓하지 마라. 글만 써라."

"글이 안 된다고 술 마셔 버릇하지 마라. 글을 다 써놓고 마셔라."

"방송 좋아하지 마라. 그건 출세가 아니다. 곧 버려지고, 곧 잊혀진다."

그러나 후배들은 듣지 않았습니다. 그리고 30~40년이 지난 지금 그들은 없는 존재가 되었습니다.

제가 저 스스로를 서재라는 글감옥에 유폐시켜 20년 세월을 보냈더니 『태백산맥』『아리랑』『한강』이 차례로 태어났습니다.

그리고 어느 날 아내가 잊혀진 소식 하나를 가지고 왔습니다.

"조정래 씨, 그렇게 될 줄 알았어."

그 선배 여류작가가 이렇게 말하더랍니다.

그 후로도 그 여류작가는 만나지 못한 채 40여 년 세월이 흘러가고 있습니다. 그분만이 아닙니다. 함께 문인이 된 대학 동문들도 40년 넘게 못 만난 사람이 거의 다입니다.

'혼자 책상에 앉아 있는 시간의 길이와 좋은 작품의 수는 비례한다.'

제가 얻은 결론입니다.

지금까지의 저를 만들어낸 것은 노력입니다. '노력은 성공의 어머니'라는 진부한 말은 역시 영원히 빛나는 금언입니다. 스스로 발견한 재능 다음에 하나 더 더해야 할 것이 바로 이 노력입니다. 재능+노력+( )가 남았습니다. 하나가 더 더해져야 완전한 문학 인생이 됩니다.

저의 노력은 다 끝나지 않았습니다. 그 수명은 저의 죽음과 맞바꾸게 될 것입니다.

예술은 결국 혼자 걸어가는 길이다

선생님 같은 작가가 되고 싶은 욕심에 선생님 소설을 읽기 시작했습니다. 그런데 다 읽는 데만 1년이 넘게 걸렸습니다. 어머나, 읽는 데만 이렇게 긴 시간이 걸리는데 쓰는 데는 얼마나 오래 걸렸을까, 새삼스럽게 놀라게 되었습니다. 선생님은 컴퓨터도 사용하지 않으시고 손으로 또박또박 쓰신다는데요. 그 생각과 함께 두 가지 의문이 들었습니다. 나는 틀렸지, 아마? 하는 생각과, 또 하나는 그렇게 많이 쓰시는 동안 얼마나 외로우셨을까 하는 생각이었습니다. 제가 선생님 글을 읽는 동안 친구들을 많이 못 만나고, 다른 재미있는 생활도 못 하게 되고, 많이 외로웠거든요. 선생님의 외로움은 무척 기셨을 텐데 어떻게 견디셨는지요?

한영아(20대, 서울특별시 은평구)

예, 20대다운 질문입니다. 20대는 긴 외로움을 견디기 어려우니까 20대인 것입니다. 그리고 귀하가 아직 작가가 안 되었으니까 그런 의문이 생기는 것입니다. 다시 말하면 작가가 되는 과정에서 글쓰기란 혼자 있어야만 되는 일이라는 것을 깨닫게 되고, 글쓰기를 자꾸 해나가면서 혼자 있는 것에 익숙해지고, 그 혼자 있음이 자기만의 창작품을 만들어낸다는 사실에 경이감을 느끼게 되고, 남들을 감동시키는 예술품을 만들어냈다는 성취감과 충일감이 커질수록 혼자 있음이 전혀 외로움이 아니게 됩니다.

이 말이 귀하에게는 전혀 이해가 안 될 수도 있습니다. 미체험자에게 체험자의 말은 무슨 생경한 우주의 언어처럼 들릴 수 있으니까요. 그러한 점을 반영하는 독자들의 질문 중 하나가 '작가님은 일과 일상이 구분되는 삶을 살고 있다고 생각하십니까?' 하는 것입니다. 이 질문은 일과 일상이 구분되는 것이 정상이라는 전제하에 묻고 있습니다. 이것은 지극히 아마추어적인 발상입니다. 예술가의 삶이 치열할수록 일과 일상은 구분되지 않습니다. 일이 일상이고, 일상이 일인 상태의 연속이 치열한 예술가의 삶이고, 그런 혼연일체된 뜨거운 창작열이 바쳐져야만 만인을 감동시키는 예술작품이 탄생될 수 있습니다. 그게 진정한 프로 정신이고, 프로의 삶입니다.

그러나 모든 예술가들이 혼자 외따로 떨어져 작업하는 외로움을 외로움이 아니게 사는 것은 아닙니다. 문인들의 세계를 살펴보면 뜻밖에도 너무나 많은 문인들이 특별한 일 없이 끼리끼리 만나 아까운 시간을 낭비하는 회중(會衆)에 길들여져 있습니다. 그건 참으로 비생산적인 자학행위입니다. 여럿이 모여 앉아 술잔 기울여가며 문학하는 척하는 횟수가 많아질수록 글쓰기와는 멀어지는 것이고, 그것이 습관이 되어버리면 값싸게 마신 소주는 알코올 중독을 일으키며 몸을 파먹기 시작하는 것입니다. 그렇게 허송세월하며 글다운 글도 못 쓰고, 건강은 건강대로 망쳐 인생을 허망하게 탕진해 버린 문인들이 꽤나 많습니다.

모든 예술 창작은 오로지 혼자 작업하는 것이고, 그 혼자 있음을 예술혼이 불붙어 오르는 절정의 시간으로 가꾸지 못하고 '외롭다'고 생각한다면 그 사람은 예술가의 기본자격 미비자입니다. 그리고 그 '외로움'을 견딜 수 없어 사람들을 찾아 회중을 하려고 나선다면 그 사람은 아예 예술가일 수 없습니다. 정치가 수많은 사람을 상대해야 하는 사람농사라면, 예술은 먼 영혼끼리 교감하는 감동을 창조하는 영혼농사입니다.

혼자 있을수록 더 강력한 폭발력으로 발화하는 영감 속에서 뜨겁게 불붙어 오르는 예술혼으로 감동적인 작품을 창조해 내는 그 생활을 한 단어로 줄여 말하자면 독거(獨居)라 할 수 있을 것입니다. 그 독거를 즐기고, 그 독거 속에서 창작의 황홀경에 취할 수 있을 때 그 사람은 바로 참다운 예술가이고, 영원한 생명력을 지닌 예술품을 만들어낼 수 있을 것입니다.

이제 결론에 도달해 있는 것 같습니다.

완전한 문학인생을 위하여 갖추어야 할 세 가지 요건 중에 하나가 비어 있었습니다. 그 자리에 무엇을 채워야 하겠습니까?

'재능+노력+독거.'

귀하가 문학의 길을 가야 할지 어쩔지는 귀하만이 결정할 수 있는 귀하의 특권입니다.

좋은 작품이 있을 뿐

순수문학과 참여문학은 어떤 것이 더 바람직합니까. 선생님 소설은 대개 참여문학이라고 하는데, 동의하십니까? 그리고 문학을 꼭 그렇게 무슨 편을 가르듯 분류하는 것이 옳은 것입니까?

원경숙(30대, 경기도 수원시)

참여문학? 그 반대 개념이 순수문학이라고 되어 있지요. 순수와 참여 문학 논쟁은 오랜 세월에 걸쳐 있습니다. 그 발상은 유럽인데 일본 식민지시대에 우리 땅에 이식되었고, 해방된 이후로도 그 오도된 소모적 입씨름은 특이한 한국적 상황 속에서 시대착오적 기현상을 일으키며 오래 기세를 떨쳐왔습니다.

특히 한국 땅에서 순수문학론이 기승을 부리게 된 것은 일제 식민지시대와 직결되어 있습니다. 다시 말하면 일본이 만주를 본격적으로 침략하기 시작한 1931년의 만주사변을 기점으로 우리 문인들은 급격하게 친일을 하기 시작했습니다.

'일본이 마침내 만주까지 차지해 버렸으니 이제 우리의 독립은 요원하게 되었다. 만주를 그리도 쉽게 차지한 것은 중국 대륙까지 장악하게 된다는 뜻이다. 그리되면 우리의 독립은 영영 가망이 없게 된다.'

이것이 문인들과 지식인들의 상황 판단이었고, 그러니 일본 편을 드는 것이 현명한 처사다 하는 기회주의가 발동했던 것입니다.

그리고 그들은 내놓고 말했습니다.

"인도를 봐라. 200년 동안 영국의 식민지 아니었는가!"

'그처럼 우리 땅도 200년 동안 일본 식민지가 되어버리면 일본 편을 들지 않는 내 신세는 어떻게 될 것인가!'

이것이 문인들의 급박한 현실 인식이었습니다.

그 당시의 자기네 타당성을 강조하기 위해서 70객의 노시인은 1980년대 중반에 "인도를 봐라!" 하는 말을 결연한 표정으로 힘차게 외쳤습니다. 그 외침에는 '너도 그때 살았으면 별수 없었다' 하는 공격의 화살이 들어 있었습니다.

그 시인은 대한민국 최고로 꼽히는 시인이었고, 저는 그 대시인에게 친일을 회개하는 글을 쓰라고 하고 있었던 것입니다. 평소에도 무당기 승한 불길이 일렁거리는 그 시인의 눈길이 저를 똑바로 쏘아보고 있는데, 그 독 오른 눈길에서는 섬뜩한 살기가 뻗쳐 나오고 있었습니다.

친일의 물결이 문인들과 지식인 사회를 휩쓰는 가운데 공식적으로 친일의 깃발을 힘차게 들어올린 사람이 있었습니다. 1934년 1월 2일 자 《동아일보》에 시인이며 평론가인 박영희가 카프(KAPF, Korea Artista Proleta Federacio, 조선 프롤레타리아 예술가 동맹) 탈퇴와 함께 전향을 선언한 것이었습니다.

'얻은 것은 이데올로기요 잃은 것은 예술이다.'

긴 전향서의 핵심이었습니다.

이 선언을 신호로 친일 문인단체가 본격적으로 결성되었습니다. 춘원 이광수가 회장을 맡은 그 단체가 조선문인협회였습니다.

그리고 친일 문인들이 내세운 것이 '순수문학'이었습니다. 문학은 정치와 무관해야 하며, 순수한 아름다움의 예술을 창조해야 한다. 이것이 예술지상주의를 내세운 순수문학론의 핵심입니다.

'정치와 무관해야 한다'는 것은 무엇을 뜻하는 것일까요? 조선총독부가 식민지 지배를 하며 무력을 앞세워 자행하는 온갖 횡포, 탄압, 유린, 폭력, 착취, 갈등, 불행 같은 것들을 외면하고, 작품화하지 않는다는 것입니다. 그것은 바로 조선총독부가 가장 바라는 바인 것입니다.

우리 문인들이 순수문학의 깃발을 들어올리기 훨씬 전부터 일본 문인들은 순수문학의 둥지 안에서 아름다움을 창조한다는 말장난을 즐기며 아편적 황홀경에 취해 무사안일의 삶을 살고 있었습니다. 억압적인 무사(사무라이) 통치자들은 사회적으로 영향력이 가장 큰 문인들과 은밀한 거래를 했습니다.

'정치 문제에 일절 관심을 두지 않으면 모든 편의와 혜택을 제공하고 보장하겠다.'

이 정치적 거래가 성사되면서 일본 문인들은 온갖 언어들을 동원하여 순수문학론을 휘황하게 꾸며대기 시작했고, 권력집단은 맘껏 무단독재를 강화해 나갔던 것입니다.

그와 마찬가지로 우리 문인들도 순수문학의 깃발을 들어올려 친일을 선언함으로써 조선총독부가 베푸는 정치적 특혜를 받게 되는 반면에 식민통치에 짓밟히고 있는 동족의 슬픔과 고통과 참상과 불행을 철저하게 외면하기 시작했습니다. 다시 말해 그들은

'소설은 현실의 모순과 문제점들이 반영되어야 하고, 그 시대적 갈등과 고통들이 재구성되고 형상화되어야 한다'는 소설의 본질을 의도적으로 묵살해 버렸던 것입니다.

그 행위를 철저하게 수행했던 것이 당대의 2대 소설가로 꼽혔던 이광수와 김동인이었습니다. 그들이 써낸 많은 작품에서는 식민 치하라는 시대도, 그 상황 아래서 겪는 민족의 비통함과 처참함이 털끝만큼도, 단 한 문장도 나타나 있지 않습니다.

그들의 이런 교활한 정치적 행위의 악랄함에 대해 영국 작가 조지 오웰이 날카롭게 비판했습니다.

'예술은 정치와 무관해야 한다는 주장 자체가 정치적 태도다.'

친일 문학단체 조선문인협회가 문단의 주도권을 장악한 가운데 이광수는 회장의 임무를 솔선해서 적극적으로 수행하고 있었습니다. 그는 신인 시인과 소설가들에게 '일본어로 작품을 써라. 출세를 보장하겠다.' 이런 내용의 편지를 부지런히 보내고 있었습니다. 그는 창씨개명 훨씬 전부터 그렇게 적극적으로 친일을 하고 있었습니다.

그리고 해방이 되었습니다. 반민특위 파괴로 친일파 척결은 물거품이 되었습니다. 모든 분야의 친일파들이 신생 조국 대한민국의 전체 권력을 장악하고 말았습니다. 문단도 예외 없이 친일 문인들이 주류가 되었습니다. 그리고 그들은 반공주의에 편승하여 순수문학의 깃발을 드높이 올렸습니다. 그 깃발 아래 또 등장한 것이 박영희의 선언이었습니다.

'얻은 것은 이데올로기요 잃은 것은 예술이다.'

이 구호는 1980년대까지 순수문학을 옹호하는 모든 평론가들이 40여 년 동안 금과옥조로 여기며 평론마다 내걸어 사회의식과 역사의식이 강한 소위 참여문학을 공박하는 효과 좋은 무기로 써먹었습니다.

군부독재는 강화되고, 그에 따라 분단은 고착되고, 그런 상황속에서 야기되는 현실의 모순과 시대적 갈등을 형상화하고자 하는 작가들이 많아지면서 작품 활동이 본격적으로 전개되기 시작했습니다. 그 상황 변화에 대해 순수문학 쪽에서 '참여문학'이라고 이름 붙이고, 그 고발문학은 문학성이 빈약하고 예술성이 결여되어 있다고 공박하기 시작했습니다. 그것이 이른바 수십 년에 걸친 '순수·참여 논쟁'입니다. 그 와중에 저는 작가가 되었고, 첫 작품집 『황토』의 작가의 말에 '한정된 시간을 사는 동안 내가 해득할 수 있는 역사, 내가 처한 사회와 상황, 그리고 그 속의 삶의 아픔을 결코 외면하지 않을 것이다'라고 썼습니다. 그리고, 34년이 지나 태백산맥문학관 벽면에 '문학은 인간의 인간다운 삶을 위하여 인간에게 기여해야 한다'고 새겼습니다. 이것이 저의 변함없는 문학관입니다.

순수와 참여라는 이분법은 시대착오적인 유치함입니다. 이제 그런 소모적인 논쟁 아닌 논쟁은 폐기되어야 합니다. 오직 '좋은 소설, 감동적인 작품'이 있을 뿐입니다.

그런데 계속 그 이분법을 내세워 글을 쓰는 평론가가 있다면 그런 사람은 마음놓고 무시해도 좋습니다.

소설의 존재 이유

저는 선생님 같은 작가가 되고 싶은 문학 지망생입니다. 소
설의 기본적 역할과 소임이 무엇인지 알고 싶습니다.

정대호(30대, 부산광역시 영도구)

소설은 본질적으로 인간과 삶에 대한 탐구입니다. 그리고
그 인간들의 삶의 엮음이 곧 역사입니다. 그러므로 소설이 인간사
인 역사를 다루게 되는 것은 필연입니다.

또한 소설에 대한 일반화된 정의는, 소설에는 현실의 모순과 문
제점들이 반영되어야 하고, 그 시대적 갈등과 고통들이 재구성되
고 형상화되지 않으면 안 된다고 했습니다. 그러므로 작가가 역사
의식과 사회의식을 갖추어야 하는 것은 작가의 기본 요건입니다.

그런데 여기서 한 가지 경계해야 할 사실이 있습니다. 역사의식
과 사회의식을 갖춤에 있어서 자칫 주제의식의 과잉에 치우쳐 문
학성의 결여를 초래하거나, 감동의 빈약에 빠질 위험이 있습니다.
적지 않은 작가들이 그 함정에 빠져 실패작을 만드는 헛수고를 하
게 됩니다.

역사의식 사회의식이 잘 갖추어져 있으면서 감동 또한 큰 문학
성을 확보했을 때 비로소 소설로서 그 역할을 충실히 하게 됩니다.

문학의 또 다른 이름은 '문예'입니다. 즉 문자로 된 예술이라는
뜻입니다. 모든 예술의 생명은 '감동'입니다. 사람들은 고단하고

팍팍한 삶 속에서 '오래오래 잊혀지지 않을 감동을 받기 위해' 또는 '지친 삶을 위로받는 감동에 젖기 위해' 모든 예술을 필요로 하고 그리고 향유하는 것입니다.

투철한 역사·사회의식과 절절한 감동의 균형과 조화, 그것이 제대로 이루어졌을 때 비로소 소설의 역할이 극대화되고, 소설의 존재 이유가 확실해질 것입니다.

그 본보기가 되는 작품들이 세계 명작으로 가려 뽑혀 장수를 누리는 작품들일 것입니다.

작가의 네 가지 수칙

존경하는 선생님, 저는 선생님 같은 작가가 되고 싶은 꿈을 안고 고민하는 문학 지망생입니다. 선생님께서는 어떻게 오늘날과 같은 드높은 위치를 확보하게 되셨나요? 우문이라고 무시하지 마시고 꼭 가르쳐주시기 바랍니다. 아무리 어렵더라도 그 가르침대로 따라갈 결심입니다.

송현무(20대, 전북 남원시)

귀하의 질문에서 숨길 뜨거운 절실함을 느낍니다. 그리고 60여 년 전의 저의 모습이 떠오르기도 합니다. 그때 저도 귀하와 같은 절박한 질문을 품고 있었습니다. 그러나 그 질문을 받아줄 대상을 찾기가 어려웠습니다. 유명 작가들을 가까이 하기가 쉽지 않았고, 이렇게 공개적인 '질의, 응답' 기회가 주어지지 않았으니까요. 우리는 문학을 위한 진지한 대화의 기회를 마련했는데 귀하의 질문을 '우문이라고 무시'할 리가 있나요. 귀하가 알고 싶어 하는 것을 솔직하게 얘기하겠습니다. 다만 한 가지 걱정인 것은 귀하의 '결심'이 얼마나 견고할까 하는 것입니다. 저의 응답은 귀하의 결심이 끝까지 변하지 않으리라는 믿음을 전제하고 하는 것입니다. 부디 저의 기대가 어긋나지 않고, 귀하가 저의 응답대로 줄기차게 실천해서 장차 큰 작가가 되기를 기원합니다.

첫째, 저는 평생에 걸쳐 오로지 글쓰기만을 생각했고, 글 쓰는 일에 평생을 바쳤습니다.

제가 유명해지자 이런저런 사회적 유혹이 시작되었습니다. 정치권에서 별로 책임을 지지 않아도 되는 아주 큰 감투를 몇 번이나 씌워주려 했고, 이 나라에서 제일 큰 예술단체에서도 선거 없이 회장에 추대하겠다고도 했습니다. 저는 그럴 때마다 곧바로 단호하게 거절하고는 했습니다. 그건 소설의 적이었고, 글에 전념하기 위해 평소부터 세워놓은 원칙에 어긋나는 일이었기 때문입니다. 그런데 그런 자리들은 꽤나 좋은 대우를 보장하고 있기도 했습니다. 그런 유혹은 달콤하기도 하고 간질간질하기도 했습니다. 그러나 그 유혹에 넘어가면 바로 지옥으로 떨어지는 길이 있을 뿐입니다. 그런 감투를 하잘것없이 생각하지 못하고 허겁지겁 받아 썼다가 문학인생이 구겨지고 파탄 나는 것은 자명한 일입니다.

둘째, 저는 죽기를 각오하고 노력하고 또 노력했습니다.

저는 저의 재능을 믿지 않았습니다. 저의 노력만을 믿었습니다. 재능이란 줄기찬 노력 없이는 빛날 수 없는 흙 속에 묻힌 원석일 뿐입니다. 그 원석이 빛나는 보석이 되려면 반드시 갈고 닦는 노력을 거쳐야만 합니다.

저는 노력하는 시간을 벌려고 술도 마시지 않았습니다. 『태백산맥』을 쓰기 시작한 이후 지금까지 만취하도록 밤새워 술을 마신 일이 없습니다. 그리고 별로 하는 일 없는 이런저런 모임에도 나가지 않았습니다. 그 하잘것없는 모임들도 시간을 잡아먹는 귀신이기 때문입니다. 저는 그렇게 번 많은 시간들을 끊임없는 노력으로 바꾸었습니다. 『태백산맥』『아리랑』『한강』을 쓸 때 정말 죽음과 수십 번씩 맞닥뜨렸습니다. '나 이대로 죽지……' 하는 혼수상태에 빠지는 것 같은 전신이 바스러지는 고통 속에서 잠든 때가 셀수 없이 많았고, '나 낼 못 깨어나는 거 아닐까……' 하는 두려움에 몰리며 극심한 몸살을 장기간 앓았던 것이 여러 번이었습니다. 그래서 '죽음과 수십 번씩 맞닥뜨리지 않고서는 노력했다고 말하지 말라'는 말을 하게 된 것입니다.

셋째, 남이 지적하는 결점은 반드시 고쳐나갔습니다.

여기서 '남'이란 평론가들을 말하는 것입니다.

"앞에 가는 저놈을 죽여라. 평론가니까."

독일의 대문호 괴테의 말입니다.

대문호가 이렇게 말할 정도로 모든 작가들은 자기들의 작품에 대해 평론가들이 왈가왈부하는 걸 딱 듣기 싫어합니다. 저라고 예외일 리 없습니다.

'제까짓 것들이 뭘 안다고 말이 많아.'

평론가들의 부정적 작품평에 대해 작가들이 제1감으로 보이는 거부감입니다.

그러나 저는 시간을 보내며 애써 그런 감정을 다스립니다. 그리고 '인간은 누구나 완벽할 수 없다'는 평소의 인식을 일깨웁니다. 그리고 그들의 지적을 다시 읽으며 저의 작품을 진단합니다. 그 작업을 몇 번 반복하면 처음의 감정은 다 사라지고 결점을 인정하게 됩니다. 그 수긍과 함께 치료 처방이 생겨납니다. 그렇게 고쳐진 결점은 다음 작품에 직접적 도움을 줍니다. 그것이 작가적 발전이고 성숙이겠지요.

넷째, 수긍이 되고 도움이 된 명언이나 잠언들을 나의 것으로 만들어 실천해 나갔습니다.

앞서간 분들이 체험을 통해서 남긴 좋은 말씀들은 많고 많습니다. 그러나 그 귀한 말씀들을 읽을 때만 동감하거나 감동하고 시간이 좀 지나 잊어버리면 아무 의미가 없습니다. 그걸 나의 것으로 실행에 옮길 때만 나의 재산이 되고, 발전의 거름이 될 수 있습니다. 저는 그 연습을 신인 시절부터 시작했습니다. 그래서 저는 나이가 들어갈수록 금기사항이 자꾸 늘어나는 삶을 살지 않을 수 없게 되었습니다.

여기까지입니다. 겁나십니까? 겁먹지 마십시오. 날마다 치열하고 줄기차게 노력하면 그 성취는 반드시 이루어집니다. 귀하가 등단하고 50년 후에는 결코 저를 부러워하지 않는 작가가 될 수 있습니다.

신념을 가진다는 것

『태백산맥』에는 염상진 대장, 『천년의 질문』에는 장우진 기자가 자신이 하는 일에 강한 신념을 지녔습니다. 신념은 시대에 따라 옳기도 하고 그렇지 않게 받아들여지기도 합니다. 두 주인공에게 굳건한 신념을 부여한 이유는 무엇이고, 신념을 가진다는 것에 대해 선생님은 어떤 생각을 가지고 계신가요?

김선영(40대, 주소 없음)

우리 인간의 삶을 추동하는 데는 두 가지 힘이 작용합니다. 하나는 신념이고, 다른 하나는 희망입니다. 그런데 신념은 현실적 힘이고, 희망은 이상적 힘입니다. 그 두 가지 힘은 서로 상호작용하며 상승효과를 나타냅니다.

인간은 누구나 하나의 직업을 선택할 때 자기 나름의 신념을 갖게 됩니다. 그 일이 주위의 전폭적인 지지를 받게 되면 신념보다 신명나는 욕구가 강해지게 됩니다. 그러나 그 반대로 자기 인생에 큰 비중을 차지하고 있는 부모나 형제의 반대에 부딪히게 되면 반사작용적 신념이 강해집니다.

그런데 사회적 역사적 이상을 실현하려는 이념적 사명감을 갖게 되면 그 신념은 최고조의 힘을 발휘하게 됩니다. 이데올로기 투쟁의 치열성이 바로 그것입니다. 『태백산맥』의 염상진이 그런 대표적인 인간상이지요. 그리고 『천년의 질문』의 장우진 기자도 사회 개혁을 꿈꾸고 있기 때문에 공통적인 인간상일 것입니다. 그런데 두 사람 사이에는 엄연한 차이가 존재합니다.

염상진이 폭력혁명 투쟁을 구사한다면, 장우진은 평화혁명 투쟁을 시도하고자 합니다. 그리고 그 차이에 따라 두 사람의 행로 또한 완전히 다른 길을 가게 될 것입니다.

그 점이 바로 귀하가 말한 '신념은 시대에 따라 옳기도 하고 그렇지 않게 받아들여지기도 합니다'와 직결됩니다. 귀하가 지적한 후자에 해당하는 사람이 염상진이겠지요. 염상진의 불행은, 그가 치열하게 투쟁하다가 상대적 힘의 열세로 끝내 포위당해 부하들과 함께 수류탄으로 자폭하는 데 있지 않습니다. 그는 죽음 앞에서 항복하지 않고 끝끝내 신념을 포기하지 않고 자살함으로써 자아 승리의 행복을 맛보았습니다. 그는 자기 신념이 다른 동지들에 의해서 미래에 실현되리라는 확고한 희망을 품고 죽음을 택한 것이니까요.

그런데 그의 불행은 그로부터 40여 년이 흘러 느닷없이 닥쳐왔습니다. 그것은 바로 소련의 몰락이었습니다. 그 사태로 염상진이 당한 불행의 충격은 얼마일까요? 염상진이 죽은 지가 언제인데 무슨 잠꼬대냐고요?

여기서 소설적 상상을 펼쳐볼 필요가 있습니다. 염상진이 자폭하지 않고 체포되어 30년 넘게 복역하다가 비전향 장기수로 출감했습니다. 그런데 갑자기 소련이 몰락하는 사태를 목격한 것입니다.

"에이, 그건 너무 지나친 상상입니다"라고 말하겠습니까? 아닙니다. 그 이야기를 다룬 저의 경장편소설이 『인간연습』입니다. 그 주인공의 이름을 염상진으로 바꿔 읽어도 무방할 것입니다. 소련의 몰락으로 염상진과 모든 사회주의자들의 신념은 물거품이 되었고, 재가 되었고, 백일몽이 되어버렸습니다. 그게 인간사의 굴곡이고, 음양이고, 승패입니다. 그래서 '역사는 승자들의 기록'이라고 말했고, '이기면 충신, 지면 역적'이라고도 했겠지요.

그런데 장우진은 극단적인 폭력혁명을 시도하는 것이 아니라 시민운동적 평화혁명을 추진하는 것이기 때문에 염상진적 불행은 당하지 않게 됩니다. 그런데 그 진행과 성과에는 오랜 시간과 그에 따른 인내가 필요할 것입니다.

신념과 희망은 의지적 삶을 성취하려면 반드시 가져야 하는 정신적 무기입니다. 저는 작가로서 제 나름의 신념과 희망을 가지고 굳세게 인생을 경영했기에 오늘의 열매를 맺을 수 있었습니다. 큰 열매를 따고 싶을수록 강한 신념과 큰 희망을 가지고 치열하게 살아야 합니다. 그 삶이 가장 값지고 아름답습니다(귀하의 인적 사항에는 '주소 없음'이라고 되어 있습니다. 책이 발간되면 질문자들께는 제가 사인을 해서 책을 보내드릴 예정입니다. 출판사로 빨리 주소를 보내십시오. 아니, 책을 받기 싫으시면 안 보내도 좋고요. ㅎㅎㅎ……).

영감의 조건

『아리랑』을 집필하실 때는 지구의 세 바퀴 반을 돌 정도의 거리를 취재하느라 돌아다니셨다고 들었습니다. 요즘 작품 활동에 영감을 주는 대상이나 장소가 있으신지요.

한선정(50대, 서울특별시 중구)

김채린(20대, 강원도 철원군)

김세영(40대, 경남 양산시)

서너 분이나 영감에 대해서 질문해 왔습니다. 분야를 가리지 않고 모든 예술은 영감의 소산이기 때문일 것입니다. 그런데 일반적으로 많은 분들이 영감은 '어느 순간 갑자기 떠오른 기발한 생각'이라고 여기고 있습니다. 그 개념이 틀린 것은 아니지만 좀 부정확하고 불완전합니다. 그래서 보다 총체적이고 구체적으로 정의하고자 합니다.

'영감이란 치열하고 집중적인 사고(思考)가 축적되고 축적되어서로 상호작용의 화학적 변화를 일으키며 폭발하는 순간적 발화이다.'

이 정의가 내포하고 있는 바는 영감은 끈질기고 줄기찬 노력의 결과물이란 사실입니다.

노력─우리들 삶의 성패를 말하면서 이 단어만큼 많이 동원되는 것도 없을 것입니다. 모든 분야에서 으뜸가는 성공을 이루어낸 사람들의 과정에는 초인적인 노력이 바쳐져 있습니다. 그래서 세상 사람들은 그들에게 흔쾌하게 박수를 보내고 존경을 표하는 것입니다. 그러므로 노력은 모든 성공의 열쇠이고, 모든 성취의 모태입니다. 다만 그 실천과 실행의 과정에서 개인차가 생기게 됩니다. 그 차이는 그 누구도 도와줄 수도 없고 간섭할 수도 없고, 오로지 자기 스스로 지배하느냐, 지배당하느냐에 의해 결정됩니다.

그러므로 죽음과 맞닥뜨리는 노력을 쉼 없이 하지 않고는 그 야속한 '영감님'은 영원히 찾아오지 않습니다.

영감에 대해서는 『황홀한 글감옥』에 자세하게 썼습니다. 중복을 피하기 위해 이만 줄이니 더 필요하신 분들은 그것을 더 읽어주시기 바랍니다.

죽는 날까지 소년이고 싶습니다

선생님의 작품에 매료되어 대학생 때부터 지금까지 선생님의 작품을 거의 다 읽은, 요즘 말로 광팬입니다. 그런데 한 가지 불가사의한 일이 있습니다. 선생님은 『한강』을 마치시면서 환갑이 되셨고, 그 후로 또 많은 작품들을 써내시며 10년을 훌쩍 넘기셨습니다. 그런데 어찌 된 일인지 작품마다 젊은이들이 생동감 있게 살아 움직이면서 선생님의 연세를 전혀 느낄 수가 없는 것입니다. 이건 다른 나이 든 작가들과는 전혀 다른 점입니다. 작품에 나이가 전혀 드러나지 않는 것은 선생님만의 독특함이고 기적 같은 일이기도 한데, 그럴 수 있는 비결이 무엇인지요?

이일영(50대, 대구광역시 수성구)

저는 40대 때 예순의 나이란 전혀 '나의 나이'라고 생각하지 않았습니다. 50대에도 역시 60이란 나이를 전혀 실감할 수 없었습니다. 그건 철이 없어서가 아닙니다. 사고력의 부족 때문도 아닙니다. 활기찬 의욕 속에서 하고 싶은 일을 해나가는 즐거움과 행복감을 느끼고 있어서 굳이 60대 인생을 끌어다 생각할 필요가 없었던 것입니다.

그런데 세월의 물줄기는 어김없이 저를 60대의 문앞에다 부려놓았습니다. 그런데 저는 아무런 심적 변화 없이 60대 인생을 맞이했습니다. 왜냐하면 저는 이미 여러 가지 글쓰기 계획을 세워 놓았기 때문에 그 일을 추진하기에 바빴던 것입니다. 그러니 몸만 한 살을 더 먹었을 뿐 마음은 40대 젊음 그대로였습니다. 그래서 환갑 기념으로 무슨 행사를 좀 꾸려야 하지 않겠느냐는 출판사의 조심스러운 제의를 바로 막고 말았습니다.

그리고 글 쓰는 일에만 전념하다 보니 또 10년 세월이 후딱 지나고 말았습니다. 저의 나이 70에 태어난 것이 『정글만리』입니다. 그 2년 전에 중국 취재를 갔을 때 여러 젊은 상사원들이 제각기 다른 장소에서 비슷한 물음을 물었습니다.

"젊은 저희들의 얘기를 쓰신다고요?"

"이렇게 다니시기에 피곤하지 않으십니까?"

젊은 그들은 늙은 저를 이상한 눈길로 쳐다보고는 했습니다.

그런데 저는 그런 물음과 눈치 앞에서도 제가 늙었다는 생각이 전혀 들지 않았습니다. 제 물음에 대한 그들의 한마디, 한마디가 머릿속에서 속도 빠르게 소설로 구성되는 활력에 실려 있었으니까요.

저는 예정에 어긋남이 없이 『정글만리』를 써냈고, 책은 빠르게 독자들을 만났습니다. 그런데 중국에서 만났던 그 상사원들한테서는 아무 연락이 없었습니다. 그들은 책이 나오면 꼭 사 보겠노라고 약속했던 것입니다.

저의 귀에는 그들이 하는 말이 들리고 있었습니다.

"아 지독한 늙은이, 못 쓸 줄 알았더니 기어이 써냈네. 세 권씩이나."

"아 징그럽다. 등은 구부정해 가지고 큰 여행가방 끌고 넓은 중국 땅을 헤매 다니더니 결국 써냈네."

그 후로 또 10년 가까운 세월이 흘러가고 있습니다. 그런데 지금도 늙었다는 생각이 전혀 들지 않습니다. 그건 약을 상복해야 하는 노인성 질병이 아무것도 없고, 세끼 밥이 맛없을 때가 없고, 하루 만 보 이상은 거뜬거뜬 걸을 수 있고, 미리 마련해 둔 의자를 사양하고 서서 두 시간 강연을 가볍게 할 수 있어서 그런 것만이 아닙니다. 젊은 날 그랬던 것처럼 제 머릿속에는 앞으로 또 20년 동안 쓸 집필 계획이 세워져 움직이고 있기 때문입니다. 물론 그 소설들의 주인공도 젊은이들입니다. 작가가 나이 들었다고 늙은 타령만 해대면 요즘 유행하는 말인 '인포인(인간이기를 포기한 인간)'을 패러디해서 '소포소' 아닐까요.

소설은 모두에게 필요한 문제를 모두가 공감하고 감동할 수 있게 써내는 것입니다. 사적인 이야기를 써내는 사소설은 가장 쓰기 쉽되 가장 빨리 무덤을 파는 일입니다. 늙은 작가들만이 아닙니다. 수많은 젊은 작가들도 그저 '1인칭 소설'을 써내기에 바쁩니다. 그게 바로 사소설의 올가미입니다. 그들은 자기네 소설이 초판 2천 부가 안 팔린다고 투정 부리며 독자들을 원망하고 있습니다. 그러나 순서를 따져 말하자면, 독자들이 그들을 버린 것이 아니라 그들이 먼저 독자들을 버린 것입니다. 머지않아 작가의 무덤에 파묻히고 싶지 않거든 쉽게 쓸 수 있는 '1인칭 소설'과 결별하고, 어렵게 써야 하는 '3인칭 소설'을 써내는 각고의 노력을 치열하게 해내야 합니다. 그것만이 자기를 구원하는 길입니다. 젊은 작가들을 위한 이 이야기는 『황홀한 글감옥』에 이어 두 번째 하는 것입니다. 독자들은 작가를 향한 동정은 전혀 갖고 있지 않습니다. 냉정한 선택이 있을 뿐입니다. 그런 다음 자기들이 만족할 만큼 감동을 받았을 때 비로소 신뢰와 존경을 보내줍니다.

'작가는 여든의 나이에도 소년의 마음을 지녀야 한다.'

괴테가 한 말입니다.

저는 죽는 날까지 소년이고 싶습니다.

노력을 이기는 재능은 없다

선생님께서 신변의 위험을 느끼면서 쓴 『태백산맥』을 사춘기 때 읽으며 분단에 대해, 역사에 대해 깊이 생각하면서 사춘기 반항도 모르고 지나갔던 것 같습니다. 청담동성당 강연에서 뵈었을 때 정말 기뻤습니다. 글을 쓰시다 보면 '글감옥'이라고 하실 만큼 분명히 답답하고 지루하기도 하고 때론 심심하기도 하셨을 텐데 심각한 슬럼프가 올 때 어떻게 이겨내셨나요? 『아리랑』의 「작가의 말」에 쓰신 것처럼 너무 초인적인 모범 답안은 사양합니다.^^;; 이제 수능을 막 마쳤지만 또 다른 시험을 대비해야 하는 학생들이나 이제 수능을 치러야 하는 수험생들, 취준생들에게 힘이 되는 말씀이면 좋겠습니다.

김혜진(40대, 부산광역시 해운대구)

『태백산맥』을 읽느라고 사춘기 반항도 모르고 지나갔다니 제가 귀하의 인생에 보탬이 되었는지 손해를 입힌 것인지 잘 모르겠군요. 그리고 '40대'라는 인적 사항을 보면서 세월이 참 많이 흘러갔음을 새삼스럽게 느낍니다.

'심각한 슬럼프가 올 때 어떻게 이겨냈느냐'는 질문에 응답하려고 하니 그다음의 문장이 입을 가로막는 것을 느낍니다. '……너무 초인적인 모범 답안은 사양합니다.'

나폴레옹은 '나의 사전 속에는 불가능은 없다'고 했습니다. 그 어투를 본떠서 말하자면 '나의 작가생활에는 슬럼프가 없다'가 될 것입니다.

그것은 전혀 과장도 아니고 교만 부리는 것도 아닌데 '초인적인 모범 답안'이라고 규정하고 단정해 버리니 말문이 막힐 수밖에 없지 않습니까.

예, 예술가들에게만, 운동선수들에게만 슬럼프가 있겠습니까. 모든 사람들에게는 다 그들 나름으로 삶의 굴곡과 음양이 파도치듯 밀려오기 때문에 때때로 여러 가지 양상의 슬럼프를 겪게 되겠지요.

그런데 저는 작가가 되기 전의 습작 시절부터 문학인생을 살아가는 데 필요한 기본 태도나 심적 결의를 단단히 다지고 있었습니다.

'인생은 단 한 번 살다 간다. 그러므로 별 계획 없이 적당적당 살 수도 있고, 그와 반대로 확실한 계획 아래 최선을 다하며 치열하게 살 수도 있다. 나는 후자를 택했다.'

이 말을 정색을 하고 최초로 한 상대가 다름 아닌 저의 아내 김초혜였습니다. 이 말을 들은 김초혜는 아무 말 없이 저를 쳐다보기만 했습니다.

그리고 결혼해서 지금까지 54년 동안 김초혜는 조정래가 그 길을 어김없이 걸어온 것을 지켜본 증인이었습니다. 그래서 집사람은 자기 시집이 나와 인터뷰를 할 때 부부 문인의 삶에 대해 이렇게 말하고는 합니다.

"조 선생은 그 레일 위를 걸으며 한 번도 발을 헛디디거나, 게으름을 피우거나 불성실한 적이 없습니다. 처음부터 지금까지 50여 년이 넘는 세월을 빨리 걷지도, 천천히 가지도 않고 같은 보폭으로 앞만 보고 걷고 있습니다. 그 어떤 것도 조 선생을 가로막지 못했습니다. 한번 발을 헛디디면 순식간에 한세상을 헛되이 보내게 된다는 인생철학을 가지고 사는 사람입니다. 저는 봄이 오면 봄과 놀고, 닫힌 길을 만나면 열릴 때까지 쉬기도 하고, 심지어는 레일 위를 벗어나 봄을 찾아 나서기도 했지요."

예, 저는 아내의 관찰과 평가대로 레일 위에서 떨어진 일이 없습니다. 다시 말하면 어떤 슬럼프 때문에 글을 못 쓰고 고통당하거나 방황하거나 한 일이 없다는 말입니다.

세상은 예술가들의 일탈이나 파격이나 기행 같은 것을 '예술적인 낭만'이나 '예술을 위한 몸부림'으로 무척 관대하게 보아주는 긴 역사를 가지고 있습니다. 그래서 그 관대함에 기대 비정상적인 행위를 예술을 하는 멋이나 특권으로 여기며 함부로 저지른 사람들이 적지 않습니다.

저는 일찍부터 그런 어쭙잖은 짓들을 단호하게 거부하며 문학을 시작했습니다. 그것이 바로 '형식'이 아닌 '내용'으로 문학을 하겠다는 결의였습니다.

왜 저라고 글이 잘 안 되는 괴로움과 고민이 없겠습니까. 모든 예술은 절대적으로 '새로워야 하고', 그 '새로움'을 창조해 내는 일은 '인간의 한계와의 싸움'입니다. 앞서간 수없이 많은 사람들이 제 나름으로 새로운 작품들을 남겨놓았는데 그것들을 뛰어넘어 더 '새로운 것'을 만들어내야 하는 것이 예술의 길입니다. 그러므로 글이 술술 잘 써질 때보다는 답답하고 막막하고 캄캄하게 잘 써지지 않을 때가 훨씬 더 많습니다. 그 상태가 극복되지 않고 겹쳐지고, 그 중첩이 갈수록 심해지면서 깊이 모를 늪으로 변하고, 거기에 빠져 헤어나지 못하고 버둥거리는 상태, 그것이 슬럼프일 것입니다.

저는 글이 잘 풀리지 않고 막힐 때 사회의 관대함에 편승한 예술가의 낭만의 방법을 택하지 않고 단호히 거부했습니다. 그리고 글이 제가 뜻하는 바대로 풀릴 때까지 저를 학대하듯이 다그치며 책상 앞으로 더욱 더 바짝 다가앉으며 펜을 부르쥐었습니다. 그리고 반드시 만족할 만큼 글을 써내고는 의자에서 일어나고는 했습니다. 자기의 예술작업은 자기가 끝끝내 해내야 하는 것이고, 그 자기와의 싸움은 송곳으로 자기를 찌르듯 하는 치열한 노력을 바치면 반드시 해결되고, 자기와의 싸움에서 이긴 그 승리의 성취감은 다음의 원고를 자신 있게 써나갈 수 있는 원동력이 됩니다.

슬럼프를 슬럼프라고 인정하고 예술가적 낭만 행위로 어르고 달래려고 하면 슬럼프는 점점 흉악한 괴물로 변하고, 끝내는 그 괴물에게 잡혀 먹히고 맙니다. 그런 '형식만의 예술가'는 국내외에 많고 많습니다. 치열한 노력이 부족하고, 자아 결의가 부족한 사람들이 새로운 예술품은 만들어내지 못하고 일탈과 기행을 구경거리로 남겨놓은 채.

작가들이 연재 원고 마감 날짜를 어기는 것은 상식처럼 되어 있습니다. 여러 양태들이 글쓰기의 어려움을 감안하며 '어쩔 수 없는 산고'로 미화되어 있습니다.

어떤 작가는 신문연재를 하면서 언제나 마감 시간에 쫓겨 지방에서 전화로 소설을 부르고, 기자가 그걸 받아쓰는 고역을 치르게 했습니다. 그런데 문제는 그것이 아니었습니다. 40여 년 전이었으니 전화 요금이 원고료보다 더 많이 나오는 일이 벌어지고 말았습니다.

저도 『아리랑』을 《한국일보》에 4년간, 『한강』을 《한겨레신문》에 3년간 연재했습니다. 그런데 원고가 단 한 번도 늦은 일이 없습니다. 그러니까 저의 담당 기자는 전화 한 통화 한 일 없이 편안하게 놀고먹은 셈이지요. 하하하…….

학생이나 젊은이들이 가장 싫어하는 말이 '노력하면 안 될 일이 없다'고 하는 말이라고 합니다. 그러나 요구하시니까 '꼰대' 소리들을 각오하고 말하지 않을 수가 없군요. '일하기 싫으면 먹지도 말라'고 한 성경의 말씀처럼 '노력하기 싫으면 아무런 성취도 바라지 말아야 합니다.'

그래서 저는 일찍이 이렇게 정리했습니다.

'노력을 이기는 재능은 없다. 노력 없는 재능은 열매를 맺지 못하는 꽃과 같다.'

설명할 수 없는 자기만의 절실함

선생님의 팬 중 한 명입니다. 좋은 작품 잘 읽고 있습니다. 어제도 『정글만리』총 세 권을 펼쳐보던 중에 궁금한 점이 있었습니다. 매번 걸작을 펴내시는 만큼 원고지에 연필로 직접 눌러쓰는 작업이 쉬운 일은 아닐 텐데요. '황홀한 글감옥'에 스스로를 가두는 일이 꾸준함이나 성실함, 적당한 마음가짐으로는 절대 어려운 일 같습니다. 상당한 시간을 들여 이제까지 소설을 쓰게 된 원동력이 궁금합니다. 그리고 더불어 작가 인생에서의 목표, 가령 몇 권을 출간한다거나 노벨상 수상 같은 큰 계획이 있는지 궁금합니다. 작품 활동을 마음으로나마 응원합니다.

조경진(30대, 서울특별시 영등포구)

예, 제가 지금도 원고지에 한 글자씩 써나가면서 작품을 완성시키고 있는 것은 맞습니다. 그런데 '연필'을 사용하는 것은 소설가 김훈 씨이고, 저는 '네임펜'을 사용하고 있습니다. 왜냐하면 연필은 그 굵기가 너무 가늘어 제 손에 맞지 않고, 넷째손가락의 손등에 묵지그리한 통증과 저리는 듯한 경직감을 느끼게 되기 때문입니다. 그런데 '네임펜'은 무게감이 전혀 없고, 굵기도 손에 아주 잘 맞습니다. 그러나 문제가 전혀 없는 것이 아닙니다. 네임펜 하나로 원고지 30~35장을 쓸 수 있는데, 그 중간쯤 쓰게 되면 촉

끝이 굵어져 겹자음 받침(없, 핥, 삶 등) 글씨들은 자칫 잘못하면 망쳐지기 일쑤입니다. 그러나 그것보다 더 손에 부담을 안 주는 필기구를 발견할 수가 없어서 네임펜은 아주 오랜 세월 저의 글쓰기 벗이 되어왔습니다.

많은 독자들이 그 편코 빠른 컴퓨터를 두고 석기시대 원시인처럼 원고지 한 칸, 한 칸을 메꾸는 미련한 짓을 하느냐고 안타까워하고 궁금해하는 것을 잘 알고 있습니다. 예, 한마디로 하자면 '좋은 소설을 써내기 위해서'입니다. 선뜻 이해가 잘 안 되시겠지요?

좀 더 구체적으로 말하자면 문장의 밀도감, 탄력성, 흡입력을 살려내기 위해서입니다. 더 모호해져 한층 이해하기 어렵다고요?

예, 세계적 명품으로 알려진 바이올린이나 첼로가 수제품이던가요, 기계제품이던가요? 컴퓨터로 쓰는 소설은 기계제품이고, 손으로 쓰는 소설은 바로 수제품이라는 뜻입니다. 그런 일방적이고 주관적인 주장이 어디 있느냐고요? 제 개인적인 일이니까 제가 그렇게 믿으면 그건 절대 가치가 되고 절대 신념이 되는 것 아닙니까.

저도 잘 압니다. 컴퓨터를 두들겨대면 손으로 쓰는 것보다 열 배, 백 배 빠르고 편하다는 것을. 그러나 소설은 일반 문서가 아니고 예술품이며, 예술품은 감동적으로 잘 만드는 것이 목적이지, 빨리 만들어내는 것이 목적이 아닙니다.

그리고 많은 독자들이 계속 제 소설을 읽어주고, '한번 손에 잡으면 놓을 수 없다'는 독후감을 보내주는 그 흡입력을 구성하는 여러 요소 중의 하나가 바로 '손으로 쓰기'에서 발휘된 효과라고 믿고 있습니다. 이 미신적 믿음은 저의 창작법의 신앙으로 굳어져 있으니 컴퓨터의 기능이 지금보다 백배 진화한다 해도 저하고는 아무 상관이 없습니다. 스마트폰의 기능이 제아무리 확장된다고 해도 전혀 저의 관심을 끌 수 없듯이.

아무 효과가 없겠지만, 문학 지망생들 중에 단 한두 명이라도 제 말을 귀담아듣기를 바라며 이 글을 쓰고 있습니다.

생존 의미가 원동력

많은 독자들께서 '힘들고 괴로울 때도 많을 텐데 어떻게 그렇게 평생에 걸쳐 줄기차게 글을 써낼 수가 있느냐. 그 원동력이 무엇이냐?'고, 귀하와 똑같은 궁금증을 드러냅니다. 그건 독자들 입장에서는 자연스럽게 생기는 의문이고 질문일 수 있지만 작가로서는 응답하기 참 옹색스럽고 거북한 물음이 아닐 수 없습니다. 왜냐하면 인간의 내면적 심리적 작용은 미묘하고 섬세한 감각의 추상성을 띠고 있기 때문에 언어로써 명료하게 표현해 내기가 거의 불가능한 탓입니다. 그러므로 아무리 애를 써서 대답하려고 해도 독자들을 속시원하게 해드리기는 어렵습니다. 우선 이 말을 대전제로 해두고자 합니다. 모든 예술인들은 오로지 자기만의 절실성과 치열성과 희열성 때문에 보통 상식으로는 이해하기 어려운 광적인 태도로 자기만의 작업에 몰입하고 몰두합니다.

저는 소설 쓰는 일이 이 세상에서 가장 하고 싶은 일이고, 가

장 잘할 수 있는 일이고, 가장 즐거운 일이고, 가장 의미 있는 일
이고, 가장 보람스러운 일이고, 가장 가치 있는 일이고, 가장 행복
한 일이기 때문에 하고 하고 또 해도 끝없이 하고 싶은 욕구가 분
출하고, 하면 할수록 더욱 더 잘되는 것 같아 새로운 힘이 솟구치
고, 그 용광로 속에서 힘겨움도, 괴로움도, 고통스러움도, 적막함
도, 고적함도 다 녹고 융합되어 새 창조열로 용솟음칩니다.

　이해가 되십니까? 잘 이해하기 어렵더라도 이해가 되는 척 해두
십시오. 불교의 득도의 길에만 선문답이 있는 것이 아닙니다. 영적
세계의 작업인 예술의 세계에서는 더 난해한 선문답이 생성될 수
도 있습니다. 선문답의 요체는 '미루어 깨닫는 것'이고, '짐작하여
알아차리는 것' 아닙니까.

문학의 목적이 아님

　각종 노벨상이 세계 최고의 상인 것은 틀림없습니다. 상금이 15억
가까이 되니 그 어마어마함이 단연 세계 최고이니까요.

　그런데 이미 보도된 바이지만, 노벨상에 그렇게 허겁지겁하고,
신짝을 벗어부치고 목매면서 대서특필해 대는 극성맞음은 우리나
라 언론이 세계 최고라고 합니다. 참 유치하고 창피하고 치사합니다.
왜들 그러는 겁니까. 대한민국이란 나라가 그 지경밖에 안 됩니까!

　노벨문학상은 우리나라 문학의 목적이 아닙니다. 그 치졸함에
서 벗어나야 합니다. 받으면 좋고, 안 받아도 그만인 상일 뿐입니

다. 인류 문학사에서 꼽히는 명작들은 노벨상을 받은 것보다 안 받은 작품들이 훨씬 더 많습니다.

노벨상이 '가장 정치적인 상'으로 평가된다는 것이나 알아둡시다.

완벽을 향한 끝맺음, 퇴고

선생님을 롤모델로 하여 습작에 매달리고 있는 문학 지망생입니다. 퇴고는 왜 필요합니까. 퇴고를 하면 글이 더 좋아집니까?

최원섭(30대, 서울특별시 서대문구)

퇴고는 글쓰기에서 필수적으로 거쳐야 하는 마지막 과정입니다. 퇴고를 거치지 않은 글은 미완성품입니다. 퇴고는 글의 끝손질이고 마감손질입니다.

퇴고는 '글을 고친다'는 뜻만으로 한정되지 않습니다. 여기서 '고친다'는 말은 '사건 같은 것을 새로 바꾼다'는 개작의 뜻과 함께, 문장의 석연찮음이나 완결미를 위해 '손질한다', '다듬는다'는 뜻을 포괄합니다. 그러므로 퇴고는 '개작'의 뜻을 분리해 내고 그 의미를 '손질하고 다듬는다'는 뜻으로 축소해서 생각하는 것이 좋을 것 같습니다.

글만이 아니라 그림을 포함해서 장인들이 손으로 빚어내는 모든 일은 끝손질이며 마감손질을 거쳐서 완성품으로의 끝맺음을 하게 됩니다. 그것이 기계가 하는 일과 사람이 하는 일의 다름일 것입니다.

글을 쓸 때는 그 누구나 티끌만큼의 잡념 없이 최선을 다해 집중하고 몰두합니다. 그러나 다 끝내고 다시 읽어보면 무언가 석연

찮고, 어딘가 마땅찮고, 어쩐지 흡족하지 않은 부분들이 있게 마련입니다. 그건 생각이 더 깊어져서 그럴 수도 있고, 객관적 거리가 더 확보되어 그럴 수도 있고, 냉정하게 바라볼 수 있어서 그럴 수도 있습니다. 어쨌든 그 미흡함의 발견은 작품의 완결함을 위해서 얼마나 좋은 일인지 모릅니다.

그 미흡한 부분에 신경을 집중하고 생각을 가다듬어 몰두하면 신기하게도 마음에 드는 새로운 생각이 떠오르게 됩니다. 그것이 사람의 무한 능력의 발화입니다.

퇴고를 하면 글은 반드시 좋아집니다. 그래서 모든 문인들은, 마라토너들이 골인 지점을 향한 마지막 한 바퀴에서 사력을 다해 질주를 하듯 퇴고에 혼신의 힘을 다 쏟아냅니다.

특히 시인들의 퇴고는 유명합니다. 단어 하나가 아니라 토씨 하나를 가지고 30년 한평생을 실랑이하며 퇴고에 매달린 일화가 있기도 합니다.

퇴고에 회의를 갖지 마십시오. 그건 자기 객관화의 엄숙한 작업입니다.

의미를 담아 제목을 짓는 법

저는 조정래 선생님의 작품들 중에 『풀꽃도 꽃이다』를 가장 좋아합니다. 한 줄기 풀꽃도 귀한데, 무엇과도 비교할 수 없을 만큼 더욱 소중한 우리 아이들 하나하나가 교육이라는 미명하에 죽어가고 있습니다. 이 책처럼 지금의 교육 현실을, 아니 수십 년 우리 사회를 괴롭혀온 현실을 적나라하게 표현한 소설이 있었을까요? 제목을 어떻게 정하셨는지 궁금합니다. 그리고 보통 제목을 어떻게 붙이시는지도 궁금합니다.

최재호(40대, 경기도 성남시)

예, 국민 전체가 다 알고 있다시피 현재 우리 교육의 병폐는 망국적이라고 할 만큼 심각합니다. 살인적이라고 할 정도로 과다한 사교육비가 무서워 애를 낳을 수 없다는 말이 당연한 사실로 받아들여지는 지경에 이르러 있습니다. 사교육비와 맞먹게 살인적인 것이 또 하나 더 있습니다. 서울 집값입니다. 그 두 가지가 해마다 급감하고 있는 출산율의 2대 원흉인 것 또한 누구나 다 아는 사실입니다.

저는 교육 현실을 20여 년 동안 주시해 오다가 더는 안 되겠다 싶어 『풀꽃도 꽃이다』를 쓰기 시작했습니다. 교육이 바르게 실시되지 않고서는 우리의 미래는 어두워질 수밖에 없기 때문입니다.

새삼스럽게 교육의 중대성을 말할 필요가 있을까요. 교육이야말로 인간을 인간답게 재창조하는 인간 고유의 기능입니다. 만약 교육이 없었다면 오늘날 우리가 누리고 있는 문명과 문화는 아예 존재할 수 없는 일입니다.

교육의 가장 큰 목표는 인간을 인간답게 재창조하는 것입니다. 그러므로 학생이 단 한 명도 버려지지 않게 이끌고 부축하고 밀어주는 것이 교육의 숭고한 정신이고 실천입니다.

그런데 우리의 교육 현실은 어떻습니까. 성적 상위 그룹 30퍼센트 정도에만 대입 공부를 집중시키고 나머지 학생들은 내버리듯 신경을 등한히 합니다. 이런 비교육적이고 비인간적인 처사가 어디 있습니까. 단 한 학생도 낙오시켜서는 안 된다는 근대교육의 이념에 정면으로 위배되는 교육을 해방 이후 지금까지 70여 년 동안 자행해 오면서 이 나라 정부나 교육계에서는 전혀 시정할 계획 없이 뻔뻔하게 고개를 들고 있었습니다.

오래전에 위험수위를 넘어버린 교육 문제를 더 이상 보고만 있을 수가 없었습니다. 20여 년의 인내가 한계에 도달한 것입니다.

'풀꽃도 꽃이다'! 그 제목에 만족하며 출간과 더불어 여기저기 강연을 나섰습니다.

"'풀꽃도 꽃이다', 이 제목이 무슨 뜻일까요?"

평균 400~500명의 청중들은 아무런 대답 없이 침묵이 무겁습니다.

"예, 힌트를 드리겠습니다. '풀꽃도'의 '도'에 열쇠가 들어 있습니다. 이 '도'는 무엇과 비교하는 뜻을 가지고 있는 보조사입니다."

여전히 묵묵부답이고, 저는 두 번째 힌트를 줍니다.

"'풀꽃도 꽃이다' 앞에 풀꽃과 비교하는 무슨 말이 생략되어 있습니다. 어렵게 생각하지 말고 어떤 꽃이름을 생각해 보세요."

답을 다 가르쳐줬다고 생각하는데 침묵을 깨는 목소리는 끝내 울리지 않았습니다. 저는 적이 실망하며, 이 소설을 괜히 쓴 게 아닐까 하는 우울감에 빠졌습니다. 그리고 맥빠져 정답을 말했습니다.

"'장미만 꽃이냐 풀꽃도 꽃이다' 하는 뜻 아닙니까. 다시 말하면 '공부 잘하는 학생만 학생이냐, 공부 잘 못하는 학생도 학생이다' 하는 말을 대신한 것입니다."

그때서야 청중들은 얼굴이 밝아지며 고개를 끄덕이는 것이었습니다.

저는 그런 청중들의 더딘 반응을 보면서 다시금 책임의 분량을 떠올렸습니다. 대한민국의 정치는 저질, 하급입니다. 그게 정치인들만의 책임일까요? 아닙니다. 유권자인 국민들의 책임이 절반입니다. 투표만 해놓고 정치인들의 임기 동안 국민들은 정치에 전혀 무관심한 채 정치인들이 제멋대로 권력을 휘두르도록 내버려둡니다. 그 정치 무관심이 정치인들을 탐아로 만들고, 나라는 병들고, 국민들은 무시를 당한 채 불행해집니다. 그와 똑같습니다. 부모네가 별로 어려울 것 없는 그런 제목의 의미 파악도 쉽지 않게 교육에 무관심했기 때문에 우리 교육은 그렇게 병이 깊어질 수밖에 없었습니다. 그 책임 절반이 부모들에게 있었습니다. 저는 마음이 쓸쓸하고 울적한 채 앞서려고 했던 작가의 고독을 어루만져야 했습니다.

제목 붙이는 게 궁금하십니까?

모든 소설의 제목은 상징적이고 압축적이고 흡입력을 가져야 합니다. 작품의 주제를 상징해야 하고, 내용을 압축해야 하고, 그리하여 독자들을 끌어당기는 흡입력을 발휘해야 합니다.

어땠습니까? 그런 측면에서 '풀꽃도 꽃이다'는 더없이 좋은 제목 아닙니까? 귀하가 제 작품들 중에서 가장 좋아할 정도로. 고맙습니다.

말솜씨와 글솜씨

최근 네이버 팟캐스트를 통해 김태훈 씨와 주고받는 대화를 보며 필력만큼이나 대단한 언변에 홀딱 반했습니다. 선생님께서는 말과 글 중에 어떤 게 더 자신이 있으신지요?

박영옥(40대, 경남 진주시)

귀하께서는 아주 고얀 악취미를 가지셨군요. 이렇게 대답하기 난감한 것을 물으셨으니. 허허허…….

'작품을 많이 쓰셨는데, 대표작 한 편을 고르라면 어떤 것인지요?', '수많은 인물들을 창조하셨는데 가장 마음에 드는 캐릭터는 누굽니까?'

이런 질문을 꽤나 많이 받았지만, 귀하와 같은 질문은 처음입니다. 만약 귀하가 이런 질문을 받았다면 뭐라고 응답하시겠습니까.

제 생각으로는 세 가지의 대답이 있습니다.

첫째, 글.

둘째, 말.

셋째, 둘 다.

이 셋 중에 제가 하고 싶은 응답이 어떤 것일까요?

(힌트: 대표작 한 편을 고르라고 했을 때 동원하는 속담. '열 손가락 깨물어 아프지 않은 손가락 없다.')

"소설만 잘 쓰는 줄 알았는데 말도 너무 잘하십니다."

"작가들이 대개 말을 잘 못하던데 선생님은 어쩐 일이십니까?"

"아, 놀랐습니다. 아무것도 안 보고 한 시간이나 넘게 막힘없이 말씀하시다니. 정치하셨어도 크게 되셨겠는데요."

강연을 하고 나서 더러 들었던 말들입니다.

'전공 분야에서 20년 넘게 각고의 세월을 바쳤으면 열 시간 정도는 아무것도 보지 말고 말할 수 있어야 한다.'

이것은 제가 설정하고 있는 '지식인의 기본 요건'입니다. 왜냐하면 지식의 전달 방법에는 말과 글 두 가지가 있기 때문입니다. 그런데 뜻밖에도 그런 사람이 많지 않은 것에 적이 놀라게 됩니다. 그 대상이 교수나 정치가인 경우에는 더욱 놀라게 됩니다.

교수는 글을 통해 학문 연구를 하되 그 지식을 말로 학생들에게 전달해야 하는 직업입니다. 그런데 교수님들의 말이 논리적이면서도 시원스럽게 풀려나가지 않고 어눌하고, 또 원고를 보고 읽다시피 하며 청중을 향해 눈길 한 번 제대로 주지 못하는 경우가 적지 않습니다. 그런 사람들에게 으레 붙어다니는 변명이 있습니다. '실력은 있는데 워낙 말재주를 타고나지 못해서……'

그게 사실일까요? 아닙니다. 거짓말입니다. 첫째가 공부 부족, 둘째가 노력 부족입니다. 그 두 가지가 넘치게 잘 갖추어지면 말이 잘 안 될 리가 없습니다. '제가 해봐서 아는데'(이명박 조로) 그 두 가지에 최선을 다하면 말은 저절로 술술 풀려나옵니다.

그다음은 정치인들의 경우입니다. 정치야말로 '말로 하는 것'입니다. 대중을 말로 설득하고, 선동하고, 감동시켜야 할 정치가들이 원고를 보고 읽느라 급급하다면 그보다 더 곤란한 일은 없습니다.

정치가야말로 자기의 정치(통치) 철학을 총체적으로 대중 앞에서 펼칠 수 있는 지식과 논리와 웅변술을 균형적으로 갖추지 않으면 안 됩니다. 그것 또한 공부와 노력 두 가지를 바치면 순조롭게 해결이 됩니다.

작가와 눌변

그 두 직업에 비하면 작가는 한결 부담이 덜한 자유로운 직업입니다. 왜냐하면 작가는 '쓰는 것'으로 그 절대 소임을 다하는 것이기 때문입니다. 다시 말하면 작가의 독자와의 만남은 '책'으로 이루어지는 것입니다. 그리고 강연을 한다거나 텔레비전 출연을 한다거나 하는 건 여벌에 지나지 않는 일입니다.

그러나 현대는 영상의 시대입니다. 영상의 무한 공간 장악력과, 순간적 확장성과, 대중적 영향력은 가히 폭력적입니다. 똑같은 시간에, 전국적으로, 수백만 명이 한 사람의 말을 들을 수 있는 것이 영상의 위력인 것입니다. 그 영상에 얼굴을 내밀고, 뭇 대중을 향해 말을 한다는 것, 그것처럼 어렵고 무서운 일이 어디 또 있겠습니까. 말에 자신이 없는 작가가 그 일에 나선다는 것은 자해행위나 자살행위와 다름없습니다. 글을 쓰느라고 입을 꼭 닫고 살아온 세월이 길수록 말은 어눌해지게 마련입니다. 그건 자연스러운 생리현상이고, 활달함이 많이 퇴화한 혀로 영상 앞에 나섰다가는 십중팔구 손해 보기 십상입니다. 글에 비해 말이 매끄럽지 못하고, 긴장해서 언행이 얼어붙게 된다면 그보다 더 큰 손실은 없을 것입니다. 그것은 일삼아 독자들을 실망시키면서 '내 책 읽지 마세요' 하고 선전하는 것과 같습니다.

그래서 작가들은 많되 영상 앞에 서는 작가들은 많지 않습니다. 글쓰기에 몰두하며 자기 혼자 긴 시간을 보내야 하는 작가들은 교수나 정치인들에 비해 눌변이 될 확률이 그만큼 큽니다. 그러나 그 눌변의 위험도 노력으로 얼마든지 극복, 해결될 수 있습니다.

NG 없는 40년 방송 출연

저는 3년 전에 아버지의 고향인 전남 고흥에 있는 '조종현 조정래 김초혜 가족 문학관'에 전시할 물건들을 정리하다가 깜짝 놀랐습니다. 전시를 맡은 회사에서 영상 시대에 맞추어 저의 영상실을 꾸미고 싶으니 그동안 텔레비전에 출연한 디스크들을 넘겨달라는 것이었습니다.

저는 무심코 그것들을 간추리다가 '아니!' 하며 주춤했습니다. 길고 짧은 출연들이 한 100번쯤 되나 생각했었는데, 정리를 하고 보니 200번이 넘었던 것입니다.

그 놀라움과 함께 떠오르는 생각이 한 가지 있었습니다. 그 많은 횟수를 출연하면서도 NG를 한 번도 안 냈다는 사실입니다. 출연시간 삼십 분이면 녹화시간을 한 시간 삼십 분을, 한 시간이면 세 시간을 잡는 것이 보통이었습니다. 그런데 저는 NG를 안 냈기 때문에 매번 PD를 비롯한 모든 연출진(특히 촬영팀)에게 감사하다는 인사를 받고는 했습니다. 그런데 가끔 사회자가 NG를 내는 경우가 있어서 서로 어색스럽게 웃음 짓는 일이 있기도 했습니다.

그 많은 디스크들을 간추려나가다 보니 유난히 눈길이 끌리는 것이 있었습니다. 그건 다섯 개로 된 구형 디스크였습니다. 한 20여 년 전쯤 교육방송에서 각계 명사들이 자기 분야에 대해서 5회에 걸쳐 특강을 하는 프로그램이 있었습니다.

저는 저의 문학과 작품들에 연관된 우리 역사에 대해서 특강을 하기로 했습니다. KBS 본사에서 녹화가 시작되었습니다. 한 회에 한 시간씩, 5회를 연달아 촬영하는 것이었습니다. 왜냐하면 그때만 해도 교육방송의 형편이 허약해 KBS 스튜디오를 빌려 쓰는 처지라 하루에 촬영을 다 끝내야 했던 것입니다.

그들은 하루 종일, 여덟 시간 촬영 계획을 세워놓고 있었습니다. 저는 NG 없이 첫 회 육십 분 촬영을 중단 없이 끝냈습니다.

"어머나 선생님, NG 한 번 안 내시고……. 완벽하게 준비하셨군요. 실례지만 강의 대본 좀 보여주세요."

여자 PD가 감격하듯 말했습니다.

"대본? 그런 것 없어요."

저는 고개를 저었습니다.

"아니, 그럼? 머릿속에……?"

PD는 믿을 수 없다는 얼굴로 어리둥절해 있었습니다.

"물이나 한 잔 주시오."

저는 돌아서며, 그 PD가 『태백산맥』『아리랑』『한강』이 구성 노트 없이 쓰여졌다는 사실을 모르는 모양이라고 생각했습니다.

물을 가져온 진행팀은 양복 서너 벌을 함께 들고 왔습니다. 2회분을 위해 양복을 갈아입으라는 것이었습니다. 저는 거절하고 넥타이만 바꿔 맸습니다.

2회분 촬영도 꼭 육십 분 만에 끝났습니다. 그리고 물 한 모금 마시고, 넥타이 바꾸고를 되풀이해서 5회분까지 다 마쳤습니다.

그렇게 여섯 시간의 노동을 끝내고 차에 몸을 부리자마자 전신이 와르르 무너져 내리고, 축 늘어져 처지는 피로가 덮쳐왔습니다. 10여 년 전 『태백산맥』과 『아리랑』을 쓸 때 엄습하고는 했던 전신 와해 현상이 다시금 일어난 것입니다.

몸은 도저히 가눌 수 없이 늘어지고 처져 내리는데 정신은 멀뚱한 채 딴생각을 하고 있었습니다.

'그 대목에서는 그 말을 더 했어야 하는데……. 아, 그 부분은 좀 더 자세히 설명했어야 하는데……. 아니, 그 사건에는 이 사건을 대비시켰어야 하는데…….'

저의 의식은 다섯 강좌 중의 부족함과 아쉬운 점들을 뒤늦게 떠올리고 있었습니다. 그리고 더욱 완벽을 기하기 위해서는 다섯 시간을 더 덧붙여야 한다는, 다섯 시간을 더 말하고 싶은 욕구를 느끼고 있었습니다.

앞에서 말한 '아무것도 보지 말고 열 시간 정도는 말할 수 있어야 한다'는 기준은 바로 여기서 나온 것입니다. 문학 일반과, 저의 작품들과, 그와 연관된 우리 민족사에 대해서 지금 이 나이에도 열 시간은 말할 자신이 있습니다. 다만 시간이 갈수록 목소리가 패는 것이 걱정이지만. 이 대책 없는 주책을 용서하십시오. 그것이 글 쓰는 자의 원동력입니다.

『사람의 탈』, 역사책으로도 다 하지 못한 이야기

2019년 11월에 개최된 태백산맥문학관 11주년 기념행사에서 선생님은 독자들에게 『사람의 탈』을 읽어보라고 추천하셨습니다. 인간의 삶이 이념과 전쟁에 의해 피폐해져 가는 과정을 여실히 보여주는 작품이라고 하셨는데, 추천 이유를 보다 구체적으로 설명해 주시면 좋겠습니다.

이선하(40대, 부산광역시 중구)

저는 저의 또 다른 대표작으로 꼽고 싶다는 말도 했습니다. 그만큼 그 작품을 독자들이 많이 읽었으면 하는 마음을 가지고 있습니다.

거기에는 두 가지 이유가 있습니다.

첫째 그만큼 자신 있게 썼고, 둘째 한국 사람이면 반드시 읽어야 할 소재(사건)이기 때문입니다.

첫 번째인 저의 자신감에 대해서는 우리나라에 와 있는 미국인 영어 교사가 아마존에 '세계적 수준의 작품'이라고 독후감을 올린 동시에 영어 교재로 채택해(미국에서 번역 출판되어 있어서) 한 학기 동안 학생들을 가르침으로써 객관적인 '품질보증'을 해주었습니다. 하하하…….

그런데 저에게는 둘째 조항이 더 중요합니다. 그 소설이 다루고 있는 사건은 작가 조정래가 소설을 쓰는 '절대 이유'와 직결되기 때문입니다. 다시 말하면 제가 문청 시절부터 내걸었던 화두(왜 나는 이런 슬프고 처절한 역사의 땅에 태어났을까, 그런데 왜 하필 문학을 하려 하는가, 그렇다면 무엇을 쓸 것인가)에 대한 응답으로서 가장 합당한 소재가 바로 그것이었던 것입니다.

민족이 겪은 역사의 수난이 심하면 심할수록, 고통이 통렬하면 통렬할수록 이성적 분노와 논리적 증오로 그 비극의 역사적 체험을 곱씹고 곱씹으며 기억의 소금을 뿌려대야 합니다. 그래야만 그런 참혹한 역사를 되풀이하지 않게 됩니다.

우리가 일본에게 나라를 빼앗기고 당한 식민지시대의 처참한 역사가 바로 그것입니다. 그 치욕과 통분은 우리 모두의 이성적 분노와 논리적 증오를 통하여 앞으로 360년의 정체성이 되어야 합니다.

그 중대한 작업은 역사 교육만으로는 충분하지 않습니다. 어느 면에서는 역사 교육보다 더 효과적인 것이 소설로 형상화하는 것입니다. 그것이 역사책이 해낼 수 없는, 소설이 전개해 나가는 이야기의 효과입니다.

저는 일찍부터 소설을 통해서 그 일을 해내고자 나섰던 것입니다. 그 어느 만큼의 성취가 『태백산맥』이었고, 『아리랑』이었고, 『한강』이었습니다. 그 맥락 위에서 쓰여진 또 하나의 작품이 『사람의 탈』이었습니다.

나라를 잃어버린 비극의 시대에 20대 초반의 젊은이들은 일본군 징병으로 속수무책 끌려가지 않을 수가 없었습니다. 그런데 그들 중 어떤 사람들은 일본군 총알받이로만 끝나지 않았습니다.

일본군과 소련군의 전투에서 가까스로 살아났으나 소련군의 포로가 되고, 병력 조달이 시급한 소련군의 회유로 다시 소련군의 총알받이가 되고, 소련군과 독일군의 전투에서 포로가 되고, 또 똑같은 이유로 독일군이 되어야 했고, 다시금 프랑스군의 포로에서 프랑스군이 되었고, 또다시 미군의 포로가 되어 미국의 포로 수용소에 갇히게 되었습니다. 그리고 2차대전이 끝났습니다. 그러나 그 젊은이들은 아무리 몸부림쳐도 조국 땅 조선으로 돌아올 수가 없었습니다. 그들의 국적은 조선이 아니라 엉뚱하게도 프랑스였던 것입니다. 그런데 그들은 강대국들의 거래에 의해서 소련으로 끌려갔습니다. 그리고 기관총들의 난사 속에서 집단학살당하고 맙니다.

이 믿을 수 없는 이야기는 소설가의 황당한 상상의 소산이 아닙니다. 아무리 상상력이 특출한 작가라도 그런 변화무쌍하고 현실감이 전혀 없는 이야기를 꾸며내기는 가능하지 않습니다. 소설은 상상력을 동원하는 것이되 소설적 리얼리티가 있어야 하기 때문입니다.

여러분, 놀라지 마십시오. 그 이야기는 역사책에 몇 줄로 기록되어 있는 분명 '있었던 일'입니다. 그런 기막힌 이야기를 '발견'하고 이 땅의 작가는 어떻게 해야 되겠습니까!

작가란 언제나 정의의 편에 서야 하고, 불의에 저항하면서 진실만을 말해야 한다고 세계적으로 정의되고, 동의되어 왔습니다. 그건 바로 작가란 이성적 분노와 논리적 증오를 양쪽 가슴에 품고 있어야 함을 기본 조건으로 한다는 뜻입니다. 그런데 그렇지 않은 작가도 있지 않느냐고요? 그건 그들의 사정이지요.

저는 그 처참한 운명의 젊은이들 이야기를 대하는 순간 가슴에서 천둥 치는 소리를 들었습니다. 그 충격은 곧 소설을 써야 한다는 충동을 일으켰습니다. 저는 망설임 없이 취재를 나섰습니다.

다시금 끝없이 짓밟히고 억압당해야만 하는 약소민족의 처절한 운명을 가슴에 사무치도록 통절하게 느끼며 소설은 냉정하게 써나가야 한다고 마음을 단단히 가다듬었습니다. 냉정해야만 비인간적인 횡포를 일삼은 강대국들의 죄상을 명확하게 표출시킬 수 있기 때문입니다.

이 작품에 대해 민족주의의 지나친 노출이나 편향이라고 시대유행적인 언사를 쉽게 할 수도 있습니다. 그러나 분명히 말합니다. 히틀러적 공격의 강대국 민족주의와 약소국들의 방어적 민족주의는 절대로 동일하지 않습니다. 민족주의를 무조건적으로 매도하고 나서는 강대국 유학파들의 무책임한 경박을 단호히 거부합니다. 20세기의 세계역사는 소수의 강대국들이 다수의 약소국들을 침탈하고 유린한 야만의 역사였습니다. IT산업이 제아무리 발달한다고 해도 강대국들의 그런 안하무인적 횡포는 21세기에도 변함없이 자행될 것입니다. 그때 약소국들이 견뎌낼 수 있는 힘은 방어적 민족주의로 단결하는 것뿐입니다.

그러므로 저는 이 소설을 우리 민족만의 장래를 위해서 쓴 것이 아닙니다. 다른 약소민족들을 위해서도 썼습니다. 왜냐하면 우리나라 젊은이들이 그리도 처참하게 유린을 당할 때 다른 약소민족들의 젊은이들도 함께 당했기 때문입니다.

그래서 저는 제목을 『사람의 탈』이라고 붙였습니다. '사람을 그렇게도 잔혹하게 짐승 취급하며 유린해 댄 강대국 너희들은 사람의 탈을 쓴 짐승이다' 하는 뜻입니다.

저는 이 작품을 선물하기를 좋아합니다. '경장편'이란 새 이름이 생겨난 것처럼 500여 매로 짧으면서도 담긴 주제는 정신 번쩍 들도록 강력하기 때문입니다. 이 소설을 읽고도 가슴에 이성적 분노와 논리적 증오가 생성되지 않는다면 그건…….

쓰고 싶은 말을 생략합니다. 그 말을 다 썼다가는 시인 김초혜의 검열에서 가차없이 지워지고 말 테니까요. 집사람은 시인답게, 할말 다하려고 하지 말고 상징과 생략법을 구사하라고 저를 늘 훈도합니다. 그런데 저는 그 지엄한 훈도를 범하게 될 위험에 처하고는 합니다.

제가 생략한 말이 무엇인지 여러분이 답을 찾아보시기 바랍니다.

대하소설 작가의 체력 관리

보통 선생님이 쓰신 작품들을 보면 굉장히 긴 소설들이 많습니다. 『풀꽃도 꽃이다』마저 두 권이지요. 장편소설을 작업하시다 보면 체력적으로도 버거울 수 있을 텐데 어떤 음식을 주로 드시고 운동을 하시나요? 길게 쓸 수 있는 원동력이 될 만한 것이 어떤 것이 있으신가요? 쓰신 책들 중 도중에 포기하고픈 책이 있었나요? 그렇다면 포기하고픈 마음을 다잡고 다시 쓸 수 있게 한 힘은 무엇인가요?

엄영란(40대, 경기도 고양시)

응답을 하기 전에 귀하의 문장 하나를 손보는 게 어떨까 합니다. '……어떤 음식을 주로 드시고 운동을 하시나요?' 이 한 문장은 두 가지를 묻고 있습니다. 한 가지는 음식이고, 다른 하나는 운동에 대해섭니다. 위의 문장으로도 질문의 내용 전달에는 별 무리가 없습니다. 그러나 문장 구성으로는 좀 무리가 있습니다. 서로 다른 두 가지 대상에 대한 질문으로 보다 분명해지고 독립성을 갖추도록 문장의 균형이 맞게 하려면 '……주로 드시고' 다음에 쉼표(,)를 찍어 뒤의 문맥이 달라진다는 것을 확실히 해주고, '운동을 하시나요?' 앞에 '또'라는 접속 부사와 '무슨'이라는 관형사를 붙여주면 문장이 완벽해지지 않을까 합니다. 앞의 '어떤'을 뒤의 '무슨' 자리에다 쓸 수도 있습니다. 그러나 같은 뜻이라고 해도 한 문장에서 똑같은 단어를 반복적으로 쓰는 건 지극히 삼가는 것이 문장 작법의 기본입니다. 같은 뜻의 다른 단어를 찾아 쓰는 것, 그것은 모국어의 다채로운 활용을 위해서, 다양한 표현을 구사하는 문장의 신선감을 위해서도 항상 신경 써야 할 문제입니다.

이 '질의·응답'이 단순히 독자들의 궁금증을 풀어주는 일만이 아니라 기본적으로 '구체적인 문학 공부'이기 때문에 굳이 이런 지적을 하는 것이니 조금이나마 도움이 되었으면 합니다.

예, 한 권 이상의 장편소설이나 열 권에 이르는 대하소설을 쓰는 일은 분명 '시간과의 싸움'인 동시에 '체력전'이기도 합니다. 대하소설의 경우 시간과 사투를 벌이지 않고서는 원고 분량이 불어나지 않고, 언제가 끝일지 모르는 긴긴 시간을 날이날마다 몸부림치듯 머리를 짜내며 애를 태우다 보면 체력의 한계를 자꾸만 겪게 됩니다.

그 체력전을 이겨내지 못하고 쓰러진 작가들의 일화는 많습니다. 치명적인 병을 앓는 일이 숱하고, 심지어는 이 세상을 떠나는 사람들도 더러 있습니다. 저도 『태백산맥』『아리랑』『한강』을 써낸 20년 동안 '이러다가 죽는 게 아닌가!' 하는 위기의식 속에서 극심한 몸살을 앓은 것이 한두 번이 아니었습니다.

'세끼 밥이 보약'이라는 말이 있습니다. 체력 관리를 위해서 제가 첫 번째로 중시하는 것이 '세끼 밥'입니다. 제가 지키는 철칙 중의 하나가 '하루 세끼를 반드시 먹기'입니다. 그건 글쓰기 건강 때문만이 아닙니다. '한 끼라도 절대 안 굶기'는 작가가 되기 훨씬 이전부터 철저하게 실천해 온 제 삶의 절대원칙 중의 하나입니다.

그 뿌리는 저 6·25전쟁에 닿아 있습니다. 그 전쟁 통에 저의 뼛속 깊이 아로새겨진 두 가지 트라우마가 있습니다. 배고픈 것과 추운 것. 그래서 저는 제가 밥벌이를 한 이후 평생토록 한 끼라도 굶은 일이 없었고, 추위를 막는 옷이면 무엇이든 주저 없이 사려고 했습니다. 그것이 일종의 병증이라는 것을, 정신이상적 증세라는 것을 잘 알고 있습니다. 그러나 고칠 생각은 전혀 없습니다. 그것이 작가의 삶을 지켜주는 썩 좋은 효과를 발휘하고 있으니까요.

저는 제아무리 시간 촉박한 상황(TV 출연 때나 강연 같은 때)이 벌어져도 절대로 끼니를 거르지 않습니다. 반드시 밥(라면이나 기타 간편식이 아니고)을 챙겨 먹습니다.

그리고 그 밥을 그냥 먹는 것이 아니라 세 가지 원칙을 철저히 지키면서 먹습니다.

1. 반찬을 고루고루
2. 꼭꼭 씹어서
3. 천천히 먹는다.

이것은 저희 아버지가 평생에 걸쳐 행한 밥상머리 교육이었습니다.

그래서 저는 평생 밥을 먹을 때마다 밥을 뜨는 데 숟가락을 쓴일이 없습니다. 숟가락을 쓰면 밥을 많이 뜨게 되고, 입에 많이 들어간 밥은 제대로 잘 씹히지 않고 넘어가게 마련입니다. 그래서 꼭꼭 잘 씹기 위해서 젓가락으로 밥을 조금씩 집어서 입에 넣습니다. 그리고 숟가락은 국을 뜨는 데만 사용합니다. 그래서 저의 밥 먹는 시간은 평균 한 시간이 넘습니다. 그거 너무 시간 낭비 아니냐고요? 아닙니다. 오히려 그 시간은 저에게 너무나도 큰 유익함을 갖다줍니다. 그 긴 시간 동안 지금 쓰고 있는 소설을 생각하기 때문입니다. 이미 써놓은 부분에서 미심쩍은 데를 찾아내고, 또 앞으로 쓸 부분을 치밀하게 짜나갑니다. 그러니까 밥을 먹으면서도 소설을 쓰고 있는 셈입니다. 그래서 소설을 쓰고 있을 때는 '옆에 있어도 그리운' 사랑하는 아내마저 밥상에 마주앉아 있는 것이 짐이 될 지경입니다. 글만을 집중적으로 생각하는 데 방해가 되니까요.

그리고 반찬은 아무것도 가리는 것이 없습니다. 밥상에 올라온 모든 반찬은 한 가지도 가리지 않고 고르게 다 먹습니다. 편식하지 않는 그것이 바로 '보약 먹기'이니까요.

그다음에 지키는 두 가지가 채식과 소식입니다. 육식보다 채식이 건강을 지키는 비결이라는 것은 이미 세계적으로 널리 알려져 있습니다. 그러나 전적으로 채식만 하는 건 영양 불균형을 초래한다는 것 또한 누구나 다 아는 상식입니다. 그래서 생선과 고기를 일주일에 두어 번씩 번갈아가며 먹습니다.

그리고 중요한 것이 적게 먹기—소식입니다. "조금 더 먹고 싶다 할 때 숟가락을 놓아라." 옛날부터 어른들이 입에 달고 살았던 삶의 지혜였습니다. 그렇게 하면 위와 장에 탈이 생길 리가 없고, 세계적인 현대병인 비만이 될 리도 없습니다. 뚱뚱보가 되도록 먹느라고 돈 없애고, 각종 병 유발하는 그 살 빼느라고 또 돈 없애고, 그보다 더 어리석고 딱한 일은 없습니다. 저는 흔히 하는 말로 "배불러 죽겠다" 하는 상태로 먹는 일이 결코 없습니다. '좀 과한 것 같다' 하는 느낌이 들면 밥 반 숟가락, 과일 반쪽이라도 단호하게 버려버립니다. 그래서 저는 평생토록 61킬로그램에서 62킬로그램의 몸무게를 유지하며 50년 글쓰기를 아무 탈 없이 해올 수 있었습니다.

그다음, 식생활만큼 철저하게 실행해 온 것이 운동생활이었습니다. 제가 하는 운동은 간단하되, 여러 가지입니다. 제가 줄기차게 글을 써내는 건강 유지 방법에 대해서 많은 독자들께서 궁금해하시고, 저의 운동법이 독자 여러분들께도 필요한 것이니 기회가 온 김에 자세히 알려드리도록 하겠습니다.

1. 국민보건체조

2. 산책

위의 두 가지를 지난 40여 년 동안 하루도 빠짐없이 실천해 왔습니다. 그 효과는 산삼이나 녹용, 그 어떤 보약보다도 좋습니다.

첫째, 국민보건체조는 초중등학교 때 배웠던 그대로 두 번 되풀이합니다. 그저 춤추듯 건숭건숭 하지 말고, '한 동작, 한 동작을 절도 있고 힘차게!' 체육 선생님들이 외쳐댔던 그 가르침 그대로 똑바로 하는 것입니다.

그런데 저는 거기다가, 운동의 강도를 더 높여 효과를 많이 보기 위해서 대여섯 가지를 추가해 '조정래 맨손체조'를 창안해 냈습니다.

세계 공통인 맨손체조의 효과는 참으로 신통하고 고맙기 그지없습니다. 날마다 열두세 시간씩 책상에 매달려 속을 태우고 몸을 비비 틀며 시달리다 보면 전신에 온갖 통증이 다 일어납니다.

머리는 묵지그리하며 어질거리고, 눈은 침침하며 씀벅거리고, 등은 뻑적지근하며 짝짝 갈라지고, 허리는 뻣뻣하며 뚝 부러질 것 같고, 오른쪽 어깨로부터 손등까지 저릿거리는 무거움으로 욱조이고, 장딴지가 두세 배로 팽창된 것 같은 둔함과 무거움으로 걸음을 떼어놓기 어렵고……, 이런 가지가지 통증들은 안마로도, 뜨거운 물 샤워로도 풀리지 않았습니다. 오직 하나, 맨손체조가 그 해결사였습니다. 맨손체조를 큰 동작으로 힘차게 하고 나면 그 온갖 통증들이 바람에 구름 흩어지듯 거짓말처럼 가시고는 하는 것이었습니다.

맨손체조를 한 번 하는 데는 6분 정도가 걸립니다. 그 짧은 시간은 밥을 꼭꼭 씹어 천천히 먹는 시간처럼 참 신효한 창작의 시간이 되기도 합니다.

저는 소설을 안 쓸 때는 체조를 하루에 한 번, 아침 식사를 하기 전에 합니다. 그러나 소설을 쓸 때는 육체의 피로도에 따라 하루에 세 번 이상, 어떤 날은 대여섯 번도 합니다. 그때 몸은 체조를 하고, 머리는 깨끗한 상태로 방금 써놓은 소설의 미흡한 점은 없는지를 생각합니다. 그리고 이어서 곧 써야 할 다음 대목을 더듬고 있습니다. 그때의 머리의 투명함은 가을의 맑은 하늘이나, 계곡을 시원하게 흘러내리는 해맑은 물살 같습니다. 그렇듯 의식이 투명해지는 체조의 효과 속에서 소설을 써나갈 새로운 생각들이 분출합니다. 그때의 충족감과 행복감은 말로 표현하기가 어렵습니다.

그렇게 여실한 이중 효과 앞에서 맨손체조는 자꾸만 하고 싶어

집니다. 그리고 할수록 동작이 유연하면서도 탄력이 붙으며 효과가 증대되는 것을 느낄 수 있습니다.

둘째, 산책도 매일 삼십 분에서 한 시간씩 합니다. 산책의 운동효과는 널리 알려져 있기 때문에 더 말하지 않겠습니다. 산책은 피돌기를 촉진시키는 전신운동인 동시에 머리에까지 피를 힘차게 보내주기 때문에 두뇌노동의 피로가 심한 모든 예술가들에게 필수적인 운동입니다.

그런데 글을 안 쓸 때 가끔 외출을 하거나 책읽기에 빠지다 보면 산책을 거르게 될 때도 있습니다. 그런 날은 틀림없이 몸 무거움을 느끼고, 기분도 찜찜해집니다. 그러나 글을 쓰게 되면 산책은 하루도 빠지는 날 없이 철저하게 시행됩니다. 몇 달이고 계속되는 중노동을 이겨내며 오래 버티기 위해서는 그 방법밖에 없기 때문입니다. 물론 그 산책 시간에 써놓은 소설, 써야 할 소설에 몰두해 있는 것은 더 말할 것이 없습니다.

이제 누구나 다 아는 이 말을 상기하십시다.

'돈을 잃는 것은 적게 잃는 것이고, 명예를 잃는 것은 많이 잃는 것이고, 건강을 잃는 것은 전부 잃는 것이다.'

현대인들은 불빛을 보고 몰려드는 불나방 떼처럼 도시로, 도시로만 몰려듭니다. 그래서 도시는 정신적·물질적으로 공해투성이입니다. 그 지옥 속에서 삶을 지탱하고 연명해 가자면 돈 안 들고, 시간 적게 드는 최소한의 운동을 해서 가엾은 자신을 구원해야 합니다. 수십 년 동안의 생체실험을 증거로 '조정래 운동법'을 권합니다.

'쓰신 책들 중 도중에 포기하고픈 책이 있었나요?'

　새 작품을 쓸 때마다 언제나 처음 해보는 일처럼 낯설고, 걱정되고, 꽉꽉하고, 힘겹습니다. 그러나 끝문장까지 어떻게 쓸 것인가를 생각해 두고 작품을 시작하기 때문에 '포기하고 싶다'는 마음이 생긴 적은 한 번도 없습니다. 글이 잘 풀리지 않는다고 해서 술을 마시거나 여행을 가거나 해서 그 어려운 고비를 기피한 적이 한 번도 없듯이.

문학인생의 훈장이 되어버린 직업병

『천년의 질문』을 끝내자마자 두 번째 탈장 수술을 받았
다는 기사를 읽고 놀랐습니다. 어쩌면 이럴 수가 있는 것인
지……, 선생님의 애독자로서 걱정되고, 감탄스럽고 그렇습니
다. 이번에도 직업병이라고 말씀하시는데, 그럼 직업병을 몇
번이나 앓으신 건가요?

임남숙(40대, 충북 청주시)

예, 첫 번째 탈장 증세가 나타난 것이 『한강』 완료 6개월 전
쯤이었습니다. 왼쪽 아랫배가 불룩하게 솟은 것입니다.

"당장 수술을 해야 하지만, 그리되면 완전히 회복되는 1년 동안
은 글을 못 쓰시게 됩니다. 회복되기 전에 다시 책상에 앉으면 몸
무게가 누르는 압력 때문에 심하게 재발할 위험이 큽니다."

의사의 진단이었습니다.

그래서 6개월 동안 왼손으로 아랫배를 꾹꾹 눌러가며 참고 글
을 끝냈습니다. 그리고 바로 수술을 받았습니다.

"어찌 탈장이 되도록 글을 쓰십니까. 쉬엄쉬엄 쓰시면서 많이
걸으세요."

고개를 갸웃거리며 의사가 말했습니다.

저는 쉬엄쉬엄 쓰라는 의사의 충고를 들었어야 했습니다. 그런
데 글 쓸 욕심에 그 충고를 까맣게 잊어버렸습니다.

그래서 『누구나 홀로 선 나무』『인간연습』『사람의 탈』 위인전 『신채호』『김구』『안중근』『한용운』『세종대왕』『이순신』『박태준』 그리고 『허수아비춤』『황홀한 글감옥』『조정래의 시선』『정글만리』『풀꽃도 꽃이다』를 출간하고 『천년의 질문』을 두 권 반쯤 썼을 때 오른쪽 아랫배가 또 불룩 솟긴 것을 발견하게 되었습니다.

미련하게도 그때서야 저는 '아차, 또 탈장!' 하고 깨달았습니다. 그러나 때는 이미 늦어도 한참 늦은 뒤였습니다.

첫 수술을 받았을 때의 기억들이 생생하게 떠올랐습니다. 허리가 똑 부러지는 것처럼 아파 한숨도 못 자고 밤새껏 신음하며 고통당했던 기억이 끔찍스럽게 끼쳐왔습니다.

'그 고통을 어찌 또 당하지······?'

싫고, 두렵고, 피하고 싶었습니다.

그러나 그거야말로 엎질러진 물이었습니다. 또 아랫배를 지그시 꾹꾹 누르며 정면 책꽂이를 쳐다보았습니다. 그동안 써낸 책들이 순서대로 쭉 꽂혀 있었습니다.

'죄송합니다. 저희들 때문에······.'

그 책들이 사죄하고 있었습니다.

'아니 괜찮아. 다 내가 좋아서 한 일인걸 뭐.'

저는 책들에게 고개 끄덕여주었습니다. 그 책들이 준 즐거움과 보람은 다시 탈장 수술을 하며 당해야 하는 고통쯤 아무것도 아니게 큰 것이었습니다.

"탈장은 누구나 고환으로 연결된 부위가 약해 발생합니다. 그런데 선생님은 그쪽은 아무 이상 없이 건강하신데 엉뚱한 데가 말썽을 일으켰습니다. 아주 희귀한 경우인데, 책상에 오래 앉아 글 쓰신 게 화근이었습니다. 오십 분 쓰시고 십 분 쉬시거나 걷고, 이 것을 원칙으로 정해놓고 반드시 실천해야 합니다. 세 번째 재발하면 속수무책입니다."

수술을 끝내고 난 집도의가 심각한 얼굴로 말했습니다.

"예, 알겠습니다. 말씀대로 하겠습니다."

저는 고개까지 숙여 보이며 순진한 초등학생처럼 약속했습니다. 그러나 그건 거짓말이었습니다. 앞으로도 마음을 흔들거나 사로잡는 글거리가 나타나면 저는 또 그 약속을 까맣게 잊어버릴 것이 뻔했던 것입니다.

직업병을 몇 번이나 앓았느냐구요? 그건 『황홀한 글감옥』에 자세하게 썼습니다.

저는 앞으로 20년 동안 글 쓸 계획을 세워놓았는데, 그걸 쓰다 보면 세 번째로 탈장이 재발할 수도 있습니다. 그런데 그 세 번째가 계획대로 글을 거의 다 쓴 20년 막바지에 재발했으면 좋겠습니다. 그렇게 되면 더는 수술 않고 그냥 그 병과 함께 죽어가면 되니까요.

조선시대 학자 중 현대에 부활해 가장 추앙받는 학자가 다산 정약용일 것입니다. 그분도 앉아서 글을 너무 많이 쓰다 보니 엉덩이에 종기가 났습니다. 그게 고약으로 잘 다스려지지 않아 다산은 천장에서 끈을 드리워 공중에 선반을 매달고 일어서서 글을 썼습니다. 그런 열성으로 그는 500여 권의 책을 펴내 양으로도 조선 500년사에서 그야말로 타의 추종을 불허했습니다.

그런데 그 500권이라는 것이 붓으로 쓰기 때문에 글씨가 큼직큼직해서 양이 그처럼 불어난 것이었습니다. 그걸 현재의 책들처럼 계산해 보면 22~23권 정도라고 합니다.

그런데 저는 이번 책까지 하면 65권을 써냈으니 다산보다 훨씬 심하고, 더 많은 직업병들을 앓게 된 것이 아닌가 싶습니다. 저도 엉덩이 종기가 효과 좋은 현대의 연고로도 다스려지지가 않아 결국 수술을 받아야 했습니다. 그것으로부터 여러 가지 직업병들이 저를 습격해 왔습니다. 그것들 또한 미워하거나 원망하지 않습니다. 그것들은 제가 최선을 다하고자 했던 글쓰기 인생의 증거이고 훈장들이니까요.

더 쓰지 못한 이유

올해 들어 『태백산맥』을 시작으로 『천년의 질문』까지 선생님이 쓰신 40여 권의 장·단편 소설을 읽고 있습니다. 모든 작품을 깊은 감동으로 읽었습니다. 특히 『태백산맥』을 통해 잃어버린 역사를 알게 되고, 반공교육으로 세뇌되어 우경화된 저의 생각이 폭넓게 좌우를 이해하고 살펴볼 수 있는 여유를 갖게 되었음에 감사드리며 『태백산맥』을 가장 사랑하는 책으로 소개하게 되었습니다.

『천년의 질문』의 내용이 너무 어마어마해서 재벌들의 현주소가 정말 그런가 할 정도로 기가 막혔습니다. 3권으로 글을 마치셨지만 완결본이 아니었으면 합니다. 4권, 5권으로 계속 이어서 쓰실 계획은 없으신지요?

김재택(50대, 서울특별시 은평구)

아, 50대이신데 그 많은 책을 다 읽으시다니요. 돋보기의 도수를 높여야 하지 않았는지 걱정됩니다. 그러나 우리의 역사와 현실이 너무나 파란만장하여 그렇게 길게 쓰지 않고는 안 되니 어찌하겠습니까. 함께 공감해 주신 것, 감사합니다.

『천년의 질문』에 대한 독후감이 어찌 그리도 저의 내심과 똑같이 일치합니까. 『태백산맥』은 해방 공간 8년사를 다루면서 열 권, 『아리랑』은 식민지 전야부터 해방까지 42년사를 다루면서 열두 권,

『한강』은 이승만 정권 말기부터 박정희 정권 몰락까지 20년사를 다루면서 열 권으로 썼습니다. 그러면 우리 현대사 70년 동안의 총체적 문제를 다루는『천년의 질문』은 몇 권이 되어야 하겠습니까. 아무리 짧아도 열 권은 되어야 했습니다.

책 읽지 않는 시대

그런데 핸드폰이라는 편리하기 그지없는 물건이 나오더니 몇 년이 지나 그 아들놈으로 스마트폰이라는 게 태어났습니다. 그런데 그놈 똑똑하기가 지 애비 바보 만들기 딱 좋게 몇 배 이상 편리해진 것이었습니다. 전 세계 사람들은 환성을 지르며 서로 빨리 그놈을 차지하려고 박이 터지도록 다투었습니다(그놈이 새 기능을 장착하고 진화의 탄생을 거듭할 때마다 세계 여러 나라에서 밤샘 줄서기를 하고, 백화점 문이 열리면 사람들은 서로 밀치고 다투며 미친 듯이 뛰어가는 모습을 텔레비전마다 보여주고는 했습니다. 그 광란적 모습을 보면서 저는 '저 요상망측한 괴물이 책을 잡아먹을 날도 머지 않았구나' 하는 불길한 예감에 우울하고는 했습니다. 그 불쾌감 때문에 저는 스마트폰을 안 갖는 원시인적 삶을 살기로 작정했는지도 모릅니다. 제가 스마트폰 없는 것에 대해서 입 달린 사람들은 모두가 '불편하지 않냐', '답답하지 않냐'고 물으며 측은한 듯, 동정하듯 합니다. '그게 없으니까 얼마나 편한지 모른다. 그게 있으면 전화받느라고 글 쓰는 데 얼마나 방해당하고, 불편하겠느냐.' 저의 대꾸는 늘 이랬습니다. 만약『한강』을 끝낸 다음

무심코 스마트폰을 가졌더라면 그 후로 쓴 소설들이 지금의 절반쯤밖에 안 되었을지도 모릅니다).

  그 후 몇 년이 지나 저의 불길한 예감은 적중하고 말았습니다. 그 확실한 확인은 일본으로부터 날아왔습니다. 일본 사람들은 책 많이 읽기로 세계적으로 유명했습니다. 그 증거로 지하철에서 거의 모든 사람들이 책을 읽고 있는 모습을 우리나라 텔레비전에서는 심심찮게 보여주고는 했습니다. 그런데 일본에서도 스마트폰 때문에 책을 읽지 않게 되었다는 보도가 나왔습니다. 그리고 텔레비전 화면은 지하철에 앉은 사람들이 책 대신 스마트폰에 빠져 있는 모습을 보여주고 있었습니다. 그들의 모습은 이미 오래전부터 우리나라 사람들이 그래왔던 것과 똑같았습니다.

  일본 사람들마저 스마트폰의 마술적 괴력에 휘말려 넋을 잃고 말았으니 'IT 강국'을 자랑하는 이 나라 사람들이 어떤 지경에 빠져버렸는지는 더 말할 필요가 없습니다. 젖먹이나 죽기 직전의 환자나 스마트폰을 안 가졌을 뿐 전 국민들이 스마트폰 무장화를 이룬 것이 우리의 현실입니다. 그래서 모두가 스마트폰에 흠뻑 취해서 대화 단절의 시대를 연출하고 있습니다. 할아버지·아들·손자 3대 대여섯 명이 모여 앉은 식당에서 대화라곤 없이 모두가 제각기 스마트폰에 심취해 있는 모습을 쉽게 볼 수 있습니다. 또한 연애하는 것이 분명한 두 젊은 남녀도 마주앉아만 있지 서로 말 한마디 없이 스마트폰만 정신없이 조작해 대고 있습니다.

  그런 해괴한 상황이 갈수록 심해지며 몇 년이 지나더니 마침내 '단군 이래 최대의 출판 불황'이라는 소문이 떠돌기 시작했습니다. 그건 과장도 엄살도 아니었습니다. 저의 경우『태백산맥』『아리랑』『한강』이 그 사실을 여실히 입증해 주고 있었습니다. 몇 년 사이에 독자들과의 만남이 급격히 줄어들기 시작하던 그 책들은 마침내 절판을 해버린 것 같은 형편에 처하고 말았던 것입니다.

그런 상황의 확인 앞에서 해야 할 이야기가 겹겹이 쌓인『천년의 질문』을 쓰려 하고 있었습니다. 그 심정은 36년 전『태백산맥』을 쓰려고 할 때와 똑같았습니다. 그즈음에 텔레비전의 진화는 채널을 바꾸는 방법이 다이얼에서 리모컨으로 바뀌어 있었습니다. 다시 말하면 소파에서 텔레비전을 보고 있던 사람이 드라마가 재미없으면 꼭 소파에서 일어나 텔레비전 앞에까지 가서 다이얼을 돌려야 하는 수고를 했는데, 리모컨으로 바뀌면서 앉은 자리에서 손가락 끝만 까딱 놀리면 텔레비전 화면이 제까닥 바뀌는 것입니다. 그 시간 차이는 30초 대 1초입니다 그 '1초의 편리'에 길들여진 사람들이 재미없거나 지루한 소설을 몇 페이지나 읽는 인내를 해주겠습니까. 한 페이지이거나 기껏해야 두 페이지에서 덮고 말 것입니다. 독자는 싫어서 덮어버린 책은 두 번 다시 펼치지 않습니다.

그러니까 작가들이 처한 현실은 '다이얼과의 전쟁에서 리모컨과의 전쟁'으로 돌변하게 된 것입니다. 그런 숨가쁜 상황 속에서 저는 미련하게도 열 권짜리 대하소설을 쓸 작정을 하고 있었습니다. 그 일은 곧 1초의 채널 바꾸기에 습관화된 독자들이 책장을 덮어버리지 않고 끝까지 읽게 하는 마술을 부리는 것이었습니다. 저는 그 마술을 성공시키기 위해서 드라마보다 더 박진감 있는 이야기 전개, 드라마보다 더 빠른 장면 이동, 배우들의 연기보다 더 생동감 있는 인물 창조, 배우들의 대사보다 더 흡입력 강한 문장 짜나가기 등을 설계, 구상하기 시작했습니다.

저는 '리모컨과의 전쟁 승리'를 위해 혼신을 다했고, 결국 '뒤로 갈수록 아껴가면서 읽었다', '왜 10권에서 끝냈냐. 두 권은 더 썼어야지', '책을 한번 잡으면 놓을 수가 없어 밤을 꼬박꼬박 새우며 읽었다' 같은 독후감을 듣게 되었습니다.

그런 과거를 떠올리며 『천년의 질문』을 생각해 보았지만 열 권으로 쓸 용기는 도저히 생기지 않았습니다. 왜냐하면 '리모컨의 1초의 위협'에 비해 스마트폰의 막강한 위력은 박격포와 원자폭탄의 차이 같았기 때문입니다. 저는 조심조심 몸을 사리며 열 권의 이야기를 세 권으로 압축하여 '스마트폰과의 전쟁'을 치르기로 작전 계획을 세웠습니다.

그래서 저는 스마트폰의 폐해부터 공격하며 소설을 시작했습니다. 괴물 스마트폰은 흉물 플라스틱과 함께 21세기 인류의 2대 재앙이라고 몰아친 것입니다. 그러나 그 작전계획은 완전히 수포로 돌아가고 말았습니다.

출판사에서는 그해의 최고 베스트셀러라고 만족하는 척했지만, 저는 불쾌한 패배감에 싸여 있었습니다. 저는 애초에 100만의 독자가 그 작품을 읽어주기를 희망하고 있었습니다. 두 가지 근거 때문이었습니다. 첫째, 그만큼 심각하고, 척결해야 할 우리 당대의 문제를 제기하고 있기 때문입니다. 둘째, 위기의 나라를 구하려고 엄동설한 3개월 동안 광화문에서 촛불을 밝히며 외쳐댄 연인원 1,700만 명 중에서 저의 발언에 최소한 100만 명은 동의하리라 믿었습니다. 그들이 읽은 300만 권의 책을 주변에서 열 사람씩 돌려가며 읽게 되면 그들 1,000만 명이 병 깊은 이 나라를 재탄생시킬 수 있다는 것이 저의 꿈이었습니다. 그런데 저의 꿈은 정말로 꿈이 되고 말았습니다. 저의 제의에 동조해 준 사람은 100만의 10분의 1로 끝나고 말았으니까요. 저는 결국 스마트폰과의 전쟁에서 그렇게 참혹하게 패배하고 말았습니다. 그러니 귀하께서 기대하시는 4권, 5권은 탄생할 도리가 없게 되었습니다.

그러나 작가의 오기로 한마디 하겠습니다. 제가 계획했던 대로 100만 명이 읽어주겠다고 약속하면 저는 『천년의 질문』을 열 권으로 새로 구성해서 다시 써낼 힘이 있습니다. 그만큼 저는 이 나라를 스웨덴 같은 천국으로 재탄생시키고 싶은 열망에 사로잡혀 있습니다. 저는 제 손자 세대들에게 그런 나라를 물려주고 싶은 간절한 소망을 품고 살고 있습니다. 우리 세대가 후대를 위해 해야 할 일은 평화통일을 조금씩이라도 앞당기는 일과, 불의와 부정이 최소화된 나라에서 서로들 다독이며 우리 모두가 행복하게 살 수 있게 하는 게 아닐까 합니다.

'문학은 인간의 인간다운 삶을 위하여 인간에게 기여해야 한다.'

제 문학이 조금이나마 그 성취에 기여할 수 있다면 더 바랄 게 없겠습니다.

『천년의 질문』, 마지막 절망과 소망을 담다

최근작 『천년의 질문』을 읽으면서 이번 작품은 소설인데 소설이 아닐지도 모른다는 생각이 들었습니다. 특히 3권을 읽고 있는 동안에는 사회과학 도서를 읽는다는 느낌이 들었습니다. 예전 작품에서는 주인공이 이야기 속에 헤엄을 치며 있었다면 이번 작품은 주인공이 이야기 위에 둥둥 떠가고 있다는 느낌이 들었습니다. 제가 왜 그런 느낌을 갖는 건지 나름 고민해 보았는데, 혹시 선생님 살아생전에는 선생님이 생각하시는 사람 사는 세상에 대한 희망이 지금은 물론 가까운 미래에도 대한민국에 없을지도 모른다는 절망감을 느끼신 것이 아닌지, 그래서 그 답답한 심정을 책 끝에 폭발시킨 것이 아닌지, 아니면 선생님이 알려주신 그 방법에 의해서만 우리 대한민국이 온갖 문제를 극복하고 미래가 있는 나라가 될 수 있을 것이라는 희망을 알려주시는 것인지 알고 싶습니다.

구태경(50대, 부산광역시 남구)

귀하의 독후감이 참 감각적이고 특이합니다. 그러나 전혀 고민하실 것이 없습니다. 독후감은 다 천차만별이고, 독해의 자유이기도 합니다. 자기 나름으로 느끼고 소화하는 것, 그것이 책읽기의 자율적인 소득일 것입니다.

저의 소설 중에 『태백산맥』『아리랑』『한강』을 지나 『인간연습』과

『사람의 탈』까지가 과거 이야기를 통해 현재와 미래를 조망하는 것이라면,『허수아비춤』『정글만리』『풀꽃도 꽃이다』『천년의 질문』은 현재의 이야기를 통해 우리의 미래를 조망하고자 하는 것입니다. 그러므로 귀하가 '특히 3권을 읽고 있는 동안에는 사회과학 도서를 읽는다는 느낌이 든' 것은 지극히 자연스러운 일입니다.

우선 창작의 기본 인식으로 모든 소설이 다룰 수 있는 이야기의 시제는 '있었던 일', '있는 일', '있을 수 있는 일' 세 가지입니다. 그 세 시점의 이야기들의 혼용으로 소설은 짜여지고 전개되어 나아갑니다.

그런데『천년의 질문』은 '현재의 이야기'가 바탕을 이룬다고 했습니다. 다시 말하면 우리나라의 모순 많고 문제 많은 전체 사회상이 이야기의 대상이 되는 것입니다. 그리되면 그 대상과 무대가 무한대이다시피 넓어지게 됩니다.

여기서 두 가지 문제가 발생합니다. 전체 사회의 갈등이나 폐해에 대해서 국민(시민)들은 분명히 불만이고 불평을 가지고 있습니다. 그러나 그런 현실에 대해서 수많은 사람들이 뜻밖에도 그 실상을 구체적으로 모르고 있다는 사실입니다. 그리고 또 하나의 문제는 그런 잘못되고 왜곡된 사회 구조를 바로잡으려는 의식이나 의지가 거의 없다는 점입니다. 그런 정치 무관심은 나날의 고달픈 삶에 시달리며 습관화되어 버렸고, '나 혼자 떠들어봐야 내 목만 아프지 무슨 소용이 있어' 하는 소시민적 체념주의와 패배주의가 체질화되어 버린 것입니다.

평화혁명의 세상 만들기

『천년의 질문』의 주제는 탐욕적인 자본권력과 무책임한 정치권력과 비양심적인 언론권력이 상호 결탁하여 병 깊게 망쳐버린 세상을 자각하고 응결된 시민의 힘으로 사람이 사람답게 살 수 있는 세상으로 바꾸는 길을 찾는 것입니다. 그것은 바로 세계 여러 나라에서 일찍이 시도된 문학의 사회적 임무 수행인 혁명 꿈꾸기와 상통하는 것이기도 합니다.

그런데 그 길로 가기 위한 첫 번째 일이 시민 대중들이 당하고 있는 불행의 현실을 적나라하게 보여주어 모두가 동시에 눈뜨게 하는 것입니다. 그 비인간적이고 야비한 현실을 구체적이고 실감나게 보여주고 묘사하는 과정에서 소설은 필연적으로 사회과학을 능가하는 현상과 실체를 보여주어야 합니다. 그 과정을 통해서 시민들은 눈뜬 의식을 갖게 되고, 결속과 연대의 필요성을 느끼게 되고, 그 깨달음을 행동으로 옮김으로써 파편처럼 제각각 흩어져 있던 시민들은 혁명을 향한 사회적 존재로 재탄생하게 됩니다.

흔히 '혁명'은 피를 흘리는 일로 인식되어 있습니다. 세계 민주주의 역사가 그걸 입증하고 있습니다. 그리고 인간을 인간으로서 존중하는 민주주의 건설을 칭송하여 시인들은 '혁명은 피를 먹고 자란다'고 자극적으로 묘사하기도 했습니다.

그러나 기본적으로 민주주의가 뿌리내리고 있는 사회에서는 혁명이 꼭 피흘림일 것은 없습니다. 피를 흘리지 않고도 이룩할 수 있는 슬기로운 혁명, 평화스러운 혁명을 찾을 수 있을 것입니다.

저는 『천년의 질문』에서 그 방법, 그 길을 보여주고자 했습니다. 그래서 '평화혁명 상비군 1,000만'을 결성하는 방법을 제시했던 것입니다.

'선생님이 알려주신 그 방법만이……'

귀하와 여러 독자들은 제가 제시한 방법에 전혀 구속될 것이 없습니다. 그것은 하나의 예에 불과할 뿐 평화로운 다른 방법들이 얼마든지 있을 수 있습니다.

제가 제시한 방법은 이미 그런 방법으로 인간다운 민주국가를 건설하여 행복을 누리고 있는 모범국가들의 실례를 보여줌으로써 타당성을 제시하고, 넓게 동의를 구하고자 한 것입니다.

저는 저의 조국을 그 누구보다도 뜨겁게 사랑하는 존재로서 글을 쓰고자 했습니다. 그리고 저의 사랑하는 손자와 그 친구 세대들이 오늘 같은 세상이 아닌, 세계 상위 그룹을 이루는 행복한 나라에서 살기를 소망해서 이러한 소설을 쓰게 된 것입니다. 제가 우리의 문제적 현실을 소재로 해서 미래를 걱정하는 작품을 쓰는 것은 이것으로 마지막이 될 것입니다.

다음 작품들은 완전히 다른 세계들을 보여주게 될 것입니다.

문학의 이유, 문학 교육의 목적

저는 인천에서 고등학교 국어 교사로 재직 중이고, 문학 교육에 대해 고민이 많습니다. 아무리 대안적인 교육법을 적용해도 결국 평가의 벽에 걸리기 때문입니다. 예컨대 시 창작 수업을 해도 점수를 매겨서 1등부터 꼴등까지 줄을 세워야 하기 때문에 교육 효과가 제한됩니다. 최근 문학 교과서 주저자로도 활동하셨는데, 평가에 대한 대안을 듣고 싶습니다.

송승범(30대, 인천광역시 계양구)

귀하의 질문을 받고 제가 주저자가 된 문학 교과서를 새삼스럽게 꺼내보지 않을 수가 없었습니다. 거기에는 제가 쓴 머리말이 있기 때문입니다.

문학은 인간의 인간다운 삶을 위하여
인간에게 기여해야 한다

음악은 음률이 이루어낸 예술이고, 미술은 선과 색이 어우러져 빚어낸 예술이라면 문학은 언어가 꽃피워낸 예술이라 할 것입니다. 그 세 가지 예술 중에서 가장 영향력이 크고 생명력이 강한 것이 문학입니다. 왜냐하면 언어가 가지고 있는 특성 때문입니다. 언어는 음률이나 선과 색에 비하여 직접적이고 자극적이며 구체적이고 논리적이며 설득력이 강하고 전파력이 빠른 특성을 가지고 있습니다.

또한 문학은 미술이나 음악에 비하여 한층 민족적이고 국가적인 색채를 강하게 띠는 것을 그 특징으로 합니다. 대부분 각 민족은 그들 나름의 특색 있는 언어를 가지고 있습니다. 거기에는 오랜 세월에 걸쳐서 그 민족의 풍속, 습관, 감정, 정서, 철학, 종교, 전통, 역사 같은 것들이 자연스럽게 스미고 아로새겨져 민족적 특징이 드러날 수밖에 없습니다. 그래서 한 민족을 빠른 시간 안에 효과적으로 이해하기 위해서는 그들의 대표적인 문학작품을 읽으라고 한 것입니다.

그러나 문학이 민족적이고 국가적인 특성에 사로잡혀 그 속에 갇혀버린다면 그건 스스로를 망치는 자살행위가 될 것입니다. 왜냐하면 문학은 이 세상에 있는 모든 사람, 전 인류의 안녕과 행복을 추구하는 것을 그 목적으로 해야 하기 때문입니다. 그런데 민족적이고 국가적인 특성이 자칫 잘못해서 이기적이고 폐쇄적으로 흐르면 자기들만을 위하여 남을 괴롭히거나 피해를 입히는 일을 저지를 위험이 있습니다.

세계 문화사가들이 정의한 바에 의하면 인류의 3대 발명품은 정치·종교·언어입니다. 그 언어의 정점에 있는 것이 바로 문학입니다. 우리 인간들이 생존을 시작하면서부터 지금까지 기나긴 역사 속에서 수천만 가지의 발명품을 만들어낸 이유는 무엇입니까. 모든 발명품은 우리 모두의 삶에 편리하게 유익하게 쓰기 위하여 만들어냈다는 공통점을 가지고 있습니다. 그 명백한 존재 이유 앞에서, 문화예술 분야의 3대 발명품인 미술·음악·문학도 예외일 수는 없습니다. 그러므로 문학은 인간의 인간다운 삶을 위하여 인간에게 기여

하는 것이어야 한다는 결론에 이르게 됩니다.

흔히 국어 공부를 '듣기', '말하기', '읽기', '쓰기' 네 단계로 구분합니다. 문학작품들에 대한 공부는 그 네 단계의 공부가 혼연일체가 되어 이루어지는 다섯 번째 단계라고 할 수 있습니다. 다시 말해 국어 공부 중에서 가장 높은 수준의, 가장 의미가 큰 공부가 이 책과 함께하는 공부입니다. 문학작품들이란 언어를 씨앗으로 하여 피워 올린 가장 아름다운 영혼의 꽃들입니다. 그 꽃들이 여러분의 영혼 속에서 새 생명으로 꽃피움하게 하기 위하여 가려 뽑은 글들이 이 책에 실려 있습니다. 이 세상에 있는 모든 작품들은 그 작품들을 있게 한 모국어의 자식들입니다. 따라서 작가들이 작품을 쓴다는 것은 모국어에 은혜 갚음을 하는 일이기도 합니다. 그럼 작품을 읽는 독자들의 입장은 어떨까요? 독자들 또한 작품을 읽는다는 것은 모국어의 소중함을 깨닫고, 모국어의 은혜를 다시금 음미하며, 사람답게 사는 참다운 길을 깊이 생각하는 것이라 할 수 있습니다.

최근에 세계화의 물결에 휩쓸리며 국어를 경시하는 듯한 풍조가 나타나고 있습니다. 세계화가 모국어 경시, 국적 망각인 것처럼 행동하는 것보다 더 어리석은 일은 없습니다. 세계화가 될수록 각 민족과 국가의 존엄성과 역사는 서로 귀하게 존중되어야 합니다. 거기에 인류 공존의 보편성과 공통성이 있기 때문입니다.

아무쪼록 이 책이 여러분들의 영혼을 아름답고 풍요롭게 하고, 인간의 가치를 소중하게 받드는 바탕이 되기를 소망합니다.

왜 이 글로 응답을 삼으려는 것인지 능히 이해하시리라 생각합니다. 문학 공부는 점수로 줄세우기 하는 것이 아니라는 사실을 저는 명백히 하고 있습니다. 그리고 병 깊은 이 나라 교육 전체를 혁신시켜야 한다는 꿈을 품고 저는 『풀꽃도 꽃이다』를 썼습니다. 그 소설 두 권에서는 성적순으로 아이들을 줄세우기 하며 중간 이하의 아이들을 내다버리듯 해버리는 비인간적이고 반교육적인 이 나라의 교육 현실을 절박하게 지탄했습니다. 그래서 작품 제목이 『풀꽃도 꽃이다』입니다. 어디 장미꽃만 꽃이겠습니까. 그러나 장미꽃만 꽃으로 치는 이 나라 교육이 혁신되지 않고, 이대로 치달아간다면 어찌 될까요? '풀꽃도 꽃'이라고 외친 작가만 바보가 되겠지요.

그리고 제가 왜 가장 바람직한 시 공부를 시키는 국어 교사의 모습을 소설에 썼겠습니까. 어쩌면 그 대목을 읽으며 현직 교사들은 '현실을 전혀 모르는 작가의 망상'이라고 저를 비웃거나 헛웃음쳤을지도 모르지요. 그래도 좋습니다. 그게 옳은 방법이니까요.

78세 소설가의 20년 집필 계획

선생님은 늙음을 모르는 영원한 현역이십니다. 그 불가사의한 열정이 존경스럽고 부럽습니다. 선생님은 20년 단위로 집필 계획을 세우신다고 들었습니다. 그럼 20년 후면 98세. 그때도 현역으로 신작을 발표하시는 것 아닙니까? 그날을 고대해도 좋습니까?

임주형(40대, 전남 여수시)

아하, 제가 98세가 되는 해까지 20년 동안 집필 계획을 세워두고 있다는 것을 귀하는 어찌 그리 귀신같이 딱 알아맞히십니까. 귀하의 그 날카로운 예지력과 투시력으로 보아 점쟁이나 소설가가 될 자질이 다분합니다.

예, 저는 정말 앞으로 20년 동안 쓸 집필 계획을 정리해서 책상 정면의 책꽂이 앞에 세워놓았습니다. 비닐 코팅을 빳빳하게 해서.

이 말을 듣고 '하이고, 욕심도 많다!', '좀 정신 이상한 것 아냐?' 하는 식의 반응이 들리는 것 같습니다. 걱정 마십시오. 지금 이 '문답집'도 날마다 20매 이상씩 써 계획보다 '초과달성'을 할 정도로 육신 건강하고, 새 생각들이 자꾸 떠오르고 있으며 치매 증상이란 전혀 없으니까요.

앞으로 20년 계획은 저에게 있어서는 전혀 놀랄 것도, 새로울 것도 없는 일입니다. 저는 『태백산맥』을 쓸 계획을 세우면서 『아리랑』과『한강』도 이어서 쓸 20년 구상을 했있습니다. 그리고『한강』을 마쳐가면서 그다음 세월 20년의 집필 계획을 세웠습니다. 저는 그 계획을 아무런 차질 없이 끝냈습니다. 아니, 계획보다 조금씩 앞당겨 초과달성을 했습니다.

'초과달성'은 박정희 시대에 태어나 그 생명력을 왕성하게 자랑했던 말입니다. 박정희 시대에 쓸 만한 유산 하나가 '초과달성'이 아닌가 합니다. 그 채찍질이 바로 세계가 놀라고, 우리들 자신들도 놀라는 초고속 경제발전을 이룩해 냈으니까요.

저는 제 인생을 초과달성하려고 늘 저를 채찍질해 왔습니다. 그리고 그 채찍질은 죽는 날까지 계속될 것입니다. 그 치열한 인생살이가 기쁨이고 생존 확인이니까요.

그리고 앞으로의 20년 계획에는 명확한 근거가 있습니다. 소설가의 상상력이란 미신적 탐욕이 아니라 과학적 논리니까요. 다시 말하면 저는 장수의 DNA를 타고났다는 과학성 말입니다. 저의 아버지는 84세에 돌아가셨고, 어머니는 97세에 돌아가셨습니다. 둘 더하기 나누기 2를 하면 제가 확보한 수명은 얼마입니까.

저의 이런 장담에 아내는 냉정하게 일갈합니다.

"괜히 장담하지 말아요. 당신은 계속 소설을 쓰느라고 체력 소모를 너무 심하게 했다는 걸 기억하세요."

제가 과욕 부리다가 무슨 탈 만날까 봐서 미리 자제시키려는 아내의 애정 표현입니다.

'걱정 마셔. 난 아버지 어머니보다 훨씬 더 잘 먹고 사니까 '더하기 나누기 2'보다 몇 년 더 연장할 수 있다고.'

저는 아내한테 하지 않고 사는 말이 별로 없지만 이 말만은 마음속에 감추어두었습니다(이렇게 공개해 버렸으니 이걸 어쩝니까).

안 이루어지면 어쩌려고 그런 과한 계획을 세우냐고요?

다 못 이루면 어떻습니까. 그게 인생인걸요. 하고 싶은 일의 계획을 원하는 만큼 세우고 열성으로 해나가다가 어느 날 문득 하늘에서 그만 오라고 손짓하면 웃으면서 떠나는 것이 인생사 순리이니까요.

저는 소설을 쓰느라고 여러 직업병은 겪었지만 지병은 아무것도 없는 상태입니다. 앞으로는 훨씬 느릿느릿 걸으면서 그동안 애쓴 저의 영육에 술도 한 잔씩 권하며 남은 여정을 채워가려 합니다.

독자 없는 작가는 작가일 수 없다

여태까지 사시면서 가장 보람이 있었던 일은 무엇인가요?

박혜림(30대, 강원도 원주시)

작가에게 가장 큰 보람은 딱 한 가지가 있습니다. 자기 작품이 많고 많은 독자들에게 계속 읽혀지는 것입니다. 그 계속이 10년이 가고, 100년이 가고, 1,000년이 가는 것……. 작가의 욕심이란 이렇게도 터무니없습니다. 그러나 그게 어디 작가만의 욕심이겠습니다. 인간의 오욕(五慾)이란 타고난 본능이고, 그중의 하나인 명예에 목숨을 건 모든 분야의 사람들은 자신의 행적과 함께 이름 석 자가 머나먼 미래에까지 오래오래 살아남기를 바랍니다. 그러나 그 바람은 망상에 가까운 것이니까 더 말하고, 탓할 것이 없습니다.

제가 글 쓰면서 얻은 가장 큰 보람은 『태백산맥』을 독자들이 많이 읽어주어 그 무대가 지구의 절반이 되는 넓은 지역을 다 취재하여 『아리랑』을 쓸 수 있도록 뒷받침해 준 것이며, 또 『아리랑』도 많이 읽어주어 또다시 그 무대가 지구의 절반이 되는 『한강』을 쓸 수 있도록 해준 것입니다.

바꿔 말하면 『태백산맥』을 그 많은 독자들이 읽어주지 않았다면 『아리랑』과 『한강』은 탄생할 수 없었습니다. 저의 소설들은 오로지 독자들의 힘으로 태어났습니다. 저는 독자들께 그토록 사랑을 받았으니 그보다 더 큰 보람이 어디 있겠습니까.

그리고 제가『태백산맥』때문에 더 큰 곤욕을 치르지 않고 무혐의 처분을 받았던 것도 저를 에워싸주신 독자들의 힘 때문이었습니다. 그 사실은 제가 고발당하기 전에 검찰에서 '이미 350만 부 이상 팔린 작품이어서 문제삼지 않기로 했다'는 것으로 입증해 주었습니다.

그뿐만 아니라 독자들은 끊임없는 독후감으로 작가의 힘을 북돋워주고, 새 작품을 쓸 수 있는 의욕을 추동해 줍니다. 영토가 없는 왕은 왕일 수 없고, 신도가 없는 종교는 종교일 수 없듯이 독자가 없는 작가는 작가일 수가 없습니다.

21세기 대하소설을 기다리며

『한강』을 이어 90년대부터 2000년대를 담는 소설은 계획에 없으신가요? 선생님의 시선으로 바라본 그때와, 제가 기억하고 살아온 그때의 시선 차이를 느껴보고 싶습니다.

박현진(20대, 서울특별시 동대문구)

예, 좀 더 시야를 넓혀『한강』이 끝나는 바로 그 시점 80년대부터 IMF 사태가 벌어진 2000년대까지도 소설로 기록해야 할 가치가 충분한 시대입니다. 그러나 저는『한강』을 마치면서 체력적으로 더는 '대하소설'을 쓸 수 없게 되었으니 80년대부터의 소설화는 후배 작가들에게 넘긴다고 공개적으로 발언해 왔습니다. 강연이나 방송을 통해서.

그리고 30년 군부독재를 무너뜨리고 민주화를 쟁취하는 데 치열하게 가투(가두투쟁)를 벌인 몇몇 후배 작가들에게 어서 그 시대를 소설로 쓰라고 일깨우고, 큰 틀의 구성까지도 조언해 주고는 했습니다. 그때마다 그들은 의욕을 보였고, 저는 기다렸습니다.

그러나 소설은 태어나지 않고 10년이 흘렀습니다. 저는 아쉬운 마음으로 또 기다리며 생각했습니다.

'소설이 될 수 있는 객관적 거리가 유지되려면 30년은 필요하다…….'

제가 소설 탄생을 기다리며 제 자신을 위로했던 말입니다.

그러나 또 10년, 또 10년이 지나도 치열한 시대, 한국 민주주의를 탄생시킨 시대를 형상화한 소설은 나타나지 않았습니다.

30년 세월이 무심히 흘러가면서 제가 기대를 걸었던 몇몇 작가들도 오십 고개를 넘는가 싶더니 이제 육십을 넘기고 말았습니다. 그 인생 육십 고개는 제가 네 번째 대하소설 집필을 포기해야 했던 나이입니다.

이제 저는 40대의 새로운 작가들을 찾아 나서야 될 판입니다. 그러나 찾아 나설 수가 없는 형편입니다. 두 가지 이유 때문입니다.

첫째, 40대 젊은 작가들은 아는 사람이 아무도 없습니다. 그들과는 30년 넘는 세월의 벽이 쳐져 있어서 아무런 교통이 이루어지지 않은 때문입니다.

둘째, 요즘 30~40대 젊은 작가들의 작품은 단편이든 장편이든 하나같이 '1인칭 소설'입니다. '3인칭 소설'을 못 쓰는 그 불구적 능력으로는 '대하소설'은 아예 써낼 수가 없습니다. 대하소설은 수십 명에서 수백 명에 이르는 주인공들이 등장해야 하니까요. 그러니까 그들은 기본자격 상실자들입니다.

소설가로서 커다란 먹이를 눈앞에 둔 채 부질없이 아까운 세월만 흘려보내고 있는 것입니다. 그 아쉬움 속에서 저의 뇌리에는 큰손자 놈의 한마디가 스치고 지나갑니다.

"할아버지가 10년만 젊었어도!"

글쓰기 참 잘했다

선생님께서 글을 쓰길 잘했다고 생각하신 순간이 언제입니까? 요즘에도 그런 생각은 여전하신가요?

박숙희(50대, 서울특별시 강남구)

모든 글의 어머니는 문자입니다. 문자는 말의 한계를 극복하기 위해서 창안되었습니다. 다 아시다시피 말의 치명적 한계는 '시간과 공간의 제약'입니다. 그 말을 하는 그 시간에 그 자리에 있지 않으면 그 말을 들을 수 없습니다. 또 그 말하는 장소와 멀리 떨어져 있어도 그 말을 들을 수 없습니다. 그래서 사람들은 소중하고 값진 말들을 오래오래, 또 멀리까지 전할 수 있는 방안을 모색하기 시작했습니다. '필요한 것은 무엇이든지, 언제나 만들어낸다.' 인간의 창의력이 무한함을 신뢰하고 예찬한 말입니다.

그 예찬대로 인류는 지역과 종족에 따라 수많은 문자들을 만들어내기 시작했습니다. 그 문자들의 지대한 공은 오늘날 우리가 누리고 있는 다양한 문명과 문화를 탄생시킨 것입니다. 문자의 위대한 생명력인 영원불변성이 이룩해 낸 성과입니다. 이 세상의 생명 있는 모든 것들을 변화시키고, 끝내는 사멸로 몰아넣는 세월의 절대 괴력도 문자가 발휘하는 영원불변의 생명력은 이겨내지 못했습니다. 그 생명력은 세월의 막강한 힘을 비웃으며 그 특유의 전달력으로 인간을 도와 시대와 민족에 따라 다양하고 독특한 문명과 문화를 탄생시키게 했습니다.

그 문자의 창조력 중에서 가장 으뜸의 자리를 차지하는 것이 '문학'이 아닐까 합니다. 문자로 이루어진 아름다운 예술이 문학이니까요.

그리고 문자의 존재 이유에 따라 문학도 시간과 공간을 초월해서 전해지고자 하는 것이 그 속성입니다. 따라서 이 세상의 모든 작가들은 자기의 작품이 '보다 많은 독자들에게, 아주 오래오래' 읽혀지기를 어리석은 소망으로 간직하고 있습니다.

그런데 저는 그 어리석은 소망이 조금씩 이루어지는 것을 확인하며 지난 30년의 세월을 살아왔습니다.

"『태백산맥』을 자식에게 물려주려고 가보로 간직하고 있습니다."

제가 이 뜻밖의 말을 들은 것이 26~27년 전입니다. 그 말을 한 것은 30대 초반의 부부였습니다.

'자식에게……? 그럼 2대인데……,『태백산맥』의 수명이 50~60년 연장되는 것 아닌가!'

제 머리를 친 충격적 기쁨이었습니다. 그때가 '글을 쓰기 참 잘했다'고 느낀 첫 번째 순간이었습니다.

그리고『태백산맥』필사자가 계속 늘어날 때가 두 번째 순간이었습니다.

"선생님 싸인해 주세요. 보름 동안 밤잠을 못 자고『태백산맥』을 읽었습니다."

작년에 강연장에서 어느 대학생이 책을 내밀면서 말했습니다. 그때가 세 번째 순간이었습니다. 30여 년 세월이 지났는데도 젊은

이가 밤잠을 못 자고 읽었다니 그 기쁨은 저 80년대에 그런 말을 들었을 때보다 수십 배 기뻤습니다. 제 작품이 세월의 무자비한 힘을 이겨내고 있었으니까요.

이 세 가지는 제가 맛본 여러 가지 기쁨들 중에서 가려 뽑은 것입니다. 『태백산맥』을 세 번 읽었다, 네 번 읽었다, 그리고 열 번을 넘고, 열다섯 번을 넘더니, 얼마 전에는 스물한 번 읽은 독자까지 만나게 되었습니다. 그때마다 글 쓴 보람이 언제나 새로운 기쁨으로 가슴에 넘치고는 합니다. 그리고 『태백산맥』 『아리랑』 『한강』을 다 읽었다는 독자들도 꽤나 많이 만납니다. 또한 그때마다 고맙고 기쁘지 않을 수 없습니다. 저는 그럴 때마다 공손하게 고개 숙이며 고맙다고 인사합니다.

그뿐이 아닙니다. 대하소설 세 편을 다 읽은 것은 말할 것도 없고 다른 작품들도 다 읽었다고 독후감을 줄줄이 말하는 독자들도 심심찮게 만납니다. 글 쓰는 보람이 그보다 더 클 수가 없습니다. 그 무한 애정이 저의 창작 의욕을 북돋우고 추동하는 것은 더 말할 것이 없습니다.

아이고, 이렇게 쓰다 보니 그만 대답을 취소해 버릴까 하는 생각이 불쑥 솟깁니다. 꼭 어린애처럼 자기 자랑하는 것이 되고 말았기 때문입니다. 아무리 사실을 사실대로 말해도 자기 입으로 하면 그 공이 사라지고 자기 자랑이 되고 마는 것 아닙니까. 아무래도 이 응답은 아내의 심사에서 탈락되는 것이 아닐까 심히 염려스럽습니다. 그러나 더위를 무릅쓰며 쓴 것이니까 그냥 두고 버티기로 하겠습니다.

'요즘에도 그런 생각은 여전하신가요?'

자기 작품이 영생하기를 바라는 것은 모든 예술가들의 불치의 고질병입니다. 그 가엾도록 어리석은 소망을 이해하여 주십시오.

언제나 새롭게, 다르게

선생님께서는 책을 집필하실 때, 전작 혹은 후작과의 연계성을 염두에 두고 글을 쓰시는지요?

최진아(30대, 경기도 포천시)

아마도 『태백산맥』『아리랑』『한강』 때문에 이런 질문이 나온 게 아닌가 합니다.

그 세 작품은 약 100년의 민족사를 다루게 되기 때문에 서로 연계된 게 아닌가 하는 생각이 들게도 합니다. 그러나 세 작품은 시대가 연결되어 있을 뿐 연계성은 전혀 없이 각기 독립되어 있는 작품입니다.

그 객관적 입증은 첫째 주인공들이 완전히 다르고, 둘째 사건들이 전혀 다르고, 셋째 제목들이 각기 다릅니다.

모든 예술가들에게 주어진 공통된 하나의 절대 명제가 있습니다. '모든 작품은 새로워야 한다'는 것입니다. 그래서 모든 예술가들이 만들어내는 것들에 '창작품'이라는 특별한 명칭을 부여한 것입니다. 기계로 찍어내는 숱한 공산품에는 붙여지지 않는 이름이지요.

그 '새로움'이 어떻게 새로움이 되는지 세 작품을 비교해 보십시오. 아주 쉽고 간단하게 확인할 수 있는 것이 있습니다. 주인공들의 이름입니다. 『태백산맥』에서 독자들에게 강한 인상을 남긴 중요 주인공들의 이름은 다음 작품들에서는 절대 쓸 수 없습니다. 하대치의 '하'도, 염상진의 '염'도 써서는 안 됩니다. 만약 그 성을 쓰고 이름을 다르게 해서 『아리랑』이나 『한강』에 쓰면 독자들은 금방 '하대치'와 '염상진'을 떠올리며 동일 인물로 생각해 버릴 확률이 큽니다. 그래서 『아리랑』의 중요 주인공의 이름은 '송수익'이 되고, '지삼출'이 되고, '공허'가 되어야 하고, 『한강』에서는 '유일민'이 되고, '임채옥'이 되고, '강숙자'가 되어야 합니다.

그러나 중요 주인공들의 이름만 달라지는 것이 아닙니다. 조연 급 주인공들의 이름도 겹쳐져서는 절대 안 됩니다. 그러니까 세 소설에 등장하는 인물들의 총 수는 대략 1,200명 정도인데, 그 이름들이 다 달라야 하는 것입니다. 그래서 기를 써가며 작명가 노릇을 해 '겹치는 이름이 하나도 없다'고 자신만만하게 말했던 것인데, 얼마 지나지 않아 한 여성 독자한테서 편지가 왔습니다. 『아리랑』의 '허진'과 『한강』의 '허진'이 겹친다고.

저는 그만 아찔한 현기증을 느꼈습니다. 저의 '작명가' 노력이 와르르 무너지는 순간이었습니다. 그리고 그 독자한테 너무 큰 고마움을 느꼈습니다. 긴 세 소설을 얼마나 정성 들여 열심히 읽었으면 그것을 찾아낼 수 있었겠습니까. 그래서 저는 그 고마움을 갚으려고 세 책에 제 사인을 해서 보내주고 싶었습니다. 그러나 다시 집어 든 편지 봉투에는 발신인 주소가 없었습니다.

저는 그 독자분 덕분에 『아리랑』의 '허진' 이름을 고칠 수 있었습니다(이번 개정판에 사인을 해서 보내드리고 싶으니 부디 연락 주시기 바랍니다).

그런데 새 작품마다 주인공들 이름만 달리해야 하는 것이 아닙니다. 그들의 생김이며 성격도 다 다르게 꾸며야 합니다. 전형성을 띤 개성적인 인물 창조가 바로 그것이지요. 그러므로 작가는 '관상쟁이'도 되어야 합니다. 특색 있는 문장, 색다른 표현을 써야 하는 건 그다음 일입니다. 그러니까 작가가 해야 하는 일은 이렇듯 복잡하고 많고 끝이 없습니다. 그래서 다시 태어나면 작가가 되지 않으렵니다.

그러나 하늘에서 꼭 문학을 해야 한다고 못박아버리면 그때는 저는 시를 쓰고, 소설 쓰기는 아내한테 떠넘길 작정입니다. 왜냐하면 제가 소설 써서 평생 착취당한 보복을 하기 위해서요. 그 맛 참 통쾌할 깃입니다. ㅋㅋㄱㄱ…….

마음 쓰며 그려낸 여성 인물

『태백산맥』과 『천년의 질문』까지, 작품 속에서 그려지는 여성상이 꾸준히 변합니다. 선생님께서 가장 마음 쓰이는 여성 인물은 누구인가요?

양성윤(40대, 서울특별시 강남구)

시대의 변화에 따라 '여성상이 꾸준히 변하는' 것은 필연이겠지요.

그러나 시대의 변화와는 상관없이 역사 격랑기에 역사의 짐을 남자와 여자가 똑같이 지는 것은 불변입니다. 다만 남자 중심성이 더 강했던 지난날에는 여자의 수가 좀 적었을 뿐입니다. 저는 그 대등성을 언제나 소설에 반영하고자 했습니다.

일제식민지시대의 투쟁사에는 여자들도 남자들과 똑같이 총 들고 싸우다가 죽어갔습니다. 그 증거가 우리의 무장투쟁지였던 만주의 박물관에 가면 뚜렷이 남아 있습니다. 그 근거로 『아리랑』에서 필녀와 수국이는 우리의 마지막 무장투쟁에서 총을 쏘며 적을 무찌르다가 장렬하게 죽어갑니다.

『태백산맥』에서는 교사 지식인 이지숙과 평범한 주부 외서댁이 제각기 다른 연고로 빨치산 투쟁에 나서며 시대의 격랑을 헤쳐나갑니다.

그리고 『한강』에서는 김광자를 비롯한 많은 젊은 여성들이 자신들의 삶을 적극적으로 개척하기 위해서 서독으로 떠납니다. 그 간호사들의 행로는 개인적으로는 가족의 삶을 위해서고, 사회적 으로는 국가 경제발전을 위한 최초의 외화벌이가 됩니다.

위에 기록한 여성들이 제가 가장 마음 쓰며 그려냈던 인물들입 니다. 그런 여성상은 오늘날의 여성들도 결연히 나서기 어려운 선 진적 인물들이 아닐까 합니다. 역사와 사회적 삶의 진정성은 목소 리 큰 말로 하는 것이 아니라 낮은 목소리의 행동으로 하는 것입 니다.

인물 창조의 시작, 이름 짓기

『아리랑』에는 300명이 넘는 인물들이 등장한다고 알고 있습니다. 대하소설 3부작에서 딱 한 명, '허진'이라는 이름만 겹친다는 걸 『황홀한 글감옥』에서 읽고는 무릎을 칠 수밖에 없었습니다. 등장인물들의 이름을 지으실 때, 인물의 성격을 드러내거나 독자들에게 깊은 인상을 주기 위해 특별히 쓰시는 방법이 있으신가요?

조동주(50대, 서울특별시 강동구)

예, 주인공들의 이름을 짓는 일은 아주 신경 쓰이고 까다로운 일입니다. 이름이 그 인물들의 성격과 개성과 인상을 형성하는 데 지대한 영향을 주기 때문입니다. 우리의 언어에 사회성과 보편성과 지역성과 시대성이 스미고 드러나듯 사람들의 이름에도 그러한 사회적 정서와 감성과 느낌 들이 함축되게 됩니다. 그런 특이하고 개성적인 점들이 조화되어 소설을 읽어갈수록 독자들과 주인공들 사이에 감정이입이 이루어지는 것입니다.

'인물들이 어찌 그렇게 생생하게 살아 있는 것 같지?'

'그 인물은 꼭 우리 동네 누구 같다니까.'

'내가 왜 자꾸 그 인물 같은지 모르겠어.'

독자들은 흔히 이렇게 독서 감상을 말합니다. 이런 종합적 호의를 나타내는 독후감을 듣게 되면 '전형적 인물 창조'에 성공했다는 평가를 받은 것이나 다름없고, 그 인물들에게 붙여진 이름도 한몫을 단단히 했다는 증거가 됩니다.

자아, 예를 들어보겠습니다.

『태백산맥』에서 염상진과 염상구의 이름이 서로 바뀌어 붙었다면 어찌 될까요? 정하섭과 소화가 정철수와 순덕이였다면 어찌 될까요? 하대치가 하대치가 아니고 하점돌이였다면 어찌 될까요?

『아리랑』의 공허며, 지삼출이며, 송수익이며 필녀, 옥비도 꼭 그 이름이어야만 개성과 생명감이 인상적으로 살아납니다. 그래서 주인공의 이름이 (아무리 사소한 역할이라고 해도) 마음에 들지 않으면 소설 쓰기가 몇 시간이고, 며칠이고 멈추기도 합니다.

저의 경우 평소부터 여러 가지 느낌의 이름들을 남녀로 구분해서 '작명 수첩'에다 미리미리 준비해 나갑니다. '지적인 이름', '무게 있는 이름', '세련된 이름', '드문 이름', '유식한 이름', '우스운 이름', '촌스러운 이름' 등 이런 식으로 구분해서 지어나가다 보면 종류마다 수십 가지씩 쌓이게 됩니다. 그걸 새 소설이 시작되면 꺼내서 이리저리 재조립하는 과정을 거쳐 합당한 인물에다 붙여줍니다. 꼭 그 인물에 잘 어울리고, 그 인물을 돋보이게 하는 이름을 붙이려고 작가들은 늘 고심하고 고심합니다.

인물들의 이름 붙이기가 중요한 것은 소설의 3요소가 입증해 주고 있습니다.

'인물, 사건, 배경.'

3요소 중 인물이 첫손가락에 꼽히며, 인물의 개성·특성·인상은 그 이름에서부터 생성되기 시작하기 때문입니다.

글의 시작과 구상

선생님의 책을 접하면 감명과 큰 울림이 느껴집니다. 선생님의 글쓰기는 어떤 방식이며 시작과 구상은 일반적인 스타일인지 아니면 선생님만의 특별한 방식이 있는지 궁금합니다.

김기주(50대, 서울특별시 도봉구)

귀하의 질문은 짧습니다. 그런데 요구하고 있는 대답은 엄청나게 길어야만 합니다. 아마도 문학 지망생만 모인 문창과에서도 서너 달은 강의해야 풀릴 수 있는 질문입니다.

미안하지만 귀하도 저의 『황홀한 글감옥』과 『홀로 쓰고, 함께 살다』를 이어서 읽으면 원하시는 답을 어지간히 찾을 수 있을 것 같습니다. 이건 저의 잘못이 아니니 저를 타박하진 말아주십시오. 이건 귀하에게 책임을 떠넘기는 노회한 방법입니다.

지금은 장마 끝물인 오후 3시 40분. 너무 더워 숨이 막힐 지경이고 가슴골에 땀이 흘러내리는 속에 이 글을 쓰고 있습니다.

작가의 능력은 '인물 창조'로 판가름난다

　선생님의 책 중에『아리랑』『한강』『풀꽃도 꽃이다』를 읽은 독자입니다.『아리랑』과『한강』에 나오는 여러 가지 역사적 사건은 선생님께서 직접 겪어보시기도 하셨겠고, 선생님의 젊은 시절과 멀지 않기 때문에 세세하게 잘 쓰셨으리라 짐작이 됩니다. 허나,『풀꽃도 꽃이다』는 어찌 보면 지금 현재 30, 40대들이 자녀를 양육하면서 겪는 이야기이고, 그의 아이들의 이야기인데, 읽어보면 등장인물의 심리나 상황 묘사를 너무 자세히 해주셨습니다. 아무리 여러 사람들과 인터뷰를 하신다고 해도 그들의 속내를 어떻게 잘 간파하셨을까 참 궁금합니다.『풀꽃도 꽃이다』를 읽으며 부모로서 뜨끔하기도 하고 선생님의 보듬어주심을 느끼기도 하며 울면서 읽었습니다. 선생님 특유의 공감 능력이나 조사 방법 등 글을 어떻게 그렇게 남녀노소의 마음을 대변하여 쓸 수 있는지 그 비법을 여쭈어보고 싶습니다.

차은주(30대, 경기도 수원시)

　귀하 같은 독자를 만나니『풀꽃도 꽃이다』를 쓴 보람을 느낍니다. '울면서 읽었다'니 저의 참뜻이 제대로 전달된 것 같습니다. 그런데 '화내면서 안 읽었다'는 분들이 꽤나 많았다는 말을 들으며 어이없고 허망했던 기분이 다시 떠오릅니다. 제가 '자식은 부모의 소유물이 아니니 자식들의 진로를 강요하지 말고 그들이 하고 싶어 하는 일, 가고 싶어 하는 길로 가게 돕고 격려해 주는 것이 부모의 바른 역할'이라고 한 것이 그들의 비위를 상하게 했다는 것입니다. 그런 점을 다 예상하고 있었지만, 거부감은 생각보다 컸습니다.

그건 우리네 부모들이 자식 문제에 대한 집착이 지나치게 크고, 내 자식만은 잘되어야 한다는 이기적 욕심 또한 너무 크다는 증거일 것입니다. 그것은 이 나라의 문제 많은 교육이 제도의 잘못만이 아니라는 것을 입증하는 것이기도 합니다. 그러한 의식 구조와 가치관이 자식들의 개성 존중과 인격 독립으로 바뀌지 않는 한 이 나라의 교육도 미래도 어둡기만 합니다. 우리 모두가 선망하는 선진국의 꿈은 영원히 꿈으로 끝나버릴 수도 있습니다.

귀하는 다양한 인물들의 실감나는 묘사에 대한 '비법'을 물었습니다. 그것은 독자들이 흔히 묻는 '비결'과 동의어일 것입니다.

저는 '소설은 인간과 인생에 대한 탐구'라고 했습니다. 그 탐구의 꾸준한 노력이 수많은 사람들의 면면을 개성적으로, 다양하게, 실감나게, 입체적으로 묘사해 낼 수 있게 해줍니다. 특별한 비법이나 비결은 없습니다.

소설의 구성 요소는 여러 가지가 복합되어 있지만, 그중에서도 소설의 성패를 좌우하는 가장 중대한 요소가 바로 '다양한 인물들의 개성적 창조'입니다. 어쨌거나 소설은 '이야기'이고, 그 이야기를 구성하는 3대 요소의 첫 번째가 인물입니다. 그다음이 사건이고, 배경입니다. 인물이 있어야 사건이 생기고, 모든 사건은 배경을 필요로 합니다.

　그 인물의 중요성에 대해서 일찍이 이렇게 정의했습니다. 그 고전적 정의는 시대가 어떻게 변하든 불변입니다.

　'한 작가의 능력은 그가 얼마나 많은 작품을 썼느냐가 아니라 얼마나 개성적이고 전형적인 인물들을 창조했느냐로 판가름난다.'

내 문학을 관통하는 중심 가치관

선생님께서 정말 많은 책을 내셨는데, 이 모든 책들을 관장하는 선생님만의 중심적인 가치가 있으신가요? 책마다 줄거리도 다르고 표현하는 주제도 다르겠지만, 예를 들어 인간사회 속에서 잃지 말아야 할 희망이라든지, 작가로서 책을 만들 때 가장 중심이 되는 함의가 궁금합니다.

조소현(20대, 서울특별시 관악구)

이 응답은 다른 분의 질문에 대한 응답과 그 일부분이 중복됩니다. 그러나 중요한 문제이기 때문에 간략하게 반복하기로 하겠습니다.

'인간의 인간다운 삶을 위하여 인간에게 기여해야 한다.'

'에피소드가 없는 게 에피소드인' 작가

선생님의 훌륭한 작품들을 잘 읽고 있는 독자입니다. 선생님께서 좋은 작품을 쓸 수 있으셨던 좋은 습관이나 계기가 있다면 알고 싶습니다.

소문희(40대, 경북 안동시)

저에게는 특별히 좋은 습관은 없습니다. 특별한 계기 또한 없습니다.

제가 한 노력이 있다면 지속적으로 글을 쓰는 데 방해가 되는 나쁜 습관이나 못된 버릇을 단호하게 제거한 것이라고 할 수 있습니다.

저는 등단의 꿈을 실패하고 대학을 졸업하면서 나름대로 신중하고도 심각하게 세 가지 깨달음을 문학인생의 푯대로 세우고 있었습니다.

첫째 슬프고 처절한 민족사에 대해서 써야 한다.

둘째 문학은 가르쳐주는 것이 아니라 깨닫는 것이다.

셋째 문학은 겉멋 들린 형식으로 하는 것이 아니라 알찬 내용으로 해야 한다.

저는 이 세 가지를 저의 영혼 속에 아로새겼습니다. 그리고 그 길을 한 번도 어긋나거나 빗나가지 않게 살려고 저를 닦달하고 채찍질을 가해가며 문학인생 50년을 살아왔습니다.

제가 2~3년 전 어느 날 아내한테 물었습니다.

"내가 정신을 잃도록 술이 취했던 것이 몇 번이나 될까?"

아내는 한참이나 기억을 더듬는 표정이더니 대답했습니다.

"한 대여섯 번 되나? 어쨌든 열 번은 안 돼요."

저는 문학을 '형식'으로 하지 않고 '내용'으로 하려고 부단히 노력했기 때문에 예술가다운 일화나 에피소드가 없는 채 평생을 살아왔습니다. 그래서 '에피소드가 없는 게 에피소드인 작가'라는 말을 듣게 됐는지도 모릅니다.

저는 『태백산맥』을 쓰면서 금쪽같은 시간을 아껴야 했기 때문에 술을 끊었고, 『한강』을 쓰고 나서는 노년 건강을 위해 담배를 끊었고, 자연스럽게 골프를 칠 수 있는 기회가 왔지만 '주색잡기 하지 말라'는 아버지의 평생 훈도를 따라 그 잡기를 외면했습니다.

작가란 무심하게 살아가는 사람들의 영혼을 흔들어 깨워 그 가슴을 감동으로 채워야 하는 예술품을 만들어내야 하는 업보를 지고 사는 존재들입니다. 학대하듯 스스로를 닦달하며 평생 긴장하고 최선을 다한 노력을 바치지 않고서는 그 업보는 풀리지 않습니다. 그걸 좋은 습관이라 할 수 있을까요?

예술에는 완벽이 없다

선생님 작품 중에서 지금 돌아보니 이건 좀 고쳐보고 싶다
고 생각하신 내용이 있으신지요. 있으시다면 어딘지 궁금하
고, 그 이유도 듣고 싶습니다.

서신혜(40대, 서울특별시 동대문구)

이번에 등단 50주년 기념으로『태백산맥』『아리랑』『한강』의
개정판을 내기 위해서 출간 후 30여 년 만에 처음으로 세 편을
다 읽었습니다.

한 문장, 한 문장 정독을 해나가면서도 사건이나 구성을 완전히
뜯어고쳐야 할 만큼 잘못되었거나 마음에 들지 않는 부분은 찾
아내지 못했습니다. 그러나 마음에 흡족하지 못하거나, 무언가 어
긋난 것 같은 문장이 가끔씩 눈에 띄었습니다. 쓸 때는 최선을 다
하려고 안간힘하고 머리를 쥐어짰지만 긴 세월이 흐른 다음 다시
읽어보니 작은 빈틈들이 눈에 띄는 것이었습니다. 그런 문장들은
몇 번씩 다시 생각해 가며 다듬고 손질했습니다.

그러니까 이번 개정판은 어느 부분부분을 완전히 뜯어고친 '개
작판'이 아니라 '퇴고' 수준으로 문장들을 가다듬은 것입니다. 이
번 작업을 통해 '예술에는 완벽이 없다'는 사실을 다시 확인하기
도 했습니다.

그 손질된 부분들은 '많지도 않고 적지도 않습니다.' 그래서 어

디라고 꼭 집어 말하기가 어렵습니다. 죄송하지만 귀하께서 직접 대조해서 찾아내면 좀 수고스럽기는 하겠지만, 그보다 더 효과적인 문장 공부는 없을 것입니다. 똑같은 사건, 똑같은 상황, 똑같은 인물을 표현하고 묘사해 내는 데 두 가지로 쓰여진 문장을 비교 대조해 보는 것이니까요.

10년쯤 후에 제가 두 번째 통독을 하게 된다면 또 손질하고 싶은 문장이 발견될 수도 있습니다. 수많은 시인과 소설가들이 그런 퇴고를 거듭했고, 그것은 문학의 미덕으로 받아들여지고 있습니다. 그만큼 글은 다듬을수록 좋아지고, 완벽을 향한 예술적 노력은 끝이 없다는 의미일 것입니다.

나도 매일 길을 잃는다

인생은 '길 없는 길'이고, 문학 또한 '길 없는 길'이라고 하셨
지만 선생님께서는 마치 길이 정해져 있는 것처럼 매번 주저
없이 하나의 길을 택해 묵묵히 걸어오신 것처럼 보입니다. 혹
시 선생님도 길을 잃은 듯한 경험이 있으셨는지, 방황의 순간
을 어떻게 빠져나오셨는지, 인생의 길을 결정할 때 삼은 기준
이 있으신지 궁금합니다.

박기혜(30대, 서울특별시 서초구)

'길 없는 길'이란 화엄경에 담긴 부처님의 말씀입니다. '깨달
음의 길'인 '도(道)의 길'이란 길이 없는 밀림 속을 스스로 헤쳐 길
을 내며 가야 하듯 득도의 길도 오로지 혼자 힘으로 닦아 나아가
지 않으면 안 되는 길이라는 점을 일깨운 것입니다.

그 녹슬지 않는 만고의 금언을 제가 인생이며 문학에다 응용,
변주시킨 것입니다. 왜냐하면 제가 문학인생의 길을 걸어오는 동
안 절실하게 가슴을 울린 가르침이었고, 외롭고 암담한 길을 비춰
주는 등불이었기 때문입니다.

인생사란 그 누구에게나 외롭고, 고달프고, 힘겹고, 낯설고, 미
숙하고, 그래서 두려움의 연속입니다. 왜냐하면 우리가 맞이하
는 매일매일은 언제나 새날이고, 닥치는 일들도 새 일이기 때문입
니다. 이런 말에 즉각적인 반대 의사를 표명할 분들도 있을 수 있

습니다. 돈 많고 환경 좋은 집안에서 태어난 사람들은 그렇지 않다고. 예, 일리 있는 말일 수 있습니다. 그러나 그런 사람들도 필경 부모가 다 떠나고 혼자 남겨지게 됩니다. 그때부터 인생 공통의 괴로움에 부딪히게 됩니다. 환경의 혜택도 인생의 괴로운 문제를 어느 만큼씩 덜어줄 수 있을 뿐 전적으로 일소시키거나 해결해 주지는 못합니다. 그래서 석가모니께서는 '인생 고해'라고 설파하신 것입니다.

인생, 매일 더듬거리기

'선생님도 길을 잃은 듯한 경험이 있으셨냐'고요? 예, 매일 길을 잃고 허둥거린 것이 제 문학인생 50년이라고 할 수 있습니다. 무슨 소리냐고요? 글 쓰는 일이란 순간순간마다 혼자서 결정을 내려야 하는 극한적 고통의 길입니다. 그 길 걷기의 고통스러움을 어느 때부터인가 문인들은 '절대 고독'이라고 표현해 오기 시작했습니다.

모든 예술의 생명이며 존재 이유는 '새로움'입니다. 그래서 모든 예술작업을 '창작'이라고 하며, '새로운 감동을 주는 예술품'에 많은 사람들은 뜨거운 기립박수를 보내줍니다. 그 '감동적인 새로움'을 위한 작업을 하는 것, 그것은 예술가의 생명을 바치는 치열한 결정의 연속입니다.

이렇게 말을 하니 너무 과장하는 것 같고, 너무 거리감 느껴지게 말하는 게 아닌가 하는 생각이 들기도 합니다. 좀 더 편안하고 친근감 있게 말을 바꾸도록 하겠습니다.

우리 몸이 헤아릴 수 없이 많은 세포들로 이루어졌듯 소설도 수없이 많은 문장들로 엮어져 있습니다. 우리 몸은 세포 하나하나가 전부 건강해야만 탄력적인 활력을 발휘하게 됩니다. 마찬가지로 소설의 성패와 감동의 농도는 한 문장, 한 문장의 완벽도가 쌓여 결정나게 됩니다. 그러므로 모든 작가들은 한 문장, 한 문장을 쓸 때마다 무의식적으로, 자동적으로 초긴장 상태에 처하며 혼신의 노력을 다하게 됩니다. 그 상태를 뭐라고 해야 할까요. 그때가 아마 귀하가 말한 '길을 잃은 듯한 경험'을 할 때가 아닐까요. 새로운 문장을 쓰려고 하는 그 순간순간의 긴장은 어쩌면 작가들에게는 순간순간 닥쳐오는 좌절이 아닐까 합니다. 그 무수하게 밀어닥치는 좌절을 박차며 새 문장 하나를 이루어내는 것, 그것이 소설 쓰기의 어려움이고 고통일 것입니다.

저는 그전에는 몰랐는데, 『태백산맥』을 절반쯤 썼을 때 끝없이 밀어닥치는 거센 파도를 숨 헐떡거리며 타넘고, 타넘고, 또 타넘고 있다는 생각을 하게 되었습니다. 하나의 사건을 애써 쓰고 나면 또 다른 사건이 밀려들고, 그 사건을 가까스로 쓰고 나면 또 새로운 사건이 덮쳐오고, 몸부림하듯 그 사건을 쓰고 나면 또 다른 사건이 덤벼들고……, 그 끝도 한도 없는 싸움이 대하소설 쓰기였습니다. 아아……, 이 끝없이 밀려오는 파도를……, 이러다가 내가 죽고 마는 것 아닌가! 그 외롭고 쓰라린 좌절을 견디고 또 견뎌내며 『아리랑』을 썼고, 『한강』을 썼습니다. 그리고 몇몇 독자들의 요구도 있었지만, 『한강』 다음 시대를 써내는 네 번째 대하소설 쓰기를 '포기 선언'하고 말았습니다. "왜냐하면 더 썼다가는 제가 쓰다가 죽을 것 같기 때문입니다." 이건 변명이 아니라 진정한 고백이었습니다.

작가가 순간순간 느끼는 좌절감은 방황이기도 합니다. 그 순간을 어떻게 빠져나올 수 있을까요. 아무 방법이 없습니다. 오직 하나, 노력이 있을 뿐입니다. 견디어내는 노력, 그 앞에 여러 가지 형용사를 마음대로, 얼마든지 붙여도 좋습니다. 독자들이 오래도록 감동하고, 그 감동을 다시 맛보려고 세월이 흐른 뒤에도 다시 읽게 하는 감동을 창작해 내려면 오직 자기 자신을 이기는 노력이 있을 뿐입니다. 그 인내를 벗으로 삼지 않으면 평생에 걸쳐 새로운 글을 써낼 수는 없습니다.

제가 어느 땐가 이런 메모를 남겨둔 게 있습니다.

'인생이란 때때로 더듬거리고 멈칫거리고 두리번거리고 비틀거리고 허둥거리며 홀로 걸어가는 길이다.'

집필 방식에 대하여

책을 집필하기까지 보통 얼마나 오래 걸리시나요? 어디서
책을 집필하시나요? 집필할 때 누군가에게 도움도 많이 받으
시나요? 자료나 소스는 어디서 주로 찾나요? 경험담도 많이
넣으시나요?

여아현(20대, 대구광역시 달서구)

숨가쁘게 질문이 다섯 가지나 줄줄 이어지는군요. 그런데
이 질문들에 대한 응답은 다른 여러 분들의 질문에 따라 이미 발
간된 『황홀한 글감옥』과 이번의 『홀로 쓰고, 함께 살다』에 자세히
언급되어 있습니다. 중복을 피하고자 이렇게 안내하는 것 이해하
여 주시기 바랍니다.

그냥 지나치려 하다가 그건 질문자에 대한 예의가 아니다 싶어
이렇게 적습니다. 질문 감사합니다.

작가에게 독자란

선생님의 대하소설 3부작은 판매부수 1,500만 부(2016년 기준)를 넘겨 한국문학 100년사의 최초 기록을 세웠다고 하는 기사를 읽었습니다. 작가에게 독자란 어떤 존재인가요?

현미현(40대, 제주특별자치도 서귀포시)

사회주의자들이 혁명 과정에서 즐겨 쓴 말이 있습니다.

"인민은 바다요, 당원은 물고기다."

인민의 지지 없이는 사회주의 혁명은 성취될 수 없다는 뜻이지요. 아주 쉽고도 명쾌하며 설득력 강한 정의입니다.

작가도 그와 똑같습니다. 독자 없이는 작가는 존재할 수가 없습니다. 독자는 작가의 바다인 동시에 작가의 영토입니다.

그러나 작가들이 명심해야 할 사항이 있습니다.

독자는 열렬한 응원자인 동시에 냉정한 심판자입니다. 그들은 뜨겁게 응원을 하면서 냉정하게 평가를 내립니다.

그렇다고 독자들의 눈치를 보거나 아부를 해서는 안 됩니다. 아부를 해서는 버림받을 것이고, 감동을 주면 사랑받을 것입니다.

그들의 선택권 활용은 잔혹할 만큼 냉정합니다. 그들은 자신들이 만족할 만큼의 감동을 기대하며 작품을 선택합니다. 그런데 실망했습니다. 그러면 그들은 가차없이 그 작가를 버려버립니다.

그렇게 버림받은 예술가들은 많고 많습니다. 그러나 그들은 아무도 원망할 수가 없습니다. 원망해야 할 것은 단 하나, 자기 자신입니다.

나태하고 안일에 빠진 예술가들에게 남겨지는 것은 냉소와 외면과 궁핍뿐입니다. 그 지옥에 떨어지지 않으려면 어찌해야 하는지는 예술가들 스스로가 알아차려야 할 일입니다.

예술의 길은 감상도 낭만도 아니고 치열한 노력과 연마의 길일 뿐입니다.

가장 행복했던 순간을 고른다면

손자가 태어나면서 삶의 기쁨을 알았다고 쓰신 글을 본 적
이 있습니다. 지금까지 살아오시면서 가장 행복했던 순간은
언제인가요?

김해령(40대, 서울특별시 서초구)

　귀하도 짓궂은 독자들 중의 한 분이군요. 50년 동안 글을 써
오면서 힘겹고 괴롭고 고통스럽고 암담했던 때도 많았지만, 즐겁
고 의미 깊고 보람차고 행복했던 때도, 그에 못지않게 많았습니
다. 그런데 '가장 행복했던 순간' 하나만을 고르라니, 독자들은 어
인 일로 '꼭 하나', '가장~', '제일~' 같은 질문들을 즐기는지 모르
겠습니다.

　이 질문 앞에서 그동안 글을 써오면서 보람과 행복을 느꼈던 일
들을 생각해 보니 큰 것들만 짚어도 수십 가지가 떠오릅니다. 그
러나 질문에 '가장'이란 제한을 붙여 그것들을 열거할 기회를 박
탈해 버렸으니, 어찌 그리 몰인정하고 야속합니까. '글 써오면서
느꼈던 행복한 순간들은 얼마나 많으셨는지요?' 이렇게 넉넉하고
후하게 물었더라면 좀 좋았겠습니까. 그런 기회를 빙자해 제 자랑
을 실컷 할 수 있었을 텐데요. 그럼 질문 수정하시겠다고요? 아닙
니다, 농담입니다.

　'가장 행복했던 순간'을 곰곰이 생각해 보니 두 가지가 똑같은

비중과 무게로 팽팽하게 맞서고 있어서 최종적으로 고르기가 어렵습니다.

그 두 가지는, 국가보안법을 위반한 '빨갱이' 혐의로 만 11년 동안 수사를 받아온 끝에 무혐의 처분을 받은 일과, 『태백산맥』 제1부 3권을 출간한 다음 "다음 소설이 왜 이리 늦느냐. 빨리 써라" 하는 독촉과 성화의 전화를 수없이 받아가며 2부, 3부, 4부를 써나갔던 일입니다.

무혐의 처분은 감옥행을 면한 것과 동시에 국가보안법의 무력화와 직결되는 의미 큰 일이었습니다. 그리고 독자들의 독촉과 성화를 받으며 연재소설을 써나간다는 것은 이 세상 모는 작가들이 바라는 가상 큰 소망인 동시에 거의 이루어질 가망이 없는 환상적인 일입니다.

아무리 생각하고 또 생각해도 하나만을 고를 도리가 없습니다.

그 대신 귀하에게 묻겠습니다. 귀하가 만약 조정래였다면 어떤 것을 고르시겠습니까? 귀하가 고른 것이 저의 응답입니다.

문학의 길을 후회한 적 없다

'한정된 시간을 사는 동안……'으로 시작하는 선생님의 다
짐을 본 기억이 있습니다. 무려 1974년도에 쓰신 글이더군요.
그 후로 오랫동안 그 말을 지키기 위해 뼈를 깎는 고통도 느
끼셨을 것으로 생각합니다. 혹시 소설가로서의 삶을 후회해
본 적은 없으신지요. 그렇게 생각하게 된 계기는 있으신지요?

이수영(40대, 서울특별시 관악구)

글쎄요, 저는 소설 쓰기가 아무리 힘들어도 글 쓰는 삶을
후회해 본 적이 없습니다. 글이 뜻대로 안 되어 끝없이 파지를 내
면서도 지치지 않았듯이.

저는 글 쓰는 일이 제가 할 수 있는 유일한 일이라는 확신이 흔
들린 적이 한 번도 없습니다. 오로지 그 한 길을 눈 가린 경주마처
럼 줄기차게 달리면서 괴로움을 즐거움으로, 고통을 행복으로 바
꿀 수 있었습니다. 새 작품을 써낼 때마다 독자들이 늘어났으니
까요.

저는 대학교 2학년 때인가 우연히 파고다공원에서 제 이름을
본 일이 있습니다. 이름 보아주는 사람은 젊으면서 남루한 모습
이었는데, 펜과 종이가 없이 땅바닥에다 막대기로 사람들 이름을
달필로 써대며 쉼 없이 말을 줄줄 엮어냈습니다.

"나라 조(趙)에, 조정 정(廷), 올 래(來)라고? 하, 이름 좋네. 됐어,

더 볼 것 없이 정치해, 정치! 그럼 크게 될 수 있어. 내가 보장해."

"아닌데요. 문학을 할 건데요?"

"문학? 그거 원, 정치하라니까."

"지금 국문과에 다녀요."

"과가 무슨 문제야. 정치하면 크게 출세한다니까. 관상도 딱 정치감이야. 이마에 주름살 셋이 괜히 있는 줄 알아?"

"문학하면 크게 안 되겠어요?"

"아하 시시하게 문학은. 더 묻지 말어. 복채 겨우 쥐꼬리만큼 내놓고는."

그 사람은 고개를 틀어 돌리고는 딴 사람 이름을 땅바닥에 갈겨쓰기 시작했습니다.

"그 사람이 조정 정 자를 곧이곧대로만 해석해서 그렇다. 정(廷) 자는 여러 가지 뜻을 가졌다. 가운데 중(中), 기둥 주(柱), 으뜸 원(元), 임금 왕(王)까지. 그런 말 한 귀로 듣고, 한 귀로 흘리면 된다."

아버지의 설명이었습니다.

저는 성질이 급합니다. 그리고 직설을 합니다. 그러니 정치를 했더라면 여지없이 실패했을 것입니다. 문학은 저의 천직이고, 생각보다 훨씬 잘된 셈입니다.

작가, 그 첫걸음의 황홀

선생님께서 처음 책을 펴내셨을 때 어떤 마음이셨는지, 처음으로 펴낸 책을 보셨을 때 소감이 어떠했는지 궁금합니다.

한유진(20대, 서울특별시 강북구)

처음 책을 펴냈을 때보다는 등단했을 때의 감격과 흥분이 몇십 배 더 큽니다. 무슨 근거인지는 좀 모호하지만 흔히 문단 등단 경쟁률은 5만 대 1이라고 하고 있습니다. 아마도 그만큼 어렵다는 문학적 과장이 아닐까 합니다. 하긴 신춘문예 소설 모집에 신문사마다 수천 명씩 몰려들고, 시 쪽에는 그보다 훨씬 더 많으니 모든 분야를 다 통틀어도 경쟁률이 단연 최고인 것은 분명합니다.

그 치열한 경쟁의 관문을 뚫어서 그런지 어쩐지 등단하는 모든 사람들이 사용하는 공통적인 감상이 있습니다.

'천하를 다 얻은 것 같은 기분!'

천하를 다 얻은 기분? 그것이 무슨 뜻일까요? 모든 적을 다 무찌르고 하늘 아래 권력을 모두 장악한 유일자. 그가 '황제'의 자리에 오르게 됩니다. 그 최초의 황제가 바로 중국의 '진시황'입니다. 그러니 '천하를 다 얻은 기분'이라는 말은 중국에서부터 유래한 것이고, 등단으로 '문인'이 된 것은 바로 천하를 호령하는 황제가 된 것 같은 황홀경이라는 뜻입니다.

그럼 과연 문인들에게 그런 권력이 있을까요? 어림없습니다. 현실적으로 문인들은 아무 권력도 없는, 허약하기 짝이 없는 존재들입니다.

그런데 왜 그런 황당무계한 말을 한 것일까요? 그것도 문학적 과장법입니까. 아닙니다. 거기에는 그럴 만한 근거가 있습니다.

우리는 이 지점에서 흔한 속담 하나를 되짚어볼 필요가 있습니다. '호랑이는 죽어서 가죽을 남기고…….'

사람은 죽어서 무엇을 남긴다고 했지요? 예, 문인들은 바로 '문자의 영구불변성'이 약속하는 그것, '명예'에 하나뿐인 목숨을 거는 것입니다.

그럼 무슨 뜻입니까? 영원히 변하지 않는 문자가 명예를 줄 것을 약속하고, 그 명예가 곧 황제의 권력이라고요?

예, 문자가 행사하는 권력은 황제의 권력을 압도할 만큼 어마어마합니다. 우리 인류사에서 그 실례는 얼마든지 많습니다.

문학은 영혼을 지배한다

인류사의 모든 진리는 문자로 기록되어 그 생명을 영구히 이어 갑니다. 그 대표적인 존재가 석가모니고 예수입니다. 그들의 깨달은 말씀이 불경과 성경으로 기록되지 않았더라면 어찌 되었을까요? 그들의 그 귀하고 소중한 말씀은 그들이 떠남과 함께 급격히 사라질 것이고, 제자들이 기억해 구전한다 해도 몇십 년이 못 가

소멸하고 말 것입니다. 인간은 '망각'을 본능의 하나로 가졌기 때문입니다.

그런데 문자는 그 망각의 본능을 기억의 능력으로 바꾸어줍니다. 문자의 그 변함없는 능력이 바로 석가모니와 예수가 영생의 명예를 누리게 해주었습니다. 우리는 불경과 성경을 읽고 읽고 또 읽으면서 석가모니와 예수께 경배하고 기구합니다. 우리 인류사에서 그 두 분보다 더 큰 권력자가 어디 있습니까. 모든 인간들에게는 세 가지 공통점이 있습니다. 한 번 태어나는 것, 한 번 죽는 것, 그 누구도 완벽할 수 없는 것. 인간들의 그 불완전함이 종교를 필요로 합니다. 그러므로 예수와 석가모니는 문자의 덕에 실려 영생할 수밖에 없습니다.

천하를 통일했다는 진시황은 겨우 12년 동안 '현실'을 지배했을 뿐이므로 그는 떠남과 동시에 한 가닥 전설로만 남았을 뿐 영생적 명예를 누리지 못했습니다. 알렉산더도, 칭기즈칸도, 나폴레옹도 다 마찬가지입니다. 그런데 '현실'이 아니고 문자를 통해 '영혼'을 지배한 석가모니와 예수는 영생을 누리고 있는 것입니다.

그럼 문학은 무엇일까요? 한마디로 문자의 자식입니다. 문자가 없어서는 탄생될 수 없는 생명이고, 문자로 감동을 만들어내는 예술품이 문학입니다. 그러므로 그 명칭이 '문학'이기보다는 '문예'인 것이 더 합당하기도 합니다. 그런데 '문학'이 언어의 사회성을 더 획득함으로써 그렇게 굳어지고 말았습니다.

그러니까 종교와 문학이 문자로 기록되어 영생적 생명을 얻는 것은 동일합니다. 그러나 종교가 정신적 감응으로 인간의 영혼을 지배하고, 문학은 예술적 감동으로 인간의 영혼을 지배하는 데 그 차이가 있습니다.

셰익스피어, 톨스토이, 빅토르 위고, 괴테, 허균 같은 작가들이 바로 문학으로 영생을 누리는 존재들이 되었고, 그 영혼 지배력이 야말로 천하를 다스리는 황제의 권력을 능가하는 영원한 권력이 아닐 수 없습니다.

그러니까 등단하면서 문인이 되는 그 순간 '천하를 다 얻은 기분'이 되는 건 '영원히 남는 문인이 되고 싶다'는 욕구이기도 합니다.

저 역시 등단을 했을 때 '천하를 다 얻은 기분'이었습니다. 가슴이 화아한 느낌으로 부풀어오르고, 벌떡거리는 것 같았고, 세상이 어제 같은 세상이 아니라 밝고 신명이 가득했고, 어서 많은 글을 쓰고 싶은 활력이 몸 전체에서 마구 솟구치는 것이었습니다.

그런데 어느 날 사회 저명인사의 한마디를 듣게 되었습니다.

"열심히 잘하시오, 이제 시작이니까. 갈 길이 먼 게 예술의 길이오."

저는 그 말이 문득 기분 나빴습니다. 그 말에서 나를 얕잡아 보는 것 같은 기분을 느꼈던 것입니다.

며칠이 가도 그 불유쾌한 기분은 가시지 않았습니다.

한 한 달쯤 지나 어느 작가의 생애를 읽다가 저는 아! 하고 깨달았습니다. 그 작가는 자신이 완성된 존재라는 자신감을 가지고 작품을 출판사에 보냈지만 번번이 퇴짜를 맞았습니다. 그 실패를 몇 번 되풀이하고 나서야 그는 자신이 미완성적 신인일 뿐이라는 것을 알게 되었습니다.

저도 그 작가처럼 무의식 중에 제가 완성된 존재라는 자만을 품고 있었던 것입니다. 그래서 그분의 순수한 충고가 고깝게 들렸던 것입니다. 그 자만이 바로 '천하를 다 얻은 기분'이 유발시킨 가당찮은 착각이었고, 대책 없는 시건방이었던 것입니다.

그 후로 정신을 차리고 걸어보니 작가의 길, 예술의 길이란 참으로 험하고, 막막하고, 아득한 길이었습니다. 그분의 그 고마운 충고는 언제나 저의 앞길을 밝히는 등불이 되었고, 여기에 글을 쓸 정도로 평생 잊지 않고 교훈으로 삼아왔습니다.

첫 번째의 당황스러움

저의 첫 소설집은 『황토』입니다. 스물여덟 살인 1970년에 등단하여 4년 후인 1974년에 나왔습니다.

그 책의 장정은 제가 손수 결정했습니다. 불우하게 살다가 일찍 죽어버려 더 좋아했던 열정의 화가 반 고흐의 대표작 중의 하나인 〈까마귀떼 날아가는 밀밭(Wheatfield with Crows)〉을 앞뒤 표지 전체에 깔았습니다. 그 그림은 마치 고흐가 나를 위해 그린 것처럼 중편소설 「황토」와 딱 어울렸던 것입니다.

처음 펴낸 책을 보았을 때 소감이 어떠냐고요?

그 기분은 말로 다 형용할 수 없도록 좋습니다. 사람들의 온갖 감정과 느낌 그리고 심리를 표현해 내고 묘사하는 일을 직업으로 삼고 있는 작가지만 첫 작품집을 손에 잡았을 때의 그 기분은 정확하게 묘사해 내기가 참 어렵습니다.

벅차고, 흥분되고, 감격스럽고, 뿌듯하고, 자랑스럽고……. 아무리 많고 많은 말을 동원해도 그 마음을 다 그려내거나 드러내기에는 흡족하지도 않고 마땅하지도 않습니다.

그냥 쉽고, 간단하게 말해서 그저 좋고, 좋고, 또 좋습니다. 그래서 보고, 보고, 또 펼쳐봅니다. 잘 때도 몇 날 며칠이고 머리맡에 두고 자고, 밥을 먹을 때도 식탁 위에 올려놓고 바라봅니다. 그러기를 한 달쯤 해서야 그 어린애 같은 짓을 멈추게 됩니다.

그 모자란 듯한 짓을 저만 하는 게 아닙니다. 제 사랑하는 아내도 새 시집을 가지고 그렇게 합니다. 저는 짐짓 모르는 척하면서 아내를 훔쳐봅니다. 그런 아내의 모습이 더 한층 아름답고 사랑스러운 짓을 느끼며.

저희 부부만 그러는 것이 아닙니다. 모든 문인들이 다 똑같습니다. 그리고 첫 작품집이 나왔을 때만 그러는 것이 아닙니다. 작품집이 나올 때마다 그 기분은 똑같이 되풀이됩니다. 그건 당연한 일입니다. 새 작품집에 실려 있는 작품들은 새로 태어난 자식들이니까요.

'한정된 시간을 사는 동안 내가 해득할 수 있는 역사, 내가 처한 사회와 상황, 그리고 그 속의 삶의 아픔을 결코 외면하지 않을 것이다.'

이것은 『황토』의 맨 끝에 실려 있는 짧은 '작가의 말'의 마지막 문장입니다.

대학의 선배 문인이 출간을 축하한다며 커피를 샀습니다.

"의식이 분명한 건 좋은데……, 이래 가지고 출세하겠소?"

그 선배는 '작가의 말'의 그 부분을 손가락으로 짚으며 저를 빤히 쳐다보는 것이었습니다.

저는 그 말뜻을 금방 알아들었습니다. 그때는 '순수문학'이 판을 치고 있던 시대였고, 제가 쓴 그 문장은 눈치 없게도 '참여문학' 냄새를 풀풀 풍기고 있었던 것입니다.

저를 빤히 쳐다보는 선배의 그 눈길은 '정신 차리고 전향해' 하는 말을 담고 있었습니다. 저는 그 눈을 맞쳐다보며 아무 말도 하지 않았습니다. 그렇다고 저의 마음속에도 아무 말이 없었던 것이 아닙니다.

'유치하게 순수, 참여 따지지 말어. 난 그따위 편가르기 싫어. 내가 쓰고 싶은 대로 쓸 거야. 두고 봐.'

저는 32세 때 쓴 작가의 말에 밝힌 그 길을 따라 모든 작품을 써냈습니다. 그리고 34년이 지나 태백산맥문학관 벽면에 제 육필을 이렇게 새겼습니다.

'문학은 인간의 인간다운 삶을 위하여 인간에게 기여해야 한다.'

그런데 저한테 심각하게 충고했던 그 선배는 오래전에 세상을 떠나 돌에 새겨진 그 문구를 보지 못했습니다.

『황토』를 내고 또 하나 뜻밖의 기쁨이 생겼습니다. 첫 작품집을 낸 설레임이 미처 가시지도 않은 어느 날 유명한 영화감독이 사무실로 찾아왔습니다. 소설 「황토」를 영화화하자는 것이었습니다. 그 감독은 '문예 감독'이라고 이름을 날리고 있던 김수용 감독이었습니다.

생애 최초로 원작료라는 걸 받았습니다. 그건 단순히 돈이 아

니었습니다. 객관적인 인정의 증표였고, 그러므로 작가의 자존심
이었습니다. 돈이 자존심이 되는 첫 경험이었습니다.

저는 말로 형용이 안 되는 작가로서의 기쁨과 보람을 이미 수
십 번 누렸으면서도 앞으로도 한 스무 번쯤 그런 기회를 맞이할
수 있기를 욕심부리고 있습니다. 늦자식을 두면 오래 살더라고 그
리 욕심부려야 오래 글을 쓸 수 있을 테니까요.

조정래의 연애소설

오래전 강연에서 "춘향전을 능가할 수 있는 소재가 있다면 그때 연애소설을 쓰겠다"고 하셨습니다. 그런데 기다리고 기다려도 연애소설을 안 보여주십니다. 연애소설이 한 편도 없는 것도 작가로서 결격사유……. 죄송합니다.

송경란(40대, 서울특별시 성북구)

예, 분명 그런 말을 했습니다. 그건 춘향전에 대한 가치 평가를 높게 하면서 한 말입니다. 춘향전은 단순한 연애소설이 아닙니다. 그건 봉건주의 계급사회를 혁파하고자 하는 강렬한 혁명적 주제를 품고 있는 '무서운 소설'입니다. 다만 연애라는 당의정으로 달콤하게 겉을 발랐을 뿐입니다. 춘향전은 소설로서 뛰어나고 탁월한 구성법을 구사하고 있는 것입니다.

그런데 그 빼어난 소설이 '작자 미상'으로 되어 있습니다. 왜 그럴까요? 이것이 춘향전이 품고 있는 최대 미스터리입니다. 그 미스터리를 풀어야 하는 것이 문학평론가들이 해야 할 필연적 임무입니다. 그런데 수많은 평론가들 중에 아무도 그 일을 해내지 않았습니다.

춘향전과 똑같은 주제를 가진 소설이 또 하나 있습니다. 그게 무엇입니까? 조선 500년사에서 살아남은 너무나도 유명한 소설 홍길동전입니다. 그런데 그 저자 허균은 끝내 능지처참을 당했습니다. 그 주제 때문이었습니다.

여기까지 말하면 춘향전의 미스터리가 풀렸습니까? 그 해결의 열쇠는 춘향전이 판소리 사설로 쓰였다는 점입니다. 다시 말하면 판소리는 허균의 시대로부터 200년쯤 뒤에 전라도 땅에서 태어난 노래 가락입니다.

그러니까 전라도의 어느 천재는 대대로 세습되는 계급 차별을 깨부수고 싶은 강렬한 욕구를 담아 춘향전을 썼지만 허균이 갈가리 찢겨 죽어간 것처럼 자신도 죽을 수가 없어서 '사람은 죽어서 이름을 남기는' 인간의 명예욕을 죽여 자신의 이름을 묻어버린 것입니다.

여기까지의 문학사 공부를 답변의 덤으로 드립니다. 이게 조정 래식 인심입니다.

"『태백산맥』에서 소화와 정하섭이 사랑하는 부분들만 쏙 뽑아서 한 권의 소설을 만들면 춘향전을 뺨치는 연애소설이 될 수 있습니다."

20여 년 전 소설가 김훈 씨가 한 말이었습니다.

그리고 저는 『아리랑』에서 송수익과 필녀의 사랑, 『한강』에서 유일민과 임채옥의 사랑 얘기를 썼습니다. 그 감도들은 어떠신지요?

위인전을 쓰도록 해주십시오

선생님께서는 손자와 손자 세대를 위해 위인전까지 여러 권 쓰셨습니다. 그 지극하신 손자 사랑에 감동하여 서슴없이 제 아이에게 위인전을 읽히기 시작했습니다. 선생님께서 쓰신 것이니 가장 안전한 품질보증이었으니까요. 그런데 수십 권이 나온다고 했던 그 시리즈가 일곱 권으로 중단된 채 10년이 넘어가고 있습니다. 더 안 쓰실 것인지 어쩐지 몹시 궁금합니다.

강선숙(40대, 대구광역시 북구)

아, 미안합니다. 제가 게을러서가 아니라 그럴 만한 이유가 있습니다.

저는 그 위인전에 한 서른 분쯤 모셔서 손자와 손자 세대들에게 따라 배우게 할 계획이었습니다. 그리고 그 분량을 3등분했습니다. 조선시대 5명, 일제강점기 구국시대 15명, 경제발전시대 10명으로 했습니다. 빼앗긴 나라를 되찾는 투쟁의 시대도 중요하지만, 기나긴 궁핍의 시대에서 벗어나 세계 10위권의 경제 대국을 건설한 것도 우리 모두가 힘 바쳐 이룩한 우리 모두의 자랑이 아닐 수 없습니다.

그런데 그 빛나는 경제발전은 '재벌'이라는 한국형 부자들을 만들어내는 큰 문제를 갖게 되었습니다. 그 문제의 심각성은 여러 가지로 많지만, 가장 큰 것은 부의 편중에 따른 소득 불균형이 미국에 버금가는 수준이라는 것입니다. 다시 구체적으로 말하면 상위 10퍼센트의 부자들이 전체 국민경제의 50.6퍼센트를 차지하고 있습니다. 이것은 한마디로 우리가 '위기 사회'에 처해 있다는 것이고, 그 경고는 UN에서 5년 전부터 계속해 왔지만 전혀 개선되지 않고 해마다 악화되어 부익부 빈익빈의 불행한 사태가 미국과 같아지고 만 것입니다.

그래서 저는 작가로서 재벌들의 그 문제 해결 방법을 하나 생각해 냈습니다. '1조를 사회에 환원해 자기들이 전혀 개입하지 않고 객관적인 공익재단을 만들어 장학사업을 하게 하는 재벌에 대해서는 그가 어떻게 돈을 벌었든 상관하지 않고 그 사회 환원을 공적으로 삼아 위인전을 쓰겠다.'

그런 재벌이 10명쯤 생기기를 기다리며 10년을 보냈지만 아직 한 명도 나타나지 않았습니다.

저는 부동산 전문가의 도움을 받아 그 1조로 공익재단을 설립하고, 강남에 2천억짜리 빌딩 다섯 개를 매입하면 그 월세 수입으로 몇 명의 대학생에게 장학금을 줄 수 있는지 계산했습니다. 대강 6,500명에게 장학금을 지급할 수 있고, 그 업무를 보는 인력으로 300여 명의 고용 창출을 할 수 있었습니다. 그리고 그런 재벌이 10명이면 6만 5천 명이 장학금을 받게 됩니다.

그런 구상은 저 혼자만 하면서 그 일이 자연스럽게 이루어지기를 기다리고 있었습니다. 우리 사회도 그런 재벌이 나타날 때가 되었다는 기대를 가지고 말입니다. 그런데 10년 세월은 저를 배신하고 말았습니다.

이제 귀하의 질문으로 마침내 그 구상이 문자화되기에 이르렀습니다. 어쩌면 10명이 금방 채워질지도 모를 일입니다. 그렇게 되었으면 참 좋겠습니다. 장학금 받을 대학생들을 생각하며 저는 위인전 쓰기에 신바람이 날 테니까요.

어디 두고 봅시다.

40년 전의 결심

선생님께서 『천년의 질문』을 내시고 김어준 총수의 유튜브 〈다스뵈이다〉에 출연하신 것을 보았습니다. 항상 엄하고 심각하고 딱딱하신 줄만 알았는데 얼마나 유머가 풍부하시고 위트 있고 부드러우면서도 정겨우신지, 모두 놀라고 많이 웃고 박수도 많이 치고, 즐겁고 행복한 시간이 너무 짧았습니다. 선생님 말씀 중에 특히 두 가지가 인상 깊게 남았습니다. 아인슈타인의 피 번진 뇌 이야기와, 선생님께서 부인이신 시인 김초혜 선생님의 노예로 53년째 살고 있다는 것이었습니다. 그런데 정작 선생님의 뇌에는 지금쯤 피가 얼마나 번져 있을지 질문하지 못하고 시간이 끝나고 말았습니다. 그리고 또 하나 질문, 김초혜 시인님은 선생님을 어떻게 대하시는지 정말 궁금합니다.

민상희(40대, 서울특별시 종로구)

아, 아인슈타인 이야기군요. 저의 뇌에 피가 몇 퍼센트 정도 번져 있을 것 같다고 대답해 버리고 말면 그 이야기 내용을 모르시는 분들은 엉뚱하고 어리둥절하게 될 것입니다. 그러니 그 내용을 간략하게 정리해야 될 것 같습니다.

발명왕 에디슨과 함께 20세기 2대 천재로 불리는 사람이 상대성이론을 발표한 아인슈타인입니다. 그가 어찌나 머리가 좋은지 제자로부터 시작해 세계의 모든 과학자들은 그저 주눅 들어 탄복을 거듭할 뿐이었습니다.

그런데 아인슈타인이 이 세상을 떠나지 않을 수 없게 늙었습니다. 이별을 앞둔 제자들이 스승님의 위대한 천재성을 아까워하며 슬픔에 젖어 있다가 어떤 사람이 갑자기 말했습니다.

"그런데 말야, 선생님 뇌에는 피가 얼마나 번져 있을까?"

"그야 보나 마나 뻔하지 뭐. 뇌 전체가 시뻘겋도록 번져 있겠지 뭐."

"글쎄, 꼭 그럴까? 안 그럴지도 모르는데."

"글쎄, 그것 참 알쏭달쏭하네. 그럴 수도 있고, 안 그럴 수도 있고."

그 이야기는 다름이 아니라, 사람은 태어날 때 뇌가 하얗다고 합니다. 그런데 성장해 가면서 노력하는 데 따라 차츰차츰 뇌에 피가 번져나간다고 하는 과학적 사실을 화제에 올리고 있었던 것입니다.

"그런데 피도 피지만, 선생님의 뇌 자체부터가 궁금하지 않아? 뇌 구조 자체가 우리 같은 사람들하고는 아예 다른 것 아니겠어?"

"글쎄 그거야 우리가 평생 느낀 열등감이고 궁금증 아냐?"

"그 뇌를 좀 봤으면 좋겠는데."

"뭐라고?"

"그래, 나도 동감이야. 돌아가시면 땅속에서 그냥 썩고 말 텐데……, 그건 너무 아까운 일 아니야?"

"안 그러면 어쩌자고?"

"선생님께 동의를 얻어 해부를 해보고, 그 천재의 두뇌를 영원히 보관하는 것도 역사적으로 큰 의미가 있잖아."

"그럼 누가 선생님께 그 말씀을 드릴 건데? 자네가 말을 꺼냈으니 자네가 해."

제자들은 그 어려운 요청을 스승님께 올렸고, 아인슈타인은 과학자답게 선선하게 허락했습니다.

그리하여 마침내 아인슈타인의 뇌는 세상에 모습을 드러내게 되었습니다.

그런데 모든 제자들은 두 번 놀랐습니다. 첫째, 뇌 전체에 피가 번져 있으리라는 예상을 깨고 피는 3분의 1만 번져 있었습니다. 둘째, 구조가 독특하리라고 생각했던 뇌는 보통사람들의 뇌와 아무런 차이가 없었습니다.

세기의 천재로 떠받들렸던 아인슈타인도 하늘에서 받은 뇌 기능의 3분의 1밖에 개발하지 못했다는 사실입니다. 그 확인 앞에서 과학자들은 한 가지 새로운 학설을 세우게 되었습니다.

'인간의 뇌의 가능성은 무한하다!'

저는 40여 년 전에 그 글을 읽고 무릎을 쳤습니다.

'그렇지! 나는 내 뇌 전부를 시뻘겋게 물들이겠다!'

그것을 푯말로 세우고 제 뇌 전체를 붉게 물들이는 소설 쓰기의 노력투쟁이 시작되었던 것입니다.

저는 제 뇌가 지금까지 노력으로 몇 퍼센트나 물들었는지 알 수가 없습니다. 다만 한 가지 확실하게 확인할 수 있는 사실이 있습니다. 아직 물들여야 할 부분이 남아 있다는 사실입니다. 왜냐하면 이 나이에도 새 소설 쓸 생각들이 계속 샘솟고 있고, 갑작스럽게 어떤 글쓰기 요청이 들어오면 그 순간에 번뜩 핵심과 방향이 잡히고, 한 이틀 생각하면 남다른 글이 쓰여지기 때문입니다. 그 머리의 작동이 계속 피가 번져가고 있는 증거라고 생각합니다. 저는 그 새로운 생각들의 불빛들에 환희를 느끼며 생의 마지막 순간까지 노력해 나갈 것입니다. 피가 몇 퍼센트나 번져나가는지 감지하는 것은 제 능력 밖의 일입니다.

두 번째 질문.

김초혜 시인은 '왕 같은 노예도 있구나. 그런 노예 노릇이라면 누구나 하겠다'고 말합니다.

'노예의 가장 큰 비극은 자기가 노예인 줄 모르는 데 있다.'

우리는 서로가 노예인 척하면서 행복하게 삽니다. 그래서 세상은 일찍이 우리 부부를 'OO부부'라고 별명을 붙였습니다.

대작에는 역사와 사회가 담겨 있다

선생님께서는 역사·사회 의식과 세상에 대한 통찰 없이는 대
작은 쓰여지지 않는다는 말씀을 강조해 오셨습니다. 그런 작품
들이 어떤 것들인지 구체적으로 예를 들어주시면 좋겠습니다.

백현미(30대, 경기도 수원시)

예, 우리가 흔히 알고 있는 세계문학전집 100권 중 95퍼센
트 이상이 그런 작품이라고 생각하면 무리가 없을 것입니다. 나머
지 5퍼센트 정도가 형식 실험에 치우친 경우입니다.

귀하가 원하는 작품들은 다음과 같습니다.

셰익스피어의 『햄릿』을 포함한 4대 비극

톨스토이의 『전쟁과 평화』

빅토르 위고의 『레미제라블』

도스토옙스키의 『죄와 벌』

조지 오웰의 『동물농장』과 『1984년』

숄로호프의 『고요한 돈강』

마가렛 미첼의 『바람과 함께 사라지다』

헤밍웨이의 『누구를 위하여 종은 울리나』

귄터 그라스의 『양철북』

알렉스 헤일리의 『뿌리』

늦을수록 치열하게

선생님께서는 글쓰기를 평생의 운명이자 숙명으로 타고나
신 분이라고 알고 있습니다. 만약 50세 이전까지 다른 일로
글을 못 쓰다가 쉰이 넘어서 첫 글, 첫 책을 쓰는 운명으로 다
시 태어난다면 어떤 심정과 자세이실까요?

권태원(50대, 경기도 성남시)

참 기발한 상상이군요. 그런데 이 기발함이 야릇하게도 저
의 삶의 노정과 딱 일치하는 면이 있으니 이 어쩐 일입니까. 귀하
는 혹시 제 삶을 훔쳐보고 질문의 나이를 10년 뒤로 잡은 건 아
닌가 하는 의혹이 생기기도 합니다.

무슨 말인고 하니, 저는 28세부터 3년 동안 중고등학교 선생을 했
고, 유신 바람에 휘말려 교직을 떠난 다음에 5년여 동안 불안하게
잡지사와 출판사를 떠돌며 글을 많이 쓰려고 애썼고, 그다음 3~4년
은 전업작가로 살기 위한 기반을 마련하기 위하여 직접 출판사를
차려 사장 노릇부터 전국 출장을 다니는 영업부장까지 도맡느라고
글은 한 줄도 쓰지 못한 채 쓰라린 세월을 보내야 했습니다.

"동대 출신으로 쓸 만한 인간 하나 있나 보다 했더니 출판쟁이
로 버려버렸군."

어느 선배가 술자리에서 했다는 이 말을 전해 들으며 저는 쓰
라린 마음으로 이를 악물었습니다.

'출판쟁이? 두고 봐라, 내가 어떤 글을 쓰는지. 내가 글을 쓰지 않으려면 아예 이 짓을 시작하지 않았다.'

저는 고속버스에 몸을 싣고 전라도 땅으로 내려가며, 비가 퍼붓는 속에, 밤버스를 타고 경상도 땅을 달리며, '두고 봐라, 두고 봐라'를 이뿌리가 저리도록 씹어서 삼키고 또 삼켰습니다.

그리고 세 식구가 세끼 밥만 몇 년 먹을 수 있게 저축을 하게 되자 출판사를 넘기고, 그리고 가슴 저리게 벼르고 있었던 글쓰기에 나섰습니다. 그래서 시작한 것이 『태백산맥』이었습니다. 그때 나이가 40세였던 겁니다.

그때보다 10년 뒤인 50세가 되어서야 비로소 첫 글을 쓰게 되었다면……. 제 성질에 10년 더 늦은 것을 보상받기 위해서 『태백산맥』을 쓸 때보다 두 배 이상 열심히 글에 매달릴 것입니다. 저는 한번 마음먹으면 미련하고 무식하도록 일을 밀어붙이는 성격이고, 언제나 저의 결심을 확고하게 믿고 있습니다.

저는 지금까지 제가 결심해서 추진한 일을 중도에 작파한 일이 한 번도 없고, 게으름 피워서 늦어진 적도 없고, 언제나 예정보다 빨리 끝내 초과달성하고는 했습니다. 이것은 저의 기본 생활태도이고 신조입니다. 그래서 그렇지 않은 사람들을 보면 이해가 안 되고, 용납이 안 됩니다. 저의 이런 면을 아내는 못내 걱정스러워합니다. 그래서 어린애 타이르듯, 학생 가르치듯, 7년 선생님 경력의 소유자답게 낮고 침착한 소리로 나긋나긋 품격 높게 말하고는 합니다.

"나와 다른 남을 인정하도록."

소설가가 아닌 다른 인생을 산다면

학창 시절에 그림 그리기를 좋아하셨고, 연애하실 때도 연인에게 링컨 초상화를 그려 주며 사랑의 마음을 전하셨다고 알고 있습니다. 만약 소설을 쓰지 않았다면, 지금 어떤 모습으로 살고 있을지 상상해 보신 적이 있으신가요? 소설가 외에 가장 하고 싶었던 직업이 무엇인가요?

임정(20대, 서울특별시 관악구)

귀하는 20대라서 그런지 무척 욕심꾸러기이군요. 150여 명의 질문자 중에서 귀하의 질문이 대여섯 가지로 가장 많습니다. 귀하 다음가는 욕심쟁이가 서너 가지를 물었습니다. 그러나 기회균등의 원칙에 따라 이 질문 하나만을 선택하는 것이니 이해하시기 바랍니다.

귀하의 질문을 받고 한동안 망연하게 60여 년 전의 저를 되돌아보아야 했습니다. 왜냐하면 국문과를 선택한 이후 저는 오로지 문학의 길만을 응시한 채 매진을 했을 뿐 다른 길은 전혀 의식에 없었기 때문입니다.

귀하의 질문에 따라 저의 일생을 돌이켜보니 문학의 길 이외에 제 앞에 놓인 길이 두 가지가 있었을 것 같습니다. 화가의 길과 승려의 길입니다.

그런데 화가의 길은 먼저 포기했을 것 같습니다. 그림을 그리고 싶다는 저의 말에 "물감값 대줄 돈 없다!"라고 한마디로 잘라버렸던 아버지의 말씀의 감도를 저는 너무 깊이 느끼고 있었기 때문입니다. 저의 세대가 거의 그렇듯 가난의 뼈저림을 너무나 잘 알고 있었고, 가난은 그 누구나 빨리 철들게 하고, 빨리 체념하게 만들어주었습니다. 저는 수채화 물감보다 열 배 이상 비싼 유화 물감을 아낌없이 덕지덕지 바를 수 있어야 화가의 길이 열린다는 것을 잘 알고 있었습니다. 미술 선생이 보여주는 시범을 쉽게 볼 수 있었으니까요.

미술의 길을 포기했으면 남은 길은 하나입니다. 문학의 길에 욕구가 없이 승려의 길 앞에 섰을 때, 저는 아버지가 권하는 그 길을 따라갔을 것 같습니다. 노년에 접어들면서 가끔씩 승려로서의 일생도 의미 적잖은 생이라는 생각이 들고는 하는 것입니다. 그런 상념은 아마도 문학인생이 너무 힘겹고 너무 무거워 떠오른 것이 아니었을까 하는 생각이 듭니다.

저는 어렸을 때부터 절에 가면 포근한 친근감과 함께 마음이 아늑해지고 편안해지는 것을 느끼고는 했습니다. 그건 절에서 태어난 태생적 정서이고 운명적 귀향성인지도 모릅니다.

그리고 이 세파에 시달리며 지치고 외로운 영혼들에게 부처님의 말씀을 전해 위안받게 하고, 삶의 활력을 되찾게 해주는 길벗 노릇을 하며 얽매임 없이 한평생을 사는 것도 의미 깊은 일이라는 생각이 들기도 합니다.

그래서 어느 스님이 '환생하면 무슨 일을 하고 싶으냐'고 물었을 때 무심결에 승려 생활이라고 대답했는지도 모릅니다.

50대에 제2의 삶을 살 수 있다면

요즘에는 40~50대에 '제2의 인생'을 찾아 회사를 그만두고 새로운 일을 시작하는 사람들이 많습니다. 평균 수명 120세 시대라면 중간쯤 되는 부분에서 다른 일을 찾아볼 만도 할 것 같은데요. 만약 선생님께서 지금 50대라면 하고 싶은 일이 있으신지요.

서신혜(40대, 서울특별시 동대문구)

글쎄요, 50대에 새 인생을 시작할 일? 그다지 쉬운 일 같지는 않군요. 그때까지 경제력이 얼마나 확보되었느냐가 새로운 선택의 결정적 요건이 되지 않을까 싶군요. 그리고 그다음 문제가, 새롭게 하고 싶은 일의 절실도가 일의 추진력을 결정하게 되겠지요.

저에게 50대 시작 시점이라면 『태백산맥』을 마치고 3년쯤 지났을 때입니다. 그때 제2의 인생을 새로 결정해야 했다면 저는 고향을 향해 서울을 떠났을 것 같습니다. 아무리 살아도 정 붙일 곳 없고, 살벌하고 분주하고 공해에 찌든 서울이 싫기 때문입니다. 밤하늘에 별이라곤 보이지 않고, 난개발로 대형 빌딩들만 치솟아 방향감각을 잃게 하는 서울이 지옥으로만 느껴질 뿐이었던 것입니다.

제가 태어난 곳은 순천이었지만, 저는 『태백산맥』의 주요 무대인 벌교를 훨씬 더 사랑하고 있습니다. 벌교는 아늑하고 아름다운 풍광으로, 전쟁의 트라우마를 앓고 있던 저를 포근하게 감싸 치유해 준 곳이었습니다. 그래서 저는 벌교를 제 '문학의 고향'이라고 생각해 오고 있습니다.

거기 벌교 그 옆 어느 야산 자락으로 찾아들어 자리잡고 싶습니다. 그리고 한 10만 평쯤 땅을 마련해 그 토양에 잘 맞는 나무를 기르는 일을 하면 어땠을까 생각합니다. 안식과 전원생활과 적당한 노동이 조화될 수 있는 생활이기 때문입니다.

야산 10만 평이라고 해도 그다지 큰 돈이 들지 않습니다. 인구의 도시 집중으로 이 땅의 시골들은 텅텅 비어가고 있기 때문에 농토도 아닌 야산은 깜짝 놀랄 만큼 그 값이 헐합니다. 그리고 나무 기르기는 계절 따라 하는 곡식이나 과일 농사와는 달리 자연의 힘으로 하는 것이기 때문에 제가 할 일이 많이 줄어들 것입니다. 그리고 수익 수목들은 검소한 생활을 해나가는 데 모자람이 없도록 도움을 줄 것입니다.

저는 한 25년쯤 전에 아들에게 그런 제의를 했다가 가차없이 퇴짜를 맞은 적이 있습니다. 제가 『태백산맥』을 쓰고 나서 도저히 헤어날 수 없는 슬럼프에 빠져 더 글을 쓸 수 없게 되었다면 틀림없이 그 길로 제2의 인생길을 열었을 것입니다.

저는 꽃과 나무를 무척 사랑합니다. 그래서 인간 본위로 나무들을 무작정 전지해 대는 것을 끔찍이 싫어합니다. 그건 나무 학대와 고문을 넘어 나무 살해행위이기 때문입니다. 나뭇가지를 마구잡이로 쳐내는 행위를 넘어 원줄기 절반을 싹뚝 잘라버리는 만행은 분명 나무를 죽이는 일입니다. 사람 한 명이나 나무 한 그루는 서로 다를 것 없는 동일한 생명체입니다.

아내가 붙인 저의 별명은 '나무 아버지'입니다. 저는 매해 봄마다 그 무식하고 잔혹한 나무 살해행위를 보면서 못내 화가 납니다. 아내는 그런 저를 보면서 마땅찮아 합니다. 나무에 가위질을 하는 것이 나무를 사랑하기 때문이라나요. 그 말이야말로 인간 본위의 궤변입니다. 나무들은 자기네에게 필요 없는 것이면 잎 하나라도 매달고 있지 않습니다. 지금 그 모습은 생명 유지를 위해서 꼭 필요하기 때문에 갖추고 있는 것입니다. 나무들도 스트레스를 받고, 몸살을 앓고 한다는 것을, 사람들이 마구잡이로 가지를 잘랐을 때 흘러나오는 수액이 바로 나무의 피라는 것을 인간들은 생각하지 않습니다.

나무들은 그 생명감 짙은 초록색으로 풍광만 아름답게 꾸며주는 것이 아닙니다. 그것들은 인간에게 얼마나 유익한 존재인지 모릅니다. 한 치 앞도 못 내다보는 인간의 탐욕과 이기주의로 온갖 공해가 지구를 뒤덮으며 인간을 위협하기 시작한 것은 이미 오래되었습니다. 그런데 인간들은 그 공해를 없애려 하기는커녕 조금이라도 줄여보자고 뜻을 모으려는 세계기후협약조차 수십 년째 제대로 지키지 못하고 있습니다. 그런 어이없는 이기주의 경연 아래서 그나마 공해를 정화시키는 고맙기 그지없는 존재가 있습니다. 그게 바로 푸르른 숲을 이루고 있는 나무들입니다. 나무들은 쉼 없이 탄소동화작용을 하며 오염된 공기를 얼마나 신선하게 바꾸어주고 있습니까. 그러나 대부분의 인간들은 그 고마움을 전혀 모르고 삽니다. 가지들이 마구잡이로 잘려버린 가로수들을 아무

감각 없이 지나쳐버리듯.

수십만 그루의 나무를 기르며 그 옆 텃밭에서 계절 따라 싱싱한 먹거리를 따내는 여생을 살고 있는 저를 상상하기만 해도 행복합니다. 아름다운 경치 속에서 맑은 공기를 마시며 자연과 더불어 사는 것, 그건 날마다 정신적 육체적 보약을 먹는 것이나 다름이 없습니다. 저의 기본 정서는 도회지가 아니라 농촌입니다.

쓰기만큼 치열한 읽기

문학을 꿈꾸었던 학생 시절이라면, 책을 읽느라 제대로 잠을 못 잤던 날들도 있으실 것 같습니다. 학창 시절에 식음을 전폐하며 읽었던 책은 무엇인가요?

박양수(30대, 경기도 용인시)

문학청년들의 야망은 크고 큽니다. 자기들이 금세 세계적 대문호가 될 수 있을 것처럼 콧대를 세우고, 서로를 얕잡아 보는 기싸움을 합니다. 그리고 세계적인 작가들의 유명 작품도 여지없이 깎아내리고 비판하기를 서슴지 않습니다. 그 대책 없고 주책없는 객기와 만용은 국문과 학생들이 대개 2학년 정도까지 앓는 홍역 같은 것입니다.

그 시기에 그들의 독서생활은 쇳물 가득한 용광로가 끓듯 치열하게 전개됩니다. 대책 없고 주책없는 객기와 만용을 다스리고 순화시키며 내용을 무게 있게 채우려는 기본 노력입니다.

그들이 독파하기로 작정하고 덤비는 것은 특정한 어떤 책 한두 권이 아닙니다. 그들이 표적으로 삼고 있는 것은 '명작의 산맥'인 세계문학전집 전체입니다. 그들은 그 책들을 자기네의 스승으로 삼고 있는 동시에 적으로 여기고 있습니다. 그 두 가지 목표가 그들의 가슴에 품고 있는 끝없는 욕망 실현의 길입니다.

그들은 그 책들을 정말 식음을 전폐하듯이 읽어댑니다. 그러지 않고서는 문인이 되고자 하는 창작의 길이 열리지 않기 때문입니다.

그 광적인 4년을 보내고 졸업할 시기가 다가오면 한 학년에 한 두 명이 문인으로 등단할까 말까 그렇습니다. 그리고 30~40년이 흐른 뒤에 보면 그 문인들의 90퍼센트 이상이 그 존재가 흐릿해져 있습니다. 문인의 길이란 그렇게 고달프고 어렵습니다. 그런데도 한사코 가려는 사람들이 있으니 그게 어쩌지 못하는 인생살이가 아닐까 싶습니다.

인생이란 무엇인가

선생님은 '문학은 인간에 대한 탐구'라고 정의하셨습니다. 그리고 반세기 50년 동안 수많은 작품을 써내셨습니다. 또한 어떤 평론가는 선생님을 '가장 넓은 통찰력을 가진 작가'라고 평했습니다. 그래서 단도직입적으로 여쭙습니다. 인생이란 무엇입니까!

윤필용(40대, 전북 전주시)

단도직입적으로 물었으니 단도직입적으로 대답하겠습니다.

'인생이란 자기 스스로를 말로 삼아 끝없이 채찍질을 가해가며 달려가는 노정이다.'

'인생이란 두 개의 돌덩이를 바꿔 놓아가며 건너는 징검다리다.'

'인생이란 극본도, 연출도, 출연도 자기 혼자 도맡아 하는, 연습도 재공연도 할 수 없는 단 1회의 연극이다.'

사는 동안 가장 어려운 것 세 가지

인생 오십 평생을 살아왔습니다. 그런데 인생이 무엇인지 도무지 모르겠고, 어려운 것투성이입니다. 선생님 소설을 읽어보면 선생님은 모르시는 것이 아무것도 없는 것 같습니다. 인생살이에서 가장 어려운 것 세 가지를 꼽는다면 무엇무엇일까요. '인생 오십 평생'이라고 쓰고 보니 선생님께 죄송합니다. 자식뻘밖에 안 된 주제에.

이경섭(50대, 서울특별시 도봉구)

죄송할 것 없습니다. 인생이란 일곱 살에도 허무를 느낄 수 있고, 20대에도 자살을 택하기도 하니까요. 저처럼 오래 산 것이 어쩌면 염치 없고 공해일 수도 있으니까요. 요새 젊은이들이 걸핏하면 '꼰대, 꼰대' 하는 말을 들을 때마다 참 거북하고 옹색스럽습니다.

'인생이 무엇인지 도무지 모르겠다'고 한 귀하의 말이 어쩌면 인생에 대한 정답일지도 모릅니다. 왜냐하면 그 회의와 질문은 인간이 언어와 문자를 사용한 이후 수천 년에 걸쳐서 끊임없이 되풀이해 왔습니다. 그럼에도 속시원한 대답이 없었습니다. 그 대답을 찾기 위해 수많은 종교가 생겨났고, 그것도 모자라 철학자들은 그보다 몇백 배 더 많이 생겨났습니다. 그러나 그 정답은 계속 찾아지지 않았습니다.

소설가들 또한 그 정답찾기 게임의 일원일 수 있습니다. 그러나 저 역시 50년 글쓰기 동안 그 정답을 찾지 못했습니다. 다만 제 체험을 통한 감상을 어설픈 언어로 응축시켜 답 아닌 답을 마련해 보기는 했습니다. 인생이란 그렇게 불투명하고 모호하고 추상적이라서 모르는 채 한 번 살아볼 만한 것이고, 알고서는 두 번 살 수 없는 것인지도 모릅니다.

제가 이 나이까지 살아오면서 제 나름으로 정리하고, 다른 지식인들의 견해에 동의한 인생살이의 세 가지 어려움은 이렇습니다.

첫째, 자기를 객관화하는 것.

둘째, 남과 나를 비교해 가며 불행을 키우지 않는 것.

셋째, 죽음의 두려움에서 벗어나는 것.

성공한 인생이란 무엇인가

선생님 소설들을 읽어보면 선생님께서는 이 세상사고 인생
사를 다 통달하신 것 같습니다. 그래서 여쭙습니다. 성공한
삶(인생)이란 어떤 것인가요?

정대호(30대, 인천광역시 중구)

성공! 그 말처럼 많은 사람들에게 스트레스 주고, 괴롭히고,
상처 주고, 절망케한 말도 없을 것입니다.

그만큼 성공은 모든 사람들이 바라는 것이고, 삶의 목표이고,
노동의 동력이기도 합니다. 그리고 성공은 희망과 함께 모든 사람
들의 삶을 추동시키는 근원적 힘입니다.

그러나 그건 바라는 만큼 이루어지기가 어렵습니다. 첫째 욕심
껏 목표를 너무 크게 잡기 때문이고, 둘째 사회적 여건들이 갑작
스럽게 장애물로 앞을 가로막기도 하기 때문입니다.

그런데 성공은 두 가지로 구분해서 볼 필요가 있습니다.

첫째, 객관적으로 평가받아야 하는 삶.

둘째, 주관적으로 스스로 평가하는 삶.

객관적 평가란 곧 사회적 평가를 말하는 것으로, 그런 삶을 사
는 사람들은 전체 인구 중에 아주 소수에 불과합니다. 정치계, 법
조계, 경제계, 언론계, 학계, 예술계, 체육계, 연예계 등으로, 그 모
든 분야를 망라해도 거기에 종사하여 인정받는 사람들은 전체 사

회 성원의 몇 퍼센트에 지나지 않습니다. 그들에 대한 객관적 평가를 내리는 사람들은 1차로 해당 분야의 전문가들, 2차는 사회 성원 전체가 됩니다.

그리고 나머지 사람들 전부가 '스스로가 평가하는 주관적 삶'을 사는 것입니다. 그 주관적 삶을 '시민적 삶' 또는 '서민적 삶'이라고 할 수 있을 것입니다. 그 시민적 삶에는 사회적 명예가 없습니다. 그 대신 객관적 삶을 사는 사람들을 맘놓고 바라보는(또는 구경하는) 무한한 자유가 있습니다. 그리고 그들을 맘껏 평가할 수 있는 자유와 권리를 행사할 수 있습니다.

그러므로 '평가받아야 하는 삶'보다 '평가받지 않아도 되는 삶'은 얼마나 편하고 자유롭습니까. 그러나 모든 삶은 그 나름으로 다 고달프고, 외롭고, 힘겨운 것이기도 합니다. 그게 우리네 인생살이지요.

그럼 '스스로 평가하는 삶'의 성공 여부에 대하여 결론을 내릴 단계에 와 있습니다.

'자기가 꼭 하고 싶은 일을 선택하고, 그 일을 혼신을 다해 해나가고, 그러면서 나날이 재미있고 즐거우며, 세월이 흘러갈수록 사는 의미와 보람을 느끼면서 행복이 커져가면 그 인생은 틀림없이 성공한 인생입니다.'

세상의 시선에 일희일비하지 않는다

'노래는 밥 딜런, 소설은 조정래!', '소설의 신, 조정래.' 이런 칭송이 있는가 하면 '조정래의 소설은 꼰대 같다', '고리타분하다' 하는 악플도 있습니다. 이런 상반된 반응을 어떻게 생각하십니까.

송은정(30대, 서울특별시 관악구)

예술작품에 대한 평가는 무한 자유입니다. 모든 예술가 또한 그런 평가들에 대해 초연하며 무한 자유를 누리면 됩니다. 좋은 평가에 대해서 반색을 하고, 나쁜 평가에 대해서 화를 내고 하는 일희일비(一喜一悲)야말로 예술가답지 못한 어리석음입니다.

특히 저는 인터넷상의 그런 반응들로부터 완벽한 자유를 누리고 있습니다. 제가 핸드폰이 없다는 것 아십니까. 그리고 10여년 전에 작은손자 놈이 "할아버지는 왜 컴퓨터를 켤 줄도 모르세요?"할 정도로 완전무결한 컴맹인 것입니다. 그러니 인터넷에 그 무슨 소리가 오르내리든 저하고는 아무 상관도 없는 일입니다.

예, 저를 싫어하는 사람들도 저를 좋아하는 사람들만큼 많다는 것을 잘 알고 있습니다. 수구 보수들일수록 저를 지긋지긋하게 싫어합니다. 지금까지도 '빨갱이'라는 말을 서슴지 않으며.

"아빠를 싫어하는 사람들도 많아."

밤마다 구타를 당해 평생토록 고생해야 하는 목 디스크에 걸려 제대한 아들이 제 어머니한테 한 말이라고 합니다.

그 시절에 『태백산맥』은 군대에서 금서였고, 제 아들은 '태백산맥의 아들'이라서 밤마다 구타를 당하며 제 아버지를 싫어하는 사람들이 얼마나 많은지를 뼈저리게 느꼈을 것입니다.

아들에게 미안하다는 말을 하지 못한 채 살아온 그동안 아들한테 참으로 미안하기 그지없었습니다.

우리의 분단상황이 계속되는 한 수구 보수의 기세는 줄곧 등등한 채 저에게 악담을 해댈 것입니다. 저 또한 그들을 묵살한 채 제가 쓰고 싶은 글을 써나가며 건재할 것입니다. 욕을 먹을수록 오래 산다니까 120세까지 살게 해줄 그들에게 고마워하며.

소설로 사회적·역사적 삶을 살겠다

만약 인생이 한정된 시간이 아니라고 한다면, 그럼에도 처하신 사회와 상황, 그 안의 아픔을 글로 표현하시겠습니까? 아니면 다른 방법으로 표현하시겠습니까?

김구진(30대, 충북 영동군)

제가 한정된 시간을 살아야 하기 때문에 '내가 처한 사회와 상황, 그 안의 아픔'을 글로 표현하고자 한 것이 아닙니다. 한정된 시간이든 아니든 그렇게 하는 것이 문학의 본령이고, 문학이 수행해야 할 사회적 사명이기 때문입니다.

문학에 대한 인식이나 의식 그리고 정의는 다양하고 작가마다 다를 수 있습니다. 그래서 숱한 평론가들은 제각기 문학에 대해서 규정하고 자기 주장을 논리적으로 펼쳐왔습니다. 그 문학 이론이 겨냥하는 대상은 첫째 시인과 작가들, 둘째 문학 지망생과 문과 대학생들, 셋째 일반 문학 독자들입니다. 그러나 대체적으로 문인들은 그 문학 이론에 별다른 관심이 없습니다. 문인들은 이미 등단을 하기 전부터 자기들 나름의 문학관이 형성되어 있기 때문입니다. 그들의 문학관은 거의가 문학에 대한 젊은 열정을 치열하게 쏟아부었던 문청시절에 형성됩니다. 그 문학관은 크게 변형되거나 수정되지 않고 평생토록 가면서 문인 제각각의 문학의 집을 이루어가게 됩니다.

저는 소설로 사회적·역사적 삶을 살아야 한다고 작정한 이후 새 작품을 쓸 때마다 그 의식을 심화·확대시키려고 애쓰기만 했지 한 번도 회의하거나 의심해 본 적이 없습니다. 그 의식과 실천이 옳았다는 것은 제 글을 계속 읽어주신 수많은 독자들께서 입증해 주셨습니다. 만약 제가 선택한 길이 엇나갔거나 틀렸더라면 독자들이 그 많은 작품들 중에서 저의 작품을 선택했을 리가 없습니다.

저는 소설 이외의 방법으로 저의 가치관을 표현해 보려고 생각한 적이 없습니다. 저에게 소설은 저를 표현하는 최적의 무기였고, 최선의 예술이었습니다.

자기를 사랑하듯 자기의 직업을 사랑하라

존경하는 선생님, 저는 늘 선생님께 죄송합니다. 선생님 책들을 거의 다 도서관에서 빌려다 보았기 때문입니다. 그러나 언제나 가난한 사람들 편에 서시는 선생님께서는 그런 사정 다 이해하시리라 믿으며, 감히 질문을 드립니다. 흔히 '직업에 귀천이 없다'고 하는데, 그게 사실일까요?

김경석(40대, 서울특별시 도봉구)

아니, 죄송하긴요. 고맙고 고맙습니다. 작가는 그 누구나 자기 작품이 어떤 경로를 통해서든 많고 많은 사람들이 읽어주는 것을 최고 최대의 행복으로 여기는 사람들입니다.

오히려 제가 귀하에게 미안하다는 말을 해야 되겠습니다. 소설을 한사코 길게 써서 독자들이 경제적 부담을 느끼게 한 것은 저의 잘못이니까요. 이 기회에 지난 이야기를 한 가지 하지요. 『아리랑』취재를 위해 김제를 거쳐 전주에 갔을 때입니다. 연로하신 향토사학자를 뵈러 가는데『태백산맥』한 질을 선물하는 것이 예의일 것 같았습니다.

서점에 들어서자마자 여자 주인이 저를 금세 알아보고 반색을 했습니다.

"선생님, 저희 서점을 찾아주신 이 영광을 생각해 책을 그냥 드려야 하는데……, 그냥 마진 없이 드리도록 하겠습니다."

"아닙니다, 아닙니다. 정찰젠데 할인해 주면 법에 걸리잖아요. 정가 다 받으세요."

저는 그 마음에 고마워하며, 단호하게 고개를 저었습니다.

"저자 선생님한테 할인해 드리는 것은 안 걸립니다. 사양하지 마세요. 제 소원입니다."

주인의 말은 간곡했습니다.

그래서 할인받아 책을 샀습니다. 그리고 돈을 내면서 문득 느꼈습니다. '책값이 비싸구나!' 그리고 잇따라 떠오른 생각이 '책을 사서 보는 독자들은 얼마나 고마운 분들인가!' 하는 것이었습니다.

그리고 또 떠오른 생각이 있었습니다. 『태백산맥』이 끝나고 매달 베스트셀러 1위를 하고 있을 때였습니다. 한 여자분이 전화를 걸어왔습니다. 대학생인 아들이 꼭 『태백산맥』을 읽어야 한다고 하는데 책값이 너무 비싸니 선생님께서 어찌 좀 싸게 사달라고 하는 사연이었습니다.

어머니의 그 주저하는 목소리가 가슴을 찔렀습니다. 얼마나 망설이다가 전화를 걸었을까 싶어 저는 바로 출판사로 전화를 걸어 그 문제를 해결했습니다. 그런데 그런 전화가 서너 차례 더 걸려왔습니다. 지금보다 훨씬 가난했던 1980년대 후반에 있었던 일입니다. 그리고 그런 전화를 건 것은 모두 '어머니'들이었습니다. 모정은 그다지도 뜨겁고 애달픈 것입니다.

예, 직업에 귀천은 없습니다. 왜냐하면 이 세상의 모든 직업들은 이 세상이 정상으로 돌아가기 위해서 꼭 필요하기 때문에 존재하는 것입니다. 그러므로 정도의 차이만 약간씩 있을 뿐 모든 직업은 우리 사회와 국가 발전을 위하여 제각기 기여하고 있습니다. 따라서 모든 직업은 존귀하고, 인권처럼 평등합니다. 귀천을 따지는 것은 가장 몰상식하고, 가장 천박한 짓입니다.

저는 자기 직업을 자랑스러워하고, 최선을 다하는 분들의 모습에서 가장 아름다운 인간의 모습을 발견합니다. 그래서 저는 텔레비전 프로 중에서 SBS의 〈생활의 달인〉을 제일 좋아합니다. 거기에는 생생한 삶의 활력이 있고, 최선을 다하는 사람들이 발휘하는 초인적 신기를 보며 인간 긍정의 감동을 느낄 수 있기 때문입니다.

자기를 사랑하듯 자기의 직업을 사랑하며 최선을 다해 스스로 만족하며 성과를 내는 사람이야말로 인생을 성공적으로 경영해 나가고 있는 현명한 사람입니다. 그 자족감이 바로 자기 스스로에게 선사하는 천국입니다. 신은 따로 있지 않습니다.

아내의 편지, 손자의 편지

저는 누구에게도 지고 싶지 않은 선생님의 광팬입니다. 선생님 소설은 단편들까지 다 읽었습니다. 그런데 단 한 편도 실망스럽거나 허술한 작품이 없었습니다. 모두가 무게 있고 깊이 있고 오래 기억에 남는 작품들입니다. 그러니까 대문호로 꼽히시고 존경받고 그러시는 거겠지요.

저는 선생님 작품만 다 읽은 것이 아니라 선생님에 관한 소식까지도 제가 제일 많이 아는 사람이고 싶어 인터넷도 부지런히 뒤지고는 합니다. 그런데 한 가지 알 수 없는 것이 있습니다. 선생님께서는 부인 사랑과 손자 사랑이 지극한 것으로 널리 소문나 있습니다.

그런데 시인 김초혜 선생님께서는 선생님을 얼마나 사랑하고, 어떻게 생각하고 계신지 너무나 궁금합니다. 이런 질문이 결례가 아닌지, 죄송합니다.

김수희(40대, 서울특별시 용산구)

뭐 결례일 것 없습니다. 허심탄회한 대화를 하자고 마련한 자리니까요.

우리 부부는 생일날 아침마다 상대방에게 생일카드 전하는 것을 오랜 세월 동안 이어왔습니다. 서로의 생일은 둘이서 부부로 합쳐진 인연의 시발점으로서 그 의미가 크고 크니까요.

저의 응답 대신 올해 생일에 아내와 손자가 준 카드를 여기 보여드리겠습니다. 그것이 저의 응답보다 훨씬 더 실감나고 꾸밈이 없을 것 같습니다.

당신의 생일날 새벽에

당신은 이 세상에 와서
국민으로서 그 소임에 충실하였고
작가로서는 사람의 사람다운
삶을 위해서 온 생애를
아낌없이 바쳤으며
가장으로서는 그 책임을 완수했고
더하여 당신은
훌륭한 남편이었고
자랑스러운 아버지였고
손자들에게는 더없이
자애로운 할아버지입니다.
그러나 당신은 언제나
내가 하고 싶은 일, 해야 할 일을
했을 뿐이라고
덤덤하게 말하지만
초인적인 당신의 생애에

존경의 악수를 청합니다.

2020년 8월 17일
아내 김초혜

할아버지 등단 50주년의 생신을 진심으로 축하드립니다. 50년 동안 단 한 번의 흐트러짐도 없이 꾸준히 한길을 걸어오신 것도 대단한 일인데, 그 길이 노력으로 가득한 1위의 길이었기에 더욱 존경스럽습니다. 본받겠습니다. '50'이라는 숫자가 그 자체로 상징하는 것은 아무것도 아니지만, 그것이 '소설가 조정래의 50년'의 50이라면 그 숫자 속에는 그간의 피나는 노력과 고뇌의 과정들, 뼈를 깎는 고통을 견뎌낸 인내의 세월들이 모두 담겨 쌓아 올려진 십여만 장의 의미들이 올곧이 들어 있는 것입니다. 제가 아직 50년의 절반도 살아보지 못해 어떻게 그 세월을 헤아릴 수 있을까마는 할아버지가 제게 해주시는 좋은 말씀들을 잘 새겨들어 인간 조정래 같은 위대한 사람, 위대한 삶을 살 수 있도록 노력하겠습니다. 어느 때보다 뜻깊은 생신 다시 한 번 축하드립니다.

2020년 8월 17일
손자 조재면 올림

2부

『태백산맥』『아리랑』『한강』의 세계

'상처 많고 고통 많은 우리의 참담한 역사에 대해서 쓰자!'

그것을 피해 서거나, 그것을 외면해서는 진정한 이 땅의 작가라고 할 수 없다는 의식의 푯대를 세웠습니다. 저는 그 길이 가장 올바른 작가의 길이라고 생각했고, 우리의 처절한 민족사를 진실하고 생생하게 엮어내서 앞으로 다시는 그런 처참하고 불행한 역사를 되풀이하지 않도록 작은 거울 역할을 할 수 있다면 작가의 소임을 다하는 것이라고 생각했습니다. 저는 반도 땅에 갇히는 작가로 한계에 부딪힌다 해도 우리 민족에게 필요한 작가가 된다면 족하다고 생각했습니다. 그런 한편으로 '가장 민족적인 것이 가장 세계적인 것이다'라고 한 누군가의 말의 의미를 되새기기도 했습니다.

내가 역사에 대해 쓰는 이유

저는 지덕체 함양을 위해 2002년 3월부터 현재까지 17년 9개월 동안 42.195킬로미터를 68회 완주하였으며, 2011년 1월부터 현재까지 8년 11개월 동안 독서대장정으로 인문학 서적 830권을 읽으면서 페이스북 및 블로그에 독후감을 게시하고 있습니다. 대한민국의 대문호 조정래 선생님의 『태백산맥』 『아리랑』『한강』『정글만리』도 감명 깊게 잘 감상하였습니다. 저의 독서대장정 830권 중 최고의 작품은 『태백산맥』입니다. 『태백산맥』『아리랑』『한강』이라는 대작의 완성에는 준비 기간을 포함하여 20년의 시간이 소요되었다고 알고 있는데, 이 대작들의 공통점은 대한민국의 근현대사를 조명하고 있다는 것입니다. 선생님의 인생 황금기에 대한민국의 근현대사 조명에 몰입하신 이유가 궁금합니다. 또한 대작의 집필을 위해서는 뜨거운 열정과 강인한 정신력이 필요한데, 그 열정과 정신력의 원동력이 무엇인지 궁금합니다.

박종필(50대, 서울특별시 송파구)

권순호(40대, 서울특별시 강서구)

아, 참으로 훌륭하십니다. 그렇게 지혜롭고 건강하고 생산적으로 사시다니요. 귀하의 삶은 제가 평소에 여러 기회를 틈타 권해 왔던 삶의 방법입니다. 귀하는 운동과 독서로 육체건강과 정신 건강을 함께 신장시켜 나아가는 균형을 유지하고 있으니 그보다 더 모범적인 인생경영은 없을 것입니다. 귀하는 나이 들어가며 어떻게 사는 것이 가장 바람직한 것인가를 만인에게 보여주는 생생한 모델입니다. 이 나라 남자들이 다 이렇게 산다면 이 나라는 어떻게 될까…… 문득 이런 부질없는 생각까지 하게 됩니다.

아무나 그렇게 생산적이고 건설적인 삶을 실천해 나갈 수는 없는 일이지요. 얼마나 많은 남자들이 나이 들어가면서 삶의 갈피를 잡지 못하고 의기소침해지고, 왜소해지고, 초라해지고, 방향을 잃은 채 비틀거리고 흔들리는 모습을 보이고 있습니까. 그런 분들은 모두 귀하와 같은 건강하고 건설적인 인생설계를 하지 못했기에 불행한 삶을 자초하게 된 것입니다. 100세 인생 시대에 그런 분들의 그늘진 삶이 심히 걱정스럽습니다. 빨리 귀하에게서 배웠으면 좋겠습니다.

저도 몸이 날래 초등학교 때 벌교 중도방죽을 달리던 마라톤 1등 선수였으며, 넓이뛰기도 '날아간다'고 할 정도로 늘 1등인 체력이었습니다. 그러나 42.195킬로미터는 한 번도 완주해 보지 못했으니 귀하가 그저 부럽기만 합니다. 마라톤이 초반에 힘드는 것을 넘어서 반환점을 돌게 될 즈음부터는 '무아지경'에 빠지게 되는 가장 좋은 '명상법'이라고 하던데, 저는 한 번도 그 황홀경을 맛보지 못했으니 그저 귀하가 부러울 따름입니다. 귀하는 예순여덟 번이나 그 열반적 경지에 들었으니 도인이 어디 따로 있겠습니까.

한반도에 태어남과 죽음

한반도 = 작은 땅 = 적은 인구 = 약소국가 = 약소민족 = 잦은 외침(外侵) = 슬프고 비참한 역사 = 또 반복될 수 있는 비극 = 이 숙명적 참담함.

이 명료한 등식 앞에서 평생 소설 쓰는 삶을 살기로 한 자는 어찌해야 하겠습니까.

그 삶을 본격적으로 준비하는 대학생이 되면서 '무엇을' '어떻게' 써야 할 것인가 하는 근본적이고 본질적인 화두와 마주하게 되었습니다. 물론 그 화두를 정면으로 응시해야 하는 건 저만이 아니었습니다. 문인이 되고 싶은 꿈을 안은 모든 국문과 학생들은 그 화두를 피할 도리가 없는 일이었습니다. 물론 스님들만 화두와 독대하며 치열한 인고의 시간을 삭임질하는 것이 아닙니다. 이 세상의 모든 사람들은 스스로 살아가야 하는 인생의 문 앞에서 '무엇을' 하며 살아야 하는가의 화두풀이를 하게 됩니다.

'나는 왜 하필 이렇게 슬프고 처참한 역사의 땅에 태어났을까? 그런데 왜 하필 소설을 쓰고자 하는가? 그렇다면 무엇을 써야 할 것인가?'

이 화두와 맞서서 저는 대학을 졸업할 때까지 거듭거듭 고뇌했습니다. 그리고 결론을 얻었습니다.

'상처 많고 고통 많은 우리의 참담한 역사에 대해서 쓰자!'

그것을 피해 서거나, 그것을 외면해서는 진정한 이 땅의 작가라고 할 수 없다는 의식의 푯대를 세웠습니다. 저는 그 길이 가장 올바른 작가의 길이라고 생각했고, 우리의 처절한 민족사를 진실하고 생생하게 엮어내서 앞으로 다시는 그런 처참하고 불행한 역사를 되풀이하지 않도록 작은 거울 역할을 할 수 있다면 작가의 소임을 다하는 것이라고 생각했습니다. 저는 반도 땅에 갇히는 작가로 한계에 부딪힌다 해도 우리 민족에게 필요한 작가가 된다면 족하다고 생각했습니다. 그런 한편으로 '가장 민족적인 것이 가장 세계적인 것이다'라고 한 누군가의 말의 의미를 되새기기도 했습니다.

그런데 한 10여 년 전부터 인터뷰나 강연 같은 데서 '어떤 작가로 기억되고 싶으냐?' 하는 질문이 심심찮게 나옵니다.

"우리 민족과 조국을 가장 뜨겁게 사랑한 작가로 기억되고 싶다."

저는 그때마다 이렇게 거침없이 대답합니다. 그런 질문이 부쩍 자주 나오는 건 아마도 제가 더는 늙을 수 없도록 늙었다는 증거가 아닐까 합니다.

예, 제가 많이 늙었다는 것을 실감나게 입증해 준 것이 저의 큰손자 재면입니다. 4년쯤 전에 우리 가족이 일요 점심을 먹고 찻집에 둘러앉았습니다. 이런저런 세상 얘기를 해나가고 있던 중에 큰손자가 불쑥 말했습니다.

"아아……, 할아버지가 10년만 젊었어도……."

'그랬더라면 대통령을 하시면 될 텐데…….'

큰손자가 생략한 말이었습니다.

아아, 그때 제가 가슴 쿵 울리도록 느낀 것은 '대통령을 할 수 없다'는 심판을 받아서가 아니라 '그렇게 늙어버렸다'는 단정 때문이었습니다.

저는 주책없고 철없게도 그 전까지는 제가 '늙었다'는 사실을 전혀 느끼지 못하고 살고 있었습니다. 일찍이 괴테가 말했습니다. "작가는 여든의 나이에도 소년의 마음을 지녀야 한다." 마음이 그래야만 영혼의 샘에서 새로운 창작의 물줄기가 용솟음한다는 의미입니다. 제가 그랬습니다. 늙어가는 나이를 의식 못 하도록 새로운 글거리가 생각나고, 글을 쓰려고 앉으면 새로운 묘사가 줄달아 떠오르며 문장이 줄줄이 엮어져 나가고, 세 권짜리 장편을 거뜬거뜬 써내고 있으니 늙음이 느껴질 틈이 없었던 것입니다.

그런데 또 한 가지, 저는 강연을 하면서 세상사 모순과 불의와 타락에 대해 언급하다 보면 하도 답답하고 암담하여 말하기를, "이런 문제점들을 완전히 해결할 수 있는 방법이 딱 하나 있습니다. 조정래를 임기 10년 보장의 대통령으로 추대하면 됩니다. 그럼 아깝지만 소설 쓰는 것을 포기하고 조국을 위하여 마지막 봉사를 할 수 있습니다." 이 황당한 농담을 현명한 청중들은 농담인 줄 금방 알아듣고 마구 박수를 쳐대며 즐거워하고는 했습니다.

그런데 손자의 냉혹한 심판에 따라 그다음부터는 그 농담을 싹 취소하게 되었습니다. 그리고 거울 속에 어떤 늙은이가 있는 것을 발견하기 시작했습니다.

저는 독자들의 그런 질문에 답하면서도 저의 늙음을 아쉬워하지 않습니다. 왜냐하면 독자들에게 그렇게 답할 수 있을 만큼 저는 최선을 다해왔기 때문입니다. 그리고 그 사실을 확인시켜 주듯 독자들은 저의 그런 대답에 뜨거운 박수로 화답해 주고는 합니다.

그리고 『태백산맥』『아리랑』『한강』쓰기에 혼신을 다했던 것은 우리의 민족분단이 크게 작용하고 있었습니다. 남과 북은 서로의 정권을 유지해 가기 위해 분단 비극을 정치적으로 최대한 이용하고 있었습니다. 그 행위를 한마디로 응축시킨 것이 '적대적 상호 의존관계'라는 사회학적 용어입니다. 그런 음흉한 관계 유지 때문에 우리의 고통스럽고 슬픈 민족사는 왜곡되고, 굴절되고, 암장되었던 것입니다. 그런 사실들을 진실로 써야 하는 것, 그것이 또 하나의 작가의 소임일 것입니다.

나만 쓸 수 있는 것이기 때문에

그 열정과 정신력의 원동력이 무엇이냐고요?

작가란 쓰는 일을 가장 하고 싶고, 남달리 쓰는 일이 가장 의미 있고, 자기만이 생각할 수 있는 그 특이함과 특출함을 써내지 못하면 발광(예, 그건 분명 미친 상태가 되는 것입니다)을 하는 존재입니다.

그러한 점들이 치열하면 치열할수록, 절실하면 절실할수록 작가들은 열정과 욕구가 용솟음쳐 오릅니다. 그걸 가장 듣기 쉽게, 그리고 포괄적으로 뭉뚱그려 말하는 것이 '저절로 된다'는 대답입니다. 이 대답에 모든 독자들은 불쾌해하거나, 더 심하면 모독감까지 느낄 수 있습니다. 작가가 거만을 떨거나, 독자를 무시한다고 느끼는 탓입니다.

그러나 정신작업을 첨예하게 하는 예술에서 언어로 표현하지 못할 정신작용들이 많고 많습니다. 독자들께서는 이 점을 넓게 이해해 주셔야 합니다.

글에 몰두하다 보면 어느 순간 기묘한 정신 교란 같은 것이 일어나는 것을 느끼게 됩니다. 그리고 전혀 의식하지 못했던 생각이 번뜩 떠오르며 경이로운 문장이 뜻밖의 묘사를 담고 엮어져 나가고 있습니다. 이러한 때에 '접신(接神)'이 무엇인지 느끼게 됩니다. 신내림의 저릿거림과 혼곤함을 느껴보지 못한 작가는 최선을 다하지 못했다고 할 수 있습니다. 죽음이 맞보이도록 혼신을 다하면으레 그런 정신상태를 경험하게 됩니다. 그리고 그런 경험을 거듭하는 가운데 사물에 대한 투시력이 생기고, 사람의 내심을 꿰뚫어 보는 안목도 생기고, 세상사의 상황 판단도 총체화시킬 수 있는 통찰력도 생깁니다.

저는 글에 몰두하다 보면 으레껏 몸에서 전기가 발산됩니다. 『태백산맥』을 쓸 때부터 그래서 글을 계속 쓸 때는 사랑하는 아내의 손을 만질 수가 없습니다. 찌르르 전기가 통하기 때문입니다. 아내만 질겁을 하는 것이 아닙니다. 손자도 "할아버지!" 하고 질겁을 하며 손을 뿌리치고 뒷걸음질을 칩니다.

사람만이 아닙니다. 전기 콘센트며 전화기를 만져도 시퍼렇게 스파크가 일어납니다. 쇠붙이란 쇠붙이에는 전부 전기가 통해 창문 여는 것은 전부 아내의 차지가 됩니다. 지금 귀신 얘기를 하는 것이 아닙니다. 정신을 예리하게 집중시키고 몰두하면 그런 신체 변화가 일어나게 됩니다. 그런 현상이 '저절로' 일어날 때까지

최선을 다하는 노력을 바치는 것, 그것이 몇 번씩 거듭 읽게 하는
작품을 창작하는 기본이 아닐까 합니다.

'그 산이 거기 있어서.'

이 명답을 변주해서 답을 마련할 수 있지 않을까 싶습니다.

'쓰는 것이 작가의 길이니까.'

열두 살 소년이 품고 있던 문제의식

대하소설을 쓰시기 전에 기획단계 기간은 얼마나 걸리시는 지요? 또 글을 쓰시다가 막히면 어떻게 그 위기를 극복하시나 요? 아니면 작품 마무리 단계까지 막힘없이 술술 실타래 풀리 듯이 써 내려가시는지도 궁금합니다.

전정순(50대, 전북 익산시)

대하소설 준비 기간이 얼마나 걸리는지 궁금한 것은 독자로 서 퍽 자연스러운 일이라 생각됩니다. 저는 문학청년 시절에 100매 가 못 되는 단편소설 하나를 써놓고 도서관에 꽂힌 세계문학전집 을 바라보며 감탄하고 또 감탄했습니다. '단편 하나도 이렇게 쓰 기 어려운데 저 긴 장편들을 써내다니……' 저는 기 질려 그 작가 들 앞에 무조건 머리를 조아렸습니다. 그리고 '나는 언제 저렇게 긴 장편을 써낼 수 있을까……', '과연 내가 장편소설을 쓸 수는 있을까……' 하는 생각도 하며 그 작가들이 모두 우러러 보이고 부럽기만 했습니다.

그리고 제가 작가가 되고 나서 톨스토이의 『전쟁과 평화』가 세 권으로 나왔습니다. 그 두꺼운 세 권의 책 앞에서 또 그만 기가 질렸습니다. 그 전에 읽었던 두 권은 초역(抄譯)한 것이었습니다. 그리고 숄로호프의 『고요한 돈강』 열 권 앞에서는 완전히 주눅 들 고 말았습니다. 한 권짜리 장편소설도 못 쓰고 기껏해야 중편 두 세 편을 썼을 뿐인 처지였으니 그 가위눌림은 짐작할 수 있지 않겠습니까.

직업작가가 이 지경이었으니 일반 독자들이 열 권의 대하소설을 대하면 여러 가지 궁금증들이 발동할 수밖에 없겠지요. 귀하의 첫 번째 궁금증은 준비 기간에 대해섭니다. 그건 소설에 따라 좀 차이가 있지만, 저의 경우에는 그 기간이 대하소설의 길이만큼 길다고 할 수 있습니다.

이게 무슨 막연하고 답답한 말일까요? 그 답은『태백산맥』의 경우 '작가의 말'에 구체적으로 나와 있습니다. '미완성적 허기' 때문에『태백산맥』을 쓰게 되었다는 내심의 고백이 그것입니다. 중·단편으로 여러 번 분단에 대해서 써보았지만 '미완성'이었기 때문에 '완성'을 위해『태백산맥』을 쓰지 않을 수 없었다는 확실한 동기 제시입니다. 그 말 속에는 이미『태백산맥』으로 야기될 수난을 예감하고 있었고, 그것을 감수할 각오까지 내포시키고 있었습니다. 『태백산맥』을 평한 평론가들은 수없이 많았지만 그 사실을 갈파해 낸 사람은 한 명도 없었습니다. 그러니 독자들이야 그 속뜻을 알아챈 사람이 있을 리 없지요.

제가『태백산맥』을 통해 하고자 했던 이야기는 크게 두 가지로 요약할 수 있습니다. 남쪽 민중들의 반정부적 공산화는 '이데올로기 문제'가 아니라 '생존을 좌우하는 토지의 문제'였다는 것이 첫째고, 둘째는 사회주의자나 빨치산 활동을 했던 사람들이 반공주의 쪽에서 선전해 왔던 것처럼 악마도 흡혈귀도 악당도 아니고 우리와 똑같이 희로애락의 감정을 가진 사람들이라는 '인간 선언'을 하는 것이었습니다.

분단소설에서 최초로 시도한 그 두 가지 중에 첫 번째 문제에 탄복적 동의를 표한 대표적 두 사람이 경제학자 정운영 씨와 정치경제학자 박현채 교수였습니다. 정운영 씨는 '조정래는 토지 소작의 문제를 끈질기게 제시하고 논리화함으로써 마침내 경제 전문가를 설복시키고 만다'는 평론을 썼고, 박현채 교수는 "어허, 분단의 핵심 테마가 토지 문제였다는 것을 어찌 그리 딱 알아내부렀제? 이데올로기화의 '생활상의 요구'라는 것이 바로 그것이여. 경제학자들이 못 알아낸 것을 어찌 그리 딱 알아냈냔 말이여! 장혀, 참말로 장혀. 『태백산맥』으로 지리산보담도 더 큰 일을 해낸 것이여. 항, 지리산보담 더 크고 말고!" 몇 번씩 이렇게 말하고는 했습니다.

그리고 두 번째인 '인간 선언'은, 이적표현으로 국가보안법을 위반했다 하여 '빨갱이'로 고발당하기에 이르렀습니다.

그런데 토지의 소작제에 따른 뿌리 깊은 갈등이 빨치산을 대량으로 만들어낸다는 사실을 저는 초등학교 5~6학년 때 알았습니다. 왜냐하면 사시사철 쌀밥만 싸오는 지주의 자식들과, 날마다 점심을 굶으며 물배를 채우는 소작인의 자식들이 한 반에서 공부했고, 밥 굶는 아이들의 아버지가 빨치산이 되어 입산했다는 소식을 연달아 들었던 것입니다. 그러나 중·단편은 매수의 제한 때문에 그 복잡한 문제를 설득력 있게 자세히 쓸 도리가 없었습니다. 그래서 '미완성적 허기'가 생겨나지 않을 수 없었던 것입니다.

그러니까 『태백산맥』은 저의 초등학교 5~6학년 때부터 준비되어온 것이라고 해야 정확한 답이 될 것입니다. '에이, 그건 너무 했습니다!' 하는 말이 들리는 것 같습니다. 그러나 어쩔 수 없습니다. 그건 과장이 아니고 작가의 내심에서 그렇게 이어져온 것이니까요.

『아리랑』도 『태백산맥』만큼

저는 초등학교 때 국어 다음으로 좋아한 것이 사회생활 시간이었습니다. 그것은 고등학교를 졸업할 때까지 변함이 없었습니다. 어쩌면 그것이 저의 작가의 뿌리였는지도 모릅니다. 그다음으로 좋아한 것이 미술이고 체육이었습니다. 그럼 싫어한 과목이 수학 쪽이라는 것은 대충 눈치채셨을 것입니다.

초등학교 6학년 사회생활 시간에 일제식민지시대를 배우게 되었습니다. 짧게 요약된 교과서에는 우리가 비참하게 당한 이야기들만 가득했습니다. 저는 참다 못해 손을 번쩍 들었습니다.

"그럼 우리는 무얼 했다는 것입니까?"

이 느닷없고 당돌한 질문에, 사범학교를 갓 졸업한 담임 선생은 씨익 웃으며 말했습니다.

"담에 크면 다 알게 된다."

고등학교를 졸업했을 때 저의 가슴에 품고 있었던 일본과 일본 놈들에 대한 분노와 증오는 몇 배로 커져 있었습니다. 일본이 저지른 잔악상을 그만큼 많이 알게 되었기 때문입니다.

그리고 대학생이 되어서는 여러 가지 책을 통해 식민지시대를 독학하기 시작했습니다. 그리고 작가가 되었을 때는 일본에 대한 분노와 증오는 '이성적 분노'와 '논리적 증오'로 양쪽 가슴에 깊이 심어졌습니다. 그 '이성적 분노'와 '논리적 증오'는 『아리랑』을 쓰도록 추동한 절대적 힘이 되었습니다.

그러니까 『아리랑』 또한 그 뿌리는 초등학생 때로 이어져 있습니다. 그런 정신 체험의 필연성이 의식을 형성해 가고, 그 의식이 세월 따라 성장하고 강화되어 가면서 작품 탄생으로 연결되는 것입니다.

여기까지는 작품 탄생의 뿌리 찾기이고, 본격적인 준비 과정은 따로 있습니다. 대하소설이 보통 장편보다 준비 기간이 몇 배인지 모르게 훨씬 길어지는 것은 너무 당연한 일입니다. 세 편이 평균 3~4년이 걸렸습니다. 그리고 그 취재는 소설을 쓰는 동안에도 계속되니까 준비 기간은 계속 늘어나는 셈입니다.

두 번째 질문, 글을 쓰다가 막히면 그 위기를 어떻게 극복하느냐? 이 대답은 다른 독자의 질문에서 이미 했습니다. '소설이 잘 안 풀릴수록 더욱 더 책상으로 다가앉아 끝끝내 마음에 들게 쓰고서야 물러난다.'

세 번째 질문, 작품이 마무리 단계까지 막힘없이 술술 실타래 풀리듯이 써 내려 가는가? 그랬으면 얼마나 좋을까요? 그러나 그 어느 작가에게도 그런 기적은 결코 일어나지 않습니다. 누구든 잘 쓰여질 때보다는 잘 안 될 때가 훨씬 더 많습니다. 그 고통이 얼마나 심한지는 겪는 자신만이 알 뿐입니다. 그래서 '예술의 산고(産苦)'라는 말이 생겨나기도 했을 것입니다.

인생이 모르고 한 번 살 수 있는 것이듯 예술도 모르고 한 번
할 수 있는 일이 아닐까 합니다.

많이 읽고, 넓게 보고, 깊이 발견한다

선생님은 시대 상황을 근거로 글을 쓰셨는데 어떤 방법으로 그 시대의 사건, 상황을 수집하셨는지 궁금합니다. 책을 읽다가 중요한 사건이 일어난 날짜를 인터넷 검색을 하면서 그 사건에 대해 더욱 구체적으로 알게 됐는데 현실로 일어난 사건이었음에 더욱 놀라웠습니다. 『아리랑』 등의 책을 읽으면서 역사 공부를 새롭게 하게 됐고, 『정글만리』를 읽으면서 중국 문화를 생생하게 접한 듯하여 너무 흥미로웠습니다. 고맙습니다. 그리고 건강하셔서 더욱 좋은 책 집필해 주셨으면 하고 바랄 뿐입니다.

이병비(50대, 충북 청주시)

저의 소설에 대해서 귀하와 같은 궁금증을 가진 독자들이 아주 많습니다. 그러나 그 일은 힘이 좀 들 뿐 그다지 어려운 일이 아닙니다. 좀 고생스러워도 자기가 하고 싶은 의미 있는 일이니까 언제나 보람스럽지요.

어렵고 복잡해 보이는 그 일의 방법과 진행을 요약해서 말하자면 두 가지입니다.

1. 관계 서적을 최대한 많이 섭렵한다. '안광(眼光)이 지배(紙背)를 철(撤)하도록' 정독과 숙독을 하면서 필요한 자료들을 분리 정리하는 동시에, 소설에 필요한 의문과 문제점들을 발견해

내고 추리한다.

2. 무대가 되는 지역들을 최대한 넓게, 최대한 깊게 취재한다. 그 현장들에서 역사 기록들이 방치하고, 삭제하고, 누락시키고, 도외시한 사건과 문제들을 최대한 식별해 내고 추적한다.

이 두 가지 일이 균형 있게 이루어지면 그동안에 소설의 구성은 절반이 이루어지는 상태가 됩니다.

그다음에 소설을 전개시켜 나갈 인물들의 창조가 시작됩니다. 살아 생동하는 인물들을 만들어내는 것, 그것이 앞의 두 가지 일의 성패를 좌우하게 됨과 동시에, 소설의 성패도 좌우하게 됩니다.

소설의 3요소가 무엇인가요?

인물, 사건, 배경!

소설 속 사실과 허구

각 작품에 등장하는 인물과 배경, 이야기 구성 들은 어떤 순서로 결정을 하시나요? 『태백산맥』과 『아리랑』 『한강』 『정글만리』 『천년의 질문』까지 그 방대한 이야기와 인물, 배경이 유기적으로 엮여서 한 방향으로 나아가는 데 항상 감탄하면서 빠져듭니다. 내 주변에 꼭 있을 것만 같은 인물과 그들이 지닌 독특한 개인사까지 어디까지가 취재의 결과이고 어디서부터 작가의 순수 창작인지도 궁금합니다.

신은희(40대, 경기도 용인시)

귀하는 '어디까지가 취재의 결과이고 어디서부터 작가의 순수한 창작이냐'고 묻고 있습니다. 그 질문과 동일하게 그동안 많은 독자들이 '어디까지가 진실이고 어디까지가 허구인가' 하고 물었습니다.

그 질문은 독자들로서는 사뭇 진지하고 꼭 알고 싶은 사실일 것입니다. 그러나 작가의 입장에서는 한마디로 하기 어려운 대답이라 꽤나 난감하고 곤혹스러운 일이기도 합니다. 그래서 저는 그동안 이런 대답으로 뭉뚱그리고 말고는 했습니다.

"그 둘 사이의 경계를 찾아보기 어려운 소설이 진짜 좋은 소설입니다."

독자들로서는 영 허망하고, 작가의 무성의가 느껴져 불쾌함을 느낄 수도 있는 말이기도 합니다. 그러나 그건 진실성을 담은 사실이기도 합니다. 그 경계를 직선 긋듯이 하기 어렵기 때문입니다.

그러나 이번 기회에 좀 더 분명하게 구분 짓고, 구체적으로 경계를 표시하는 게 좋을 것 같습니다.

첫째, 정사의 기록이 소설에 옮겨진 것은 부동 불변의 사실입니다.

둘째, 정사의 기록에 없이 현지 취재를 통해서 얻어진 이야기들과 사건들 또한 사실입니다.

셋째, 실존 인물이 아닌 모든 주인공들은 작가의 손에 의해 태어난 순수한 허구입니다. 그리고 그 인물들이 움직이면서 만들어내는 이야기와 사건들 또한 순수한 작가의 상상력의 소산입니다. 그리고 현지 취재에서 얻은 이야기와 사건들에 주인공들이 엮이거나 개입하게 되는 것도 완전한 허구입니다. 또한 역사 기록의 사건에 연결되거나 개입하게 되는 경우도 그 부분만은 사건의 실감을 고조시키기 위한 허구입니다.

이런 설명에 의문이 좀 풀렸습니까. 이 사실을 알고 소설을 다시 읽어보면 이해가 훨씬 빠를 것입니다.

그들 모두가 나의 아들딸이기에

1970년에 등단하신 이후로 장편소설, 소설집, 산문집, 위인전 등 많은 작품을 써오셨습니다. 그중에서 가장 애착이 가는 작품을 꼽을 수 있으신지요. 가장 사랑하는 등장인물은 누구인가요?

김현철(40대, 서울특별시 구로구)

조미정(40대, 인천광역시 부평구)

백인숙(50대, 경남 거제시)

귀하께서도 짧은 질문 안에 '가장'을 두 번씩이나 반복했군요. 그 방법이 작가를 '가장' 골탕 먹이는 질문 형식이라니까요.

그런데 저도 질문자들을 '가장' 골탕 먹이는 아주 손쉬운 방법 하나를 알고 있습니다. 그게 뭐냐면, 우리 선조들이 남겨준 속담 하나입니다.

'열 손가락 깨물어 아프지 않은 손가락 없다.'

'등장인물이 작가의 자식이라구요?'

이렇게 물을 수 있습니다.

예, 그렇습니다. 그들이 작가의 자식이 아니면 그럼 어떻게 태어났겠습니까.

그러니까 저는 이 세상에서 자식들을 가장 많이 둔 가장 다복한 사람이라고 할 수가 있습니다. 그것들을 먹여 살리는 데 여러 가지 직업병을 치를 정도로 고생을 하긴 했지만.

그러나 이렇게 응답을 끝내버리면 그지없이 무성의한 짓이고, 귀하는 머쓱해지다 못해 무시당한 기분이 들어 불쾌해질 수도 있습니다. 소비자는 왕이듯 독자 또한 작가에게 왕의 위치를 점유한 존재입니다. 독자 없는 작가란 존재할 수가 없으니까요. 그러니까 독자와의 관계를 돈독하게 하기 위하여 귀하가 강조하신 '가장'에 '가장' 잘 걸맞도록 '가장' 성실하게 응답하겠습니다.

『태백산맥』에서 하대치.

『아리랑』에서 공허.

『한강』에서 유일표.

참, 기왕 문학 공부를 하라고 자리를 편 것이니 귀하의 문장 한 군데를 손봤으면 합니다. '1타 강사' 특강료 받지 않는 문장수업이니까 그냥 마음으로만 감사하면 됩니다.

'그중에서 가장 애착이 가는 작품을 꼽을 수 있으신지요.'

이 문장이 무언가 어색하고, 아귀가 딱 맞지 않은 느낌이 들지 않습니까? 그 어딘가에 무엇을 지칭하는 말(단어) 하나가 들어가야 짜임새 완전한 문장이 될 것 같지 않습니까?

'어느'라는 관형사를 서로 다른 두 군데 위치에 넣으면 두 가지의 완벽한 문장을 만들어낼 수 있습니다. 그 위치는 귀하가 찾으십시오. 이것이 창의적 교육법입니다. 그것까지 다 가르쳐주면 그 문제 많은 주입식 교육이 됨과 동시에 귀하의 자율성을 침해하는 행위가 됩니다.

제 책 많이 읽어주어 고맙습니다.

『태백산맥』은 세상을 얼마나 바꿨을까

『태백산맥』이 시대적 이슈가 되었고, 덕분에 그만큼 사람들의 의식 수준도 많이 바뀐 듯한데, 아직 세상은 많이 바뀌지 않은 것 같습니다. 선생님께서는 『태백산맥』으로 인해 얼마만큼 사회를 바꾸셨다고 자평하시는지 궁금합니다.

양관모(40대, 서울특별시 영등포구)

강연을 하다 보면 많은 독자들이 그 점을 궁금해합니다. 그러나 그 점을 제가 말하면 또 자랑하는 것이 될 것 같아 말하기 조심스럽습니다. 그렇지만 피치 못할 '질의, 응답'의 자리이니 겸손하게 대답하겠습니다.

첫째, 이적 표현으로 국가보안법을 위반한 혐의로 고발당해 만 11년 만에 '무혐의 처분'을 받았습니다. 그것은 곧 『태백산맥』에서 사회주의자와 빨치산에 대해 기록하고 있는 사실들과 표현들이 국가보안법을 위반하지 않는 객관적 사실이고 진실이라는 것을 국가가 공식적으로 인정한 것입니다. 그러므로 기존의 유죄 처벌이 무죄가 되어 그만큼 국가보안법이 '무력화'되었다는 점입니다.

둘째, 기존의 반공주의가 사회주의자나 빨치산 투쟁을 했던 사람들을 무조건 싸잡아 악마·흡혈귀·악당이라 불렀던 호칭이 사라진 것입니다.

셋째, 그 호칭들이 사라짐과 동시에 그들도 우리와 똑같은 사람이라는 인식의 변화가 확실하게 일어났습니다.

넷째, 그전에는 사회주의자나 빨치산에 대해 말하기를 피하고 조심하고 했던 일반인들이 이젠 아무 데서나 자유롭게 얘기하게 되었습니다. 대개 자기 집안에 대한 얘기를 마음놓고 털어놓는 것이었습니다.

다섯째, 군부독재가 종식되고 민주화가 되었기 때문이기도 하지만 소위 '공안사건'이 거의 일어나지 않았습니다. 이명박 정권 때 탈북민으로 서울시 직원이었던 윤 아무개 씨의 간첩사건이 생겼는데, 그게 조작이었다는 것이 끝내 밝혀지고 말았던 것입니다. 그것이 달라진 세상의 참모습을 보여준 것이고, 이명박 정권이 얼마나 한심스러운 비민주적 정권이었는지 그 한계를 뚜렷이 드러낸 사건이었습니다.

이러한 객관적인 결론이 나오기 훨씬 전에, 『태백산맥』 1부가 출간되고 나서 저는 얼굴 모르는 사람들의 전화를 줄줄이 받아야 했습니다.

"선생님 감사합니다. 저희 아버지를 사람 대접해 주셔서 정말 감사합니다."

"선생님 감사합니다. 저희 어머니가 책을 읽고 난 제 얘기를 들으시고 선생님께 감사드리며 얼마나 우셨는지 모릅니다. 아버지가 총살당하고 처음으로 사람 대접받은 것이니까요."

"선생님, 소설에 나오는 김××가 바로 저희 외삼촌입니다. 선생님, 정말로 감사합니다. 그렇게 좋게 써주시다니요. 외사촌들이 너무나 고마워하며 많이 울었고, 선생님 한번 뵙기를 하늘처럼 바라고 있습니다."

그런 전화는 소설이 끝날 때까지 계속되었고, 소설이 끝나고도 한동안 이어졌습니다.

"선생님 정말 죄송합니다. 저희들 때문에 선생님께서 그런 고초를 당하시는데 저희들은 선생님을 위해 아무 일도 할 수가 없으니 말입니다. 선생님, 정말 죄송합니다. 저희가 죽을 죄를 진 것만 같습니다."

제가 고발을 당하고, 조사받으며 시달리고 있을 때 이런 전화가 걸려왔습니다. 그 나이 든 남자는 말을 하기 어려울 정도로 울고 있었습니다. 그 전화가 지금까지도 잊혀지지 않는 가장 감동적이고 고마운 전화였습니다. 그리고 소설 쓰는 보람을 가장 크게 느꼈던 기회였습니다.

사투리, 내 영혼에 스민 언어

『태백산맥』의 전라도 사투리는 민중의 삶과 의식을 고스란
히 보여준 것이라고 생각합니다. 선생님의 전라도 사투리는
작가의식의 소산인가요, 전라도 출신의 유산인가요?

유정걸(40대, 부산광역시 남구)

'육화'라는 말이 있습니다. 긴 세월에 걸친 어떤 일이나 경험
이 영혼에 스미고 아로새겨져 습관처럼 체질화된 것을 뜻합니다.

제가 『태백산맥』에서 구사한 전라도 사투리를 취재해서 그렇게
쓴 것이냐고 묻는 사람들이 많습니다. 아닙니다. 특히 언어는 육
화되어 물 흐르듯이, 바람 불듯이 자연스럽게 흘러나오는 것이므
로 작가가 아무리 취재의 노력을 기울인다 해도 자연스럽고 맛깔
스럽고 감칠맛 나게 구사할 수가 없는 것입니다.

저는 중학교를 졸업하면서 전라도 땅을 떠나 서울살이를 시작
했습니다. 그리고 지금까지 타향살이를 하고 있습니다. 그 긴 세
월 탓에 평소에는 고향말은 쓰지 않습니다. 그런데 『태백산맥』에
서 고향말을 전혀 윤색하지 않고 원형 그대로 쓰기로 했습니다.

그렇게 작정하고 소설을 쓰기 시작하자 이상한 현상이 일어나
기 시작했습니다. 사투리를 써야 될 대목에 이르면 저 먼 어둠 속
에서 무수한 불꽃들이 날아오듯이, 누군가가 낭랑하고 생생한 목
소리로 말을 하고 있는 것처럼 전라도 사투리가 줄줄이 떠오르는

것입니다. 아무런 노력 없이 그렇게 자연스럽게 저절로 되는 것이 바로 언어의 육화입니다.

그 언어의 육화 현상은 한번 불이 붙기 시작하자 갈수록 윤기가 나고, 전라도 사투리 특유의 가락도 살아나면서 판소리가 절로 흘러넘치듯 신명이 나는 것이었습니다. 영혼의 육화 현상은 그렇듯 긴 세월의 강도 건너고, 기억의 까마득한 벽도 단박에 허물어뜨리면서 생생한 생명력으로 현실화되는 것입니다. 그 재생 능력을 시인 릴케는 예술적 재능이라고 하더군요.

블랙리스트, 작품의 앞길을 막다

이미 작가로서 많은 업적을 남기셨습니다. 선생님의 다음
행보가 궁금합니다. 다음 작품에 대한 생각, 또는 기존 작품
들에 대한 영화화나 드라마화 계획 여부 등이 궁금합니다.

양정윤(30대, 서울특별시 강남구)

얼마 전에 한 유튜브 방송에서 어느 평론가가 말했습니다.
"조 선생의 대하소설 세 편은 왜 아직까지도 드라마화가 안 되
는지 모르겠습니다. 지금 K팝과 함께 K드라마가 중국과 동남아
국가에서 선풍을 일으키기 시작해서 남미 전역은 물론 중앙아시
아 국가들이 환호하게 만들더니 마침내 미국 시장까지 흔들어대
고 있습니다. 이런 열풍이 불어대고 있을 때 『태백산맥』 『아리랑』
『한강』이 드라마가 되면 얼마나 좋겠습니까. 드라마를 하되 횟수
를 제한하는 각색을 하지 말고, 50부작이든 60부작이든 소설을
그대로 따라가며 드라마를 만들어야 합니다. 그럼 그보다 더 재미
있는 드라마는 없을 것입니다. 그 재미나는 이야기들은 우리나라
를 선전하는 데 가장 큰 효과를 발휘하게 될 것입니다. 그 인기로
우리나라 상품들도 더 잘 팔리게 될 거구요."
　그 말에 저는 그저 웃기만 했습니다. 왜냐하면 이명박 박근혜
정권 때의 그 야비하고 치졸한 블랙리스트 이야기를 입에 올리고
싶지 않았기 때문입니다.

"그 사람들은 정권을 획득한 것이 아니라 이권을 획득한 것 같았습니다. 저는 그래서는 안 된다고 적극적으로 말했지만 그들은 듣지 않았고, 결국 저하고는 결별하게 되었습니다."

이명박을 대통령 만드는 데 일등공신 역할을 했던 전 국회의원 정두언 씨가 MBN 방송에서 공개적으로 한 말입니다. 그 말은 이명박과 그 일파들이 정권을 잡고 노렸던 것이 무엇이었는지 극명하게 보여주고 있습니다. 그런 이명박 정권은 이권 획득에만 혈안이 된 것이 아니라 전 정권들이 공들여 이룩한 남북관계를 완전히 파탄냈고, 한편으로는 권력을 쉽게 휘두르려고 은밀하게 예술인 블랙리스트를 작성했습니다. 그런데 그것이 박근혜의 끔찍하게 많은 수의 블랙리스트와 함께 그녀가 탄핵된 다음에야 세상에 얼굴을 드러내게 되었던 것입니다.

저는 그때서야 제가 별로 한 일도 없이 그들 두 정권에서 영광스럽게 블랙리스트에 이름이 올랐다는 것을 차례로 확인할 수 있었습니다. 그렇게 9년을 '찍혀' 살았으니 소설의 드라마화가 될 리가 있겠습니까.

날짜가 확정된 강연이며 방송 출연이 갑자기 취소되고, 『태백산맥』이며 『아리랑』이 드라마 원작료를 받는데 해만 자꾸 넘기며 실현이 안 되었던 것은 다 그 블랙리스트의 학살 때문이었던 것입니다.

저는 이런 긴 이야기를 하고 싶지 않았던 겁니다. 도저히 정권이라고 할 수 없었던 그 두 정권에 대해서 한마디라도 언급하는 것 자체가 제 입이 더러움을 타는 것 같았기 때문입니다.

그런데 이명박 정권의 블랙리스트가 뒤늦게 모습을 드러내자 세상이 다시 시끌시끌해졌습니다. 그 시끄러움 속에 한 작가와 한 연예인이 그 피해보상 소송을 하겠다며 인터뷰를 하고 하면서 소란을 보태고 있었습니다.

그때 KBS 라디오에서 전화 인터뷰 요청이 왔습니다. 피해보상 소송을 어떻게 하겠느냐고 물었습니다.

"이명박의 개인 재산으로 보상이 이루어진다면 하겠다. 그러나 그게 아니고 결국 국민의 세금으로 보상할 것 아닌가. 국민의 혈세를 한 푼이라도 그렇게 낭비하게 하고 싶지 않다. 나는 소송하지 않고, 삶의 훈장으로 남겨두겠다."

저의 이 대답을 들었는지 어쩐지 많은 기자들 앞에서 기세등등했던 그 두 사람은 그만 잠잠해지고 말았습니다.

지금 『태백산맥』이 드라마화와 영화화를 기다리고 있습니다. 그게 언제나 실현될지 알 수가 없습니다. 될 때가 되면 되겠거니 생각하며 세월의 강에 배를 띄우고 그저 흘러갈 수밖에 없습니다. 그게 분단되어 있는 땅의 현실이니까요.

제대로 읽은 사람만이 알 수 있는 것

『태백산맥』에서 마지막 남은 빨치산으로 하대치를 삼으신 이유는 무엇이신지요? 김범우처럼 계속 남한에서 활동을 하던 당원들의 명맥이 현재까지 이어오고 있다고 보시는지요?

구세나(40대, 서울특별시 구로구)

그동안 여러 기회를 통해서 많은 독자들이『태백산맥』의 핵심 주인공(진짜 주인공, 가장 중요한 주인공)이 누구냐는 질문을 되풀이했습니다. 270여 명을 등장시켜 독자들을 헷갈리게 만들고 있으니 제가 죄지은 바 큽니다. 그러나 그 주인공을 자력으로 찾아내는 것이 진짜 독서를 하는 것 아닐까요?

옛말에 책을 읽어서 생긴 의문의 답은 그 책 속에 있다는 말이 있습니다. 그리고 한 번 읽어서 뜻이 해득이 안 되면 두 번 읽고, 열 번 읽어서 뜻이 통하지 않는 글은 없다는 말도 있습니다. 또한 열 번 읽어서도 안 되면 백 번도 읽어라 하는 말도 있습니다.

이 말의 뜻을 아시겠지요?

묻겠습니다. 귀하는『태백산맥』을 몇 번 읽고 이 질문을 하시는 겁니까?

그리고 작가가 이런 질문에 바로 응답을 해버리는 것은 지극히 무책임한 일입니다. 소설 속에는 이미 그 질문의 답이 충분하게 준비, 배치되어 있기 때문입니다. 그 숨은그림찾기가 독서의 묘미 아닐까요? 제가 확인한 바로는 『태백산맥』을 가장 많이 읽은 분이 스물한 번을 읽었습니다. 그분은 분명 귀하의 질문의 답을 알고 있을 것입니다.

김범우 같은 사람? 진작 그 맥이 끊어졌겠지요. 우리 남쪽의 반공주의가 지난 30여 년 동안 서릿발같이 그 뿌리를 도려냈고, 북쪽에서도 박헌영의 숙청과 함께 남로당 세력의 제거에 철저했으니 그 뿌리는 자연 고사할 수밖에 없었겠지요.

어머니처럼 나를 안아준 벌교

『태백산맥』에서 주인공 염상진에게 벌교는 어떤 의미를 가지고 있습니까? 선생님께서 어린 시절 잠시 사셨다고 들었는데, 벌교에 대해 선생님께서는 어떻게 생각하시는지요?

이수영(40대, 서울특별시 관악구)

염상진은 전형적인 가공 인물입니다. 그리고 염상진은 사회주의자입니다. 또한 그는 '당중앙의 간부로도 손색이 없는 인물'이라고 김범우의 생각(평가)을 통해 그 능력이 묘사되고 있습니다. 이 힌트들을 통해 귀하가 필요로 하는 응답을 찾아보시기 바랍니다. 그 응답 찾기에 성공하면 귀하는 『태백산맥』을 완벽하게 이해했다고 할 수 있습니다.

저와 벌교에 대해서는 『황홀한 글감옥』에 자상하게, 정감 넘치게 그려놓고 있습니다. 그것을 읽어보면 귀하도 벌교를 새롭게 보게 될 것이고, 『태백산맥』도 보다 더 깊게 이해하게 될 것입니다. 그리고 제가 왜 벌교를 제 '문학의 고향'이라고 하는지도 깨닫게 될 것입니다.

저는 지금도 벌교에 가면 꼭 어머니의 품에 안긴 아이처럼 아늑함과 푸근함과 안정감을 느낍니다. 태백산맥문학관에서 바라보는 그 정경은 제가 가장 사랑하는 벌교의 모습입니다. 그래서 『태백산맥』의 첫 장면이 된 것인지도 모릅니다. 저는 벌교에 갈 때마다 그 풍광을 오래도록 바라보고는 합니다. 언제나 신비스러운 '문필봉' 첨산과 함께.

귀하도 벌교에 가시는 일이 있거든 그 풍광을 눈에 담아보십시오. 그럼 제 생각과 함께 새로운 감회가 떠오를 것입니다.

민중을 향하는 문학정신

『태백산맥』을 읽다 보니, 선생님께서 소설 속 민중들의 어떤 부분을 가장 진정성 있게 표현하고 싶으셨는지 궁금해졌습니다. 잡초처럼 끈질기게 살아가는 힘을 그리고 싶으셨던 건지요. 작품 중에서 어느 장면이 가장 기억에 남으십니까?

김희철(40대, 경기도 양평군)

민중─그 서러운 존재들. 인간의 장구한 역사 속에서 99퍼센트를 형성해 가며, 가장 많은 일을 해내고, 가장 큰 성과를 이루어내고, 그러면서도 가장 천대받고 심하게 짓밟혀온 목숨들. 그러나, 죽음의 낭떠러지에 몰릴 때까지 인내하고 인내하다가 최후의 순간에 한덩어리로 뭉쳐져 뜨거운 불길로 폭발하며 인간사를 뒤집어 바꾸는 불가사의한 존재들. 긴 인간사에서 무수하게 부침을 거듭한 숱한 왕조들의 운명을 좌우한 수수께끼의 존재들.

예, 제 소설의 소재도 주제도 늘 민중에 맥이 닿아 있습니다. 민중들이 당하는 수난과 고통, 그리고 그들의 자각과 저항을 형상화하려고 해왔습니다. 왜냐하면 그들은 인간들의 목숨을 유지시켜나가는 먹거리와 쓸거리의 생산자로서 성실을 다했을 뿐 권력 지배의 횡포와 타락을 한 일이 없기 때문입니다. 그들의 진실을 옹호하고, 그들의 억울함을 변호하고, 그들의 저항을 지지하는 것은 곧 순정한 인간의 발견이고, 바른 문학정신의 구현이라 믿은 까닭입니다.

저는 『태백산맥』에서 그런 민중상을 총체적으로 형상화해 내려고 모든 노력을 다 바쳤습니다. 그 길이 민족분단 현실 속에서 야기된 이데올로기성 전쟁의 해답을 찾는 것인 동시에 영원히 계속되고 있는 인간사의 지배와 피지배 계급 간의 갈등의 답을 찾는 것이었습니다. 이 테마는 어쩌면 영원불변한 문학의 소재이고 주제가 아닐까 합니다.

어느 장면이 가장 기억에 남느냐고요? 귀하도 역시 최상급의 '악취미' 소유자이시군요. 또 '가장'을 강조하며 하나만 뽑으라고 하니 말입니다.

자아, 그럼 제가 한 가지 묻겠습니다. 『태백산맥』을 이루고 있는 사건의 장면들이 많습니다. 그게 몇 가지나 되는지 아십니까?

아니, 그걸 누가 일일이 세어봅니까?

귀하는 문득 이런 항의성 반문을 하는 것으로 귀하가 모르는 것을 합리화 내지는 변명하려고 하겠지요?

예, 좋습니다. 어느 평론가가 인상적인 장면들이 너무 많아 전부 세어보려고 했답니다. 그러나 그 무모하고 무식한 일은 결국 실패하고 말았습니다. 왜? 너무 많아서(하, 하, 하……).

그러나 귀하보다 한층 더 잔인한 악취미의 소유자가 있기도 합니다.

'『태백산맥』에서 가장 마음에 드시는 문장은 어떤 것인지요?'

이런 질문을 작가에게 하는 심리는 무엇인지 아무리 생각해도 헤아릴 길이 없습니다. 차라리 '『태백산맥』의 문장이 총 몇 개인지 아십니까?' 하는 것이 낫지 않을까요?

그런 물음에 오기 받쳐 제가 하고 싶은 대답은 '전부 다!'입니다.

그런데 귀하의 질문은 '문장'이 아니라 '장면'으로 그 스케일이 훨씬 크니까 대답하기로 하겠습니다.

모든 영화에서 가장 인상적인 장면이 어느 것이던가요? 그것 또한 사람에 따라 다르겠지만 보편적으로, 평균적으로 그 답이 나와 있습니다.

마지막 장면입니다.

"그 영화 라스트 씬은 정말 멋져."

"그 영화 라스트 씬은 정말 감동이야."

"그 영화 라스트 씬은 영원히 잊을 수 없어."

이런 말은 흔히 듣고, 하는 말입니다. 그만큼 모든 영화는 마지막 장면이 오랜 감동으로 남도록 감독들은 총력을 다 바칩니다. 응축미와 상징미와 여운미를 모두 혼합하여 최고의 예술성을 승화시켜 내려고 한 것이 그 마지막 장면입니다.

답을 다 말씀드렸습니다.

"요것들이 다 괴멸되지 않고 어둠 속으로 사라져가는 의미는 뭐야! 다시 사회주의 아침이 온다 그거야? 새로 빨치산 세상을 건설하자는 뜻 아니야?"

수사관이 맘껏 반말을 해대며 저를 추궁한 말입니다.

제가 뭐라고 대꾸했을 것 같습니까?

힌트를 드립니다. 저는 고발당하고 만 11년 만에 '무혐의 처분'을 받았습니다.

귀하의 현명한 답변을 기다리고 있겠습니다(그 답변이 저를 만족
시키면 새로 출간되는 『태백산맥』 개정판에 제 사인을 해 보내드리겠습
니다. 부디 명답을 보내주시기를).

작품 속에 작가의 분신이 존재하는가

『태백산맥』의 김범우가 선생님의 분신이라고 하는 글을 읽었습니다. 그와 마찬가지로 『천년의 질문』에서는 주인공 장우진이 꼭 선생님이 아닐까 하는 생각이 들었습니다. 아마 소설마다 선생님의 분신을 하나씩 등장시키는 게 아닐까 하는 생각이 들기도 합니다. 그게 사실인지요?

강재웅(40대, 전남 순천시)

두 개의 적대세력이 충돌하는 격랑의 시대에 고뇌하는 지식인의 전형으로 그려내고자 했던 인물이 김범우이지, 작가인 저하고는 전혀 상관이 없습니다. 많은 독자들이 귀하와 같이 생각하는 것은 성급한 평론가들이 오판을 저질러 그렇게 썼기 때문입니다. 그러나 그런 평론가들을 나무랄 수도 없습니다. 그들의 주장에 따르면 독자들에게는 '오독의 자유'가 있기 때문입니다. 다시 말하면 모든 예술작품은 감상자들에게 '감상(평가)의 자유'가 있다는 것입니다.

말이 나온 김에 한마디 하겠습니다. 『태백산맥』에는 '진짜 조정래'가 나옵니다. 소설 속에 나오는 그 이름이 무엇일까요(주의하십시오. 이것이 '문제 1번'입니다).

또한 『천년의 질문』에서 장우진 기자도 제가 아닙니다. 대체로 작가는 자기 자신을 투영하거나 분신화된 인물을 소설에 등장시키는 걸 꺼립니다. 왜냐하면 객관적 균형이 흔들릴 수 있고, 지나친 작가 개입의 잘못을 범할 위험이 크기 때문입니다. 장우진은 작가가 추구하는 주제를 가장 잘 형상화하고, 그 실현 가능성을 가장 효과적으로 보여줄 수 있는 인물로 창조해 낸 것입니다.

따라서 작가는 소설에 등장시키는 모든 인물들(긍정적이든 부정적이든)에게 자기 소설의 효과적인 완성을 위해 독자들이 눈치챌 수 없도록 기묘한 방법으로 자기가 바라는 바를 투영시킵니다. 그것들이 모두 모여 독자들의 뇌리에 '소설의 감동'이라는 형체 없는 묘약을 주입하게 되는 것입니다.

『태백산맥』에서 염상구는 어떤 인물입니까? 그 잔인하면서도 교활한 주먹패의 입에서 뜬금없이 전라도말의 예찬이 한판 판소리 가락처럼 걸판지게 펼쳐집니다. 김범우나 손승호나 안창민이 정색을 하고 똑같은 말을 했다면 그 효과가 어땠을까요?

작가의 노림수는 그렇게 이 인물 저 인물을 통해 가장 효과적인 배치를 해나갑니다.

그럼 여기서 독자 여러분들께서 『태백산맥』을 얼마나 효과적으로 읽으셨는지 알아보는 동시에 여기까지 따라 읽으신 수고에 보답하는 뜻으로 선물을 하나 마련할까 합니다. 제가 『태백산맥』을 쓴 궁극의 목적은 민족의 평화통일입니다. 『태백산맥』에서 평화통일을 상징하는 세 장면이 있습니다. 그것이 무엇무엇일까요? (이것이 '문제 2번'입니다. 이 문제를 다 맞히신 분들께는 개정판 『태백산맥』 『아리랑』 『한강』에 제 사인을 해서 보내드리겠습니다. 그 답을 12월 31일까지 출판사로 보내주십시오. '아니, 답이 둘도 아니고 넷씩이나 되다니.

이건 상품 안 주겠다는 것이 아니고 뭐냐!' 이런 불만이 들리는 것 같습니다. 그러나 기분 나빠하지 마십시오. 애초의 생각은, '빨치산의 인간 선언을 그린 장면이 수십 가지입니다. 그중에서 열 가지만 고르십시오' 하는 문제도 내려고 했습니다. 그런데, 그랬다가는 정말 상품 안 주려고 꼼수 부리고 있다는 누명을 면할 수 없을 것 같아 그 문제는 뺀 것입니다. 이 문제 알아맞히기는 독자 여러분들이 『태백산맥』을 얼마나 면밀히, 깊이 이해하고 있는지를 보고 싶은 작가의 마음입니다. 지금부터 저는 가슴이 두근두근합니다. 『태백산맥』을 여러 번 읽었다는 분들을 제가 만난 것만도 수십 명인데, 그분들보다 훨씬 많은 수가 다 맞혀버리면 어쩌나 하고 말입니다. 아닙니다, 엄살이구요, 많을수록 좋습니다. 그게 제가 『태백산맥』을 쓴 보람이니까요. 여기까지 읽은 마음씨 고운 제 아내 김초혜가 상품을 하나 더 보낼지도 모릅니다. 향기 좋은 편백나무로 만든 '조정래 독서대'를.)

유일무이한 '전권 필사'의 역사

독서회원들과 함께 태백산맥문학관에 갔습니다. 2층의 '필사본 전시실'에서 우리 모두는 깜짝 놀라고 말았습니다. 한 권짜리도 아닌 소설, 열 권짜리 『태백산맥』을 옮겨 베낀 원고지 더미와 노트들이 넓은 방을 가득 채우고 있었기 때문입니다. 이미 『태백산맥』을 세 번 이상씩 읽은 우리 회원들은 저희들이 이 세상에서 『태백산맥』을 가장 사랑하는 사람들이라고 생각하고 태백산맥문학관을 찾아갔던 것입니다. 그런데 저희 앞에 『태백산맥』 필사본 수십 질이 느닷없이 나타난 것이었습니다. '작품을 얼마나 좋아하고 사랑했으면 그 긴 소설을 옮겨 베낄 생각을 했을까……!' 저희들은 서로를 쳐다보며 말을 잃고 말았습니다. 세계적으로 유명한 작가들의 문학관을 서너 군데 보았습니다. 그러나 어느 곳에서도 독자 필사본은 볼 수 없었습니다. 그런데 안내를 맡은 학예사가 더욱 놀라운 말을 했습니다.

"지금 전시되어 있는 것이 서른여덟 질입니다. 그런데 전시를 기다리고 있는 것이 서너 질 더 있고, 지금 필사 중이라고 알려온 분들이 또 대여섯 분 있습니다."

저희들은 모두 기죽어 문학관을 나섰습니다. 그리고 이런 존경과 사랑을 받는 작가는 어떤 기분일까 하는 데 입을 모았습니다. 저도 필사를 하고 싶지만 전혀 용기를 못 낸 채 여쭙습니다. 어쩌면 세계 최초일지도 모를 이런 일 앞에서 선생님 감회는 어떠신지요.

신미혜(40대, 부산광역시 남구)

먼저 회원 여러분들이 『태백산맥』을 세 번 이상 읽어주신 것에 대해 감사드립니다. 저는 세 번을 못 읽었으니까요(등단 50주년 기념으로 개정판을 내려고 출간 이후 30여 년 만에 겨우 두 번째 읽었을 뿐입니다. 그건 게으름 때문이 아니라 새 작품을 쓰기 위해서는 전 작품들을 빨리 머리에서 지워야 하는 탓입니다).

그런데 열 권을 필사하다니……, 저 역시 말을 잃습니다. 한 권짜리라면 또 모르겠습니다. 열 권이나 되는 소설을 한 자, 한 자 옮겨 적어나가다니……, 이건 참 말이 안 되는 일입니다. 저보고 하라고 해도 하지 않을 일이고, 하지 못할 일입니다. 그러니 그 필사본들을 볼 때마다 제 마음이 어떠하겠습니까. 감사하고, 감사하고, 또 감사하다 못해 감읍할 지경입니다.

그런데 저를 놀라게 하는 일이 또 있습니다. 저는 새 필사본을 대하게 될 때마다 그저 감사하고 감탄하면서 원고지 여기저기를 넘겨봅니다. 그러면서 놀라움이 자꾸 겹치게 됩니다. 왜냐하면 아무리 뒤로 가도 글씨들이 흘려 쓰여졌거나, 휘둘려 쓰여진 데가 없이 처음과 똑같이 또박또박 쓰여지고 있었기 때문입니다(어떻게 썼나 검사하려고 원고지를 넘기는 게 아닙니다. '얼마나 애를 썼을까……' 하는 감사의 마음과 안쓰러운 심정으로 안 넘겨볼 수가 없는데, 뜻밖에도 그런 놀라움을 만나게 되는 것입니다. 제가 그렇게 놀라게 되는 것은 저의 심리 저변에 '뒤로 갈수록 글씨들을 휘둘러 썼을 것이다' 하는 지레짐작이 자리잡고 있었음이 분명합니다. 왜냐하면 매 순간 최선을 다하는 소설을 쓰면서도 아침에 쓴 글씨와 시간이 흘러가 저녁에 쓰는 글씨가 으레껏 달라지는 것이 제 평생의 경험입니다. 하물며 '남의 작품을 옮겨 베끼는 것'일 때 뒤로 갈수록 글씨가 휘둘려지고 흘려쓰기가 되는 것은 너무 자연스럽고 당연한 일일 것입니다. 그런데 필사자들은 저의 그런 기대(?)를 여지없이 배반(?)해 버리는 것이었습니다).

그 또렷또렷한 글씨 한 자, 한 자에서 필사자들이 바친 정성과 노고가 얼마나 진하고 컸는지를 절절히 느끼지 않을 수가 없었습니다. 그 정성과 노고 앞에서 저는 그저 감사하고, 감동하고, 감탄할 뿐이었습니다. 그리고 '글 쓰기 잘했다'는 큰 보람과 함께 삶의 가장 큰 행복도 느끼게 되었습니다. 독자들이 베풀어주는 사랑과 신뢰 중에 이보다 더 크고 무거운 것은 있을 수 없기 때문입니다. 소설을 100번 읽는 것보다 더 크고 더 깊은 애정이 한 번의 필사이기 때문입니다.

'필사하면 전시해 주실 수……'

몇 년째 이어지고 있는 그 필사는 어떤 여성 독자가 시작한 일입니다. 저는 서울 평창동에 있는 영인문학관에 강연을 갔었습니다. 강연이 끝나고 사인회를 하는데 어느 분이 작은 메모지를 내보이는 것이었습니다.

'제가『태백산맥』을 필사하고 싶습니다. 그것을 태백산맥문학관에 전시해 주실 수 있으신지요.'

메모지에 적힌 글이었습니다.

저는 반사적으로 고개를 들었습니다. 저의 눈앞에는 50대로 보이는 여성이 움츠린 듯, 부끄러운 듯 서 있었습니다.

'문학관에 전시를 해⋯⋯?'

제 의식에 꽂힌 생각이었습니다.

제 생각은 순간적으로 두 가지 문제를 따지고 있었습니다.

첫째, 전시할 의미가 있는가?

둘째, 전시 공간이 가능한가?

첫 번째는 바로 결정이 되었습니다. 독자의 필사본! 그보다 순수하고 확실한 평가는 없다. 전시할 충분한 의미가 있다.

두 번째도 뒤따라 바로 결정이 되었습니다. 2층의 문학사랑방 공간이 떠올랐던 것입니다.

"예, 써보세요. 가능합니다."

멀어지는 여성의 뒷모습을 바라보며, '쓰기는 뭘 써. 마음뿐이지.' 저는 속으로 이렇게 중얼거리고 있었습니다.

그리고 그 일은 까맣게 잊어버렸습니다. 그런데 2년쯤인가 지나 출판사에서 연락이 왔습니다.

"어떤 여자분이『태백산맥』필사본을 가지고 왔습니다. 선생님이 문학관에 전시해 주기로 약속하셨다면서요."

'아아, 참 무서운 사람이군!'

저의 머리에 떠오른 첫 생각이었습니다.

간단한 인적사항과 필사 완료 날짜를 표시해 그 필사본을 전시했습니다. 유리 전시대 짜는 일이 그것으로 끝일 줄 알았습니다. 그런데 얼마 지나 이번에는 문학관에서 연락이 왔습니다. 새 필사본을 가지고 왔다고. 아마도 관람객들의 입에서 입으로 소문이 퍼졌던 모양입니다.

'허, 대단한 사람이 또 있네.'

저는 그 믿기 어려운 사실에 고개를 갸웃했습니다.

그런데 필사자들이 계속 뒤를 잇는 것이었습니다. 그래서 필사본 일곱 질을 전시하자 문학사랑방의 공간은 다 없어지고 말았습니다.

그 사실을 알릴 수도 없고, 필사를 그만하라고 막을 수도 없고, 어물어물하고 있는 사이에 필사본은 대여섯 질이 쌓이게 되었습니다. 문학관 여러 곳을 살펴보았지만 더 마땅한 공간을 찾아낼 수가 없었습니다. 그래서 결단한 것이 문학사랑방 반대쪽에 있는 작가의 집필실을 필사본 전시실로 바꾸는 것이었습니다. 그래서 설계자 김원 선생이 동원되어 집필실과 휴식실을 털어내고 전시실을 꾸미는 작업이 시작되었습니다.

그런데 공사가 끝났다고 해서 가보니 필사본 전시대가 40개나 마련되어 있었습니다. 3분의 1이 차고, 3분의 2가 빈 유리 전시대를 보며 저는 어이가 없었습니다.

'이 사람들이 무슨 욕심이 이리 커!'

문학관 관리자들의 욕심이 면구스럽고 당황스러웠습니다. 어느 세월에 그 빈 공간이 다 채워질 것입니까. 두고두고 그 공간이 빈

채로 남아버리면 무작정 필사를 많이 하기를 바란 것이 되는데 그런 계면쩍은 일이 어디 또 있겠습니까.

그러나 그런 내심은 드러내지 못하고 그냥 돌아섰습니다. 일선에서 애쓴 실무자들의 노고에 찬물을 끼얹지 않으려는 배려였을 뿐, 나는 그 공간이 다 채워질 수 없을 거라는 생각을 가지고 있었습니다. 『태백산맥』이 아무리 엄청나게 많이 읽혔다고 하지만 필사자가 40명씩이나 나온다는 것은 어림없는 일로 여겨졌던 것입니다.

그런데 필사자는 해마다 불어나 이제 그 40개 자리가 다 채워지고 더 넘쳐 새 자리를 마련하지 않으면 안 되게 되었습니다.

"아무 걱정 하지 마십시오. 그것들이 태백산맥문학관의 또 다른 명물 아닙니까. 관람객들이 모두 다 놀라고 감탄합니다. 얼마든지 부속 건물을 이어 짓겠습니다."

군수가 흔쾌하게 내놓은 해결책이었습니다.

그렇습니다. 세계 여러 나라에 유명 작가들의 문학관이 많이 있습니다. 그러나 독자들의 필사본이 있는 문학관은 없습니다. 프랑스에서 성경 다음으로 많이 팔린 책이 빅토르 위고의 『레미제라블』이라고 합니다. 그러나 거창한 그의 문학관에 그 필사본은 없습니다. 영국이 자랑하는 셰익스피어에 맞서 독일어의 품위를 드높인 문호로 꼽히는 괴테의 문학관에도 그 어떤 독자의 필사본은 없었습니다. 그리고 러시아 여인들은 톨스토이나 도스토옙스키를 '영원한 나의 연인'이라고 서슴없이 말합니다. 또한 그녀들은 그 작가들의 문학관에서 하루 자원봉사했다는 것을 영광스럽게 자랑합니다. 그리고 그 자원봉사는 3년을 기다려야 차례가 온다고 합니다. 그런데도 그들의 문학관에는 필사본이 보이지 않았습니다. 작품의 필사란 그렇게 어려운 일입니다.

그러니까 태백산맥문학관은 두 가지 특색을 가지고 있다고 할 수 있습니다. 어느 평론가의 말에 따르면 단독 작품에 의해 문학관이 세워진 건 아리랑문학관과 함께 세계 최초라고 합니다. 그리고 수십 질의 독자 필사본이 전시되어 있는 것도 처음 있는 일인 것입니다.

저는 문학관에 가면 제일 먼저 찾아가는 곳이 화장실입니다. 관리 실태를 확인하기 위해서입니다. 그곳에서 냄새가 나면 문학관으로서 자격 상실이라고 경고해 오고 있기 때문입니다. 그리고 두 번째 가는 곳이 필사본 전시실입니다. 그곳에서 한 질, 한 질에 눈길을 보내며 찬찬히 눈여겨 살펴봅니다. 그때마다 필사자들의 정성과 노고가 새롭게 느껴지며 숙연해지고, 보람차고, 더욱 잘 써야 한다는 다짐을 하게 됩니다. 그 필사본들은 저를 향한 신뢰이고 사랑인 동시에 채찍질이기 때문입니다.

왜 『아리랑』을 써야 했는가

일제강점기에 대해서 쓴 소설이 이미 서너 편이 있습니다.
그런데 왜 선생님은 그 시대를 다시 열두 권 『아리랑』으로 쓰
신 겁니까?

서진현(50대, 전북 남원시)

예, 합당한 질문입니다. 우리 민족의 수난과 고통이 비참하
고 처절했던 것에 비해 그 소설들은 너무 단편적이고 피상적이고
협소해서 그 전체상을 총체적으로 형상화하지 못한 결정적 약점
을 가지고 있었습니다. 저는 두 가지 이유 때문에 식민지시대를
다시 쓰고자 했습니다.

첫째, 우리 민족이 겪은 식민지시대의 수난은 한반도 안에서만
일어난 것이 아니고 지구의 절반이 넘는 세계 각지로 끌려가고,
내몰리고, 버려지고, 유랑했던 것입니다. 그 비참한 실상을 총체적
으로 형상화하지 않으면 식민지시대의 처절한 고통과 피어린 저
항을 제대로 썼다고 할 수가 없습니다.

둘째, 민족분단의 비극으로 생겨난 남북한 정권들은 서로 똑같
이 자기네 체제에 맞도록 식민지시대의 역사까지도 반토막 내고,
그 진면목과 진실을 보지 못하도록 정치적 횡포를 부렸습니다. 남
쪽은 민족주의자들의 독립투쟁만 교과서에 쓰고 사회주의자들
의 투쟁은 철저하게 암장시켰습니다. 그에 맞서 북쪽에서는 남쪽

과 정반대의 행태를 보였습니다. 그 반민족적 행위의 대표적인 기록이 바로 청산리 전투입니다. 남쪽의 역사 교과서들은 그 전투를 승리로 이끈 이를 김좌진 장군 하나로 기록했습니다. 그럼 북쪽 교과서는 어떠했을까요? 정반대로 사회주의자인 홍범도 장군만을 기록했습니다. 그 기준에 따라 역사학자들은 줄줄이 굴종의 역사 왜곡을 일삼아왔습니다. 그 허위는 작가로서 외면해서도 안 되고, 용납할 수도 없는 일입니다.

저는 『태백산맥』이 고발당해 수사를 받고 있는 상황 속에서 그 진실을 『아리랑』에 쓰려고 작정했습니다. 또 '이적 표현'을 했다고 거듭 죄를 뒤집어써도 어쩔 수 없는 일이었습니다. 그것이 작가의 길이고, 작가의 숙명입니다.

저는 『아리랑』 열두 권에 그 일을 충실히 해냈습니다. 그 결과는 독자 여러분들께서 확인하시고 평가하시면 됩니다.

『아리랑』은 40여 년의 민족 수난과 저항을 엮어낸 이야기입니다. 그러므로 『태백산맥』보다 길이도 길어지고, 등장인물들도 훨씬 많아지는 것은 어쩔 수 없는 필연입니다.

기꺼이 발로 쓰는 작가가 되다

『아리랑』을 쓰기 위해 지구를 세 바퀴 반이나 도는 거리를
취재하신 것으로 유명합니다. 왜 그런 취재 노력을 해야 하는
것입니까.

민수정(40대, 충북 충주시)

첫째, 무대의 광대함 때문에 현지 취재는 필수적입니다. 『아
리랑』의 무대는 한반도, 만주와 중국, 러시아 연해주 일대, 일본,
하와이와 미국 서부, 동남아 여러 나라, 중앙아시아 타슈켄트 일
대입니다. 그런 곳들은 나라가 다른 것에 따라 자연 환경이 다 다
르고, 삶의 양식이 다르고, 생활 구조가 다릅니다. 그런 다름에
작가의 상상력이 제아무리 탁월하다 해도 도달할 수 없는 부분
이 있습니다. 그리고 그 다름 속에서 우리 민족들의 애환이 또 다
르게 전개되었습니다. 그 구체적 확인을 위해서 반드시 현장에 가
지 않으면 안 됩니다.

둘째, 소설적 실감을 극대화시키고, 이야기 전개의 박진감을 살
리기 위해서 현장의 검증은 피해갈 수 없는 소설의 요건입니다.
현장을 답사하다 보면 여러 지형지물들을 볼 때마다 기발한 상상
력이 촉발됩니다. 그래서 '지형지물이 소설을 쓰게 한다'는 말이
절로 흘러나오게 됩니다. 그건 현장 취재를 하지 않고는 절대로
얻을 수 없는 황금 같은 수확입니다.

셋째, 소설에서 다루려는 시대가 수십 년이 지났어도, 경험 당사자들이 다 세상을 떠났어도, 현장에서는 역사책에서 찾아낼 수 없는, 작가의 상상력으로는 엮어낼 수 없는 생생한 소설거리들을 건져 올릴 수 있게 됩니다. 그 어느 곳이든 그들의 후손들이 살고 있기 때문입니다. 그 후손들이 아버지며 할아버지들이 겪은 이야기들을 알뜰하게 간직하고 있기 때문입니다. 인간은 기억력이 출중한 동물이고, 그 기억들을 이야기로 엮어낼 줄 아는 동물이고, 그리하여 수십 대에 걸치는 구전문학을 가지는 동물입니다. 그들이 기억하고 있는 선대의 이야기들은 기억할 만한 가치가 있을 만큼 충격이 크고 상처가 큰 사건들입니다. 그런 일들은 역사 기록에서는 다 걸러내 버렸거나 삭제해 버렸거나 무시해 버렸지만 소설에서는 역사 진실을 밝혀내고, 박진감 있는 사건을 전개하는 데 꼭 필요한 것들일 때가 많습니다.

넷째, 현장의 관찰과, 그런 이야기들을 들어가면서 계속 상상력이 촉발되고, 그 상상력은 바로바로 소설 구성으로 환치되면서 연속적으로 영감이 떠오르게 됩니다. 그 용솟음치는 생각들은 그때그때 취재수첩에 기록되고, 그 색다른 생각들은 의식 속에서 선명하게 영상화되면서 소설을 빨리 쓰고 싶은 역동성을 발휘하게 됩니다. 그러니까 현장 취재 과정은 자료 수집—이야기 청취—상상력 촉발—구성의 구체화—사건의 영상화 등 몇 가지가 매일매일 동시에 이루어지는 거대한 파노라마의 물결이라고 해야 할 것입니다.

다섯째, 그런 과정을 거쳐 남다른 소설의 생명력, 소설의 입체감, 소설의 설득력, 소설의 흡입력 등을 확보하게 된다고 생각합니다. 그래서 저는 갈수록 취재를 철저히 하려고 노력했고, '발로 쓰는 작가'라는 별명을 얻었습니다.

지형지물이 알려주는 것들

선생님의 『아리랑』은 여러 면에서 사람을 주눅 들게 하고, 감동하지 않을 수 없게 합니다. 지구의 절반을 넘게 차지하는 광막하고 광대한 무대, 그 지역 전체를 샅샅이 취재하신 선생님의 노고, 시대의 흐름을 따라 등장하는 600여 명의 인물들, 그 많은 사람들이 지금 우리 옆에 살아 있는 것 같은 생동감과 뚜렷뚜렷한 개성, 대하소설인데도 전혀 지루함이 없이 갈수록 사람이 빠져들게 하는 흥미진진한 박진감, 그에 따라 민족혼이 타오르게 하는 마력적인 필력, 명확한 역사 사실들과 함께 전개되는 슬프고 통렬하고 분노가 솟구치게 하는 무수한 사건들의 전개, 그러면서도 몇 페이지 간격으로 펼쳐지는 아름답고 예술적인 자연 묘사들……, 다 헤아릴 수가 없습니다.

제가 아는 어떤 선배가 선생님의 『태백산맥』을 읽고 소설 쓰기를 포기했다고 했습니다. 이제 저는 선생님의 『아리랑』을 읽고 똑같은 고민에 깊이 빠져 있습니다. 어찌해야 되겠습니까. 선생님께서 쓰신 에세이를 통해서 이런 질문이 얼마나 어리석은 것인지 잘 알고 있습니다. 너무 답답해서 불쑥 나온 말입니다.

선생님의 취재 열정을 다시 생각해 보며, 색다르게 얻어진 것들이 어떤 것인지 구체적으로 알고 싶습니다.

김기윤(30대, 서울특별시 송파구)

귀하가 엄살이 심한 것인지, 겸손이 심한 것인지 선뜻 알아
내기가 어렵습니다. 지금 귀하가 구사하고 있는 문장력만으로도
귀하는 소설 쓸 자질과 능력을 충분히 갖추고 있습니다. 귀하는
길지 않은 글에서(다른 질문자들에 비해서는 몇 배 길지만) 열두 권
에 이르는 『아리랑』을 능란하게 분야를 분류해 가며 감상을 피력
하는 분석력을 발휘하고 있고, 또한 문장마다 표현력도 정확하고
뛰어납니다. 이것이 값싼 덕담이 아니라는 것을 확인하고 싶으면
귀하의 질문과 다른 분들과의 질문을 비교해 보십시오. 그 답을
쉽게 찾게 될 것입니다.

힘 내십시오. 그리고 열성으로 쓰십시오. 귀하는 귀하를 뛰어난
작가로 만들 수 있음을 제가 확인해 드립니다. 문운을 빕니다.

자, 이제 제가 현지 취재에서 얻은 메모들을 간략하게 몇 가지만
소개해 드리겠습니다.

• 청산리 골짜기와 어랑촌 골짜기를 둘러보게 되자 어떻게 하
룻밤 사이에 일본 정규군을 3,000명 넘게 무찌르는 대승을 거둘
수 있었는지 구체적으로 실감할 수 있었음. 그리고 그 실감이 바
로 영상화되면서 소설 구성이 착착 이루어져나감.

• 연길에서 용정으로 가는 고갯마루를 넘으면 청산리 전투 대
참패의 보복으로 왜놈들이 민간인인 우리 동포 수만 명을 마구잡
이로 죽인 경신년 대학살의 장면이 눈앞에 선명하게 떠오름. 하얀
한복을 입은 남녀 동포들의 시체가 그 넓은 구릉을 완전히 뒤덮
었다고.

• 명동촌에서 용정으로 길게 이어져 흐르는 해란강을 따라 걸으면 살 땅을 찾아 두만강을 건너 남부여대 줄지어 걷는 동포들이 주린 배를 해란강 물로 채우는 장면이 선하게 떠오르고, 그건 그대로 소설이 됨.

• 용정 일본 대사관 건물. 초가집들뿐인 가운데 일본식 2층 돌건물의 위압감과 작은 창들이 땅바닥에 다닥다닥 붙어 있듯 하는 반지하실. 거긴 우리 독립투사들을 가둔 유치장인 동시에 고문실이었다. 그 창문으로 고문당하는 비명이 쟁쟁히 울려 퍼지고 있었다. 취재를 하지 않으면 건물의 그런 모양을 어떻게 상상해 낼 수 있겠는가.

• 신경(장춘)의 관동군 총사령부 건물과 도시의 4~5층 건물들의 창문이 시가전을 대비해 모두 폭이 좁고 긴 창문으로 통일되어 있음.

• 하와이의 붉은 흙과, 채찍을 맞으며 해야 했던 노예노동의 피흘림이 연상의 상상력 촉발.

• 블라디보스토크의 사람 살기 어려운 야산 비탈의 한인촌과 그 땅에 세웠다는 3·1운동 기념 독립문.

• 하바롭스크와 블라디보스토크의 한인촌 이름—3·1촌, 육성촌(독립투사들을 육성해 낸다는 뜻), 독립촌.

• 스탈린에게 강제 이주당한 생생한 상처—잡풀 무성한 논들(우리 동포들이 피땀 흘리며 일군 것), 마을 공동으로 사용한 대형 맷돌, 자기들은 초가집에 살면서 초등학교는 붉은 벽돌로 지었다(너무 견고해 지금도 러시아 초등학교로 사용하고 있음).

- 빨치산스크의 독특한 원형 지형들과 독립투쟁의 본거지(그래서 그 이름이 '빨치산스크'가 됨).
- 아무르강(흑룡강)의 한겨울 철갑상어 낚시꾼은 오직 조선인들뿐(고려인들은 바위 위에 올려놓아도 살아난다 —러시아 사람들의 말과 조선인 생명력).
- 강제 이주와 타슈켄트의 깔뚱막.
- 20미터가 넘는 다시마들이 겹겹이 해안가에 밀려드는 것과 사할린 탄광들마다 매끼 나오는 다시마 된장국.
- 버마의 밀림과 학도병과 위안부.
- 8·15해방을 '해방'이라고 부르지 않고 '그 사변', '그때 사변'이라고 지금까지도 부르고 있는 만주 땅 동포들의 사연!

역사와 소설 사이의 균형

『아리랑』에는 정사에 기록된 사실과 통계 같은 것이 곳곳에서 보입니다. 의병 투쟁에서 일본군이 살해한 의병 수, 부상자 수, 불태운 집 등. 그리고 3·1운동의 전체상을 드러내는 수치들, 만주의 경신년 참변에서 일본군이 학살한 우리 동포의 수 등. 허구의 세계인 소설에 이러한 실제 사실을 그대로 적는 것은 무엇을 위해서입니까. 지나치게 역사적 사실로 무게 중심이 기운다면 소설의 자율성을 해치게 되고, 그렇다고 역사적 사실을 도외시한다면 객관적 사실을 무시하게 됩니다. 작가님은 이 두 가지 사이에서 어떻게 적정선을 찾고 균형을 잡으시나요?

조헌광(40대, 부산광역시 영도구)

예, 중요한 점을 질문하셨습니다. 역사소설에서 그 균형 잡기는 작품의 성패와 직결되는 문제라고 해도 과언이 아닙니다. 소설은 허구가 분명하지만, 특정한 시대의 역사가 소재인 동시에 주제가 될 경우 그 역사 사실들과 진실을 핵심으로 담아내야 합니다.

특히 『아리랑』처럼 민족의 수난사를 정면으로 다루게 되는 경우 그 핵심목적은 뚜렷합니다.

첫째, 식민지 민족 수난사를 역사책과는 다른 차원에서 진지하고도 흥미롭고 감동적으로 총체적인 형상화를 통해 모두가 지난 역사를 실감나게 추체험케 한다는 것입니다.

둘째, 일본의 식민지배 만행이 얼마나 잔인하고 악랄하고 조직적이고 지능적이었는지 객관적으로 밝혀내 역사책들이 수행하지 못한 기록의 역할을 해내는 동시에, 독자들이 새롭게 기억하게 하고, 긴 세월이 지나도 망각에서 다시 깨어나는 환기의 힘을 발휘하도록 해야 합니다.

셋째, 민족의 역사는 그 민족의 미래의 빛이고 힘이 됩니다. 그건 곧 역사의 '기억'에서 비롯됩니다. 우리 민족이 일본에 나라를 빼앗기고 짓밟히며 당한 굴욕과 처참한 고통은 우리 모두의 기억을 통해 앞으로 360년 동안 우리의 정체성이 되어야만 합니다. 그것이 제가 『아리랑』을 쓴 절실함이었고 궁극의 목적이었습니다.

그런 목적들을 충실히 달성시키기 위해서 작가는 두 가지 일을 해내야 합니다.

첫째, 시대의 흐름을 따라 전개되는 온갖 역사적 사건들을 짊어지고, 엮어가고, 형상화시키는 데 실감나고 감동시킬 수 있는 허구적 인물들을 창조해 내는 것입니다.

둘째, 그 인물들을 통해 역사적 사건들이 독자들에게 실감과 감동으로 가슴을 울리고, 그 결과 이성적 분노와 논리적 증오가 마음에 자리잡게 되었을 때 그 사건들이 명백한 사실이었음을, 작가의 과장이 아니었음을, 그러므로 절대로 잊지 말아야 한다는 공감대를 확산시키기 위해서 객관적 정사 기록들을 동원하는 것입니다. 독자들은 그 기록들을 통해서 공감과 공분을 확산시키게 되고, 소설은 신뢰감과 함께 감동이 훨씬 커지는 효과를 볼 수 있습니다.

다시 강조합니다. 예술의 생명력은 감동입니다. 문학은 예술이고, 역사소설도 감동적이어야 합니다. 그 감동의 힘이 소설을 독자들이 오래 기억하게 만들어줍니다. 정사의 기록들은 그 감동을 극대화하기 위해 동원되는 보조물입니다. 그 균형을 어떻게 잡는지는 『아리랑』에서 발견해 내십시오. 이건 제가 책임 회피하는 것이 아니라 그 방법이 가장 신효하기 때문입니다. 『아리랑』은 실체이고, 사람의 일이란 말로 해서 안 되는 경우가 적지 않습니다. 그리고 저 앞에서 제가 뭐라고 했던가요?

'문학은 가르치는 것이 아니라 깨닫는 것이다.'

귀하는 『아리랑』에서 '감동을 받았기 때문'에 이런 질문을 하시는 것이고, 그 감동은 귀하가 질문하는 '균형'이 제대로 이루어졌기에 유발된 것이니까 그 답을 귀하 스스로가 '깨닫기' 바랍니다.

귀하께서는 분명 그 답을 찾게 될 것입니다. 그런 예리한 질문을 하실 수 있는 분이니까요.

귀하의 능력을 믿으며, 그럼 제가 문제 하나를 낼까요?

'『아리랑』의 감동은 어디서부터 오는가?'

작품이 클수록 주인공은 늘어난다

『태백산맥』에 나오는 인물들을 기억하려다가 못 해 종이에 적어나가기 시작했습니다. 그런데 『아리랑』을 읽다 보니 또 그 수고(?)를 하게 만드셨습니다. 선생님이 좀 원망스러워지려고 했지만 원망할 수가 없었습니다. 소설이 재미없으면 덮으면 그만인데 소설이 너무 재미있으니 또 그 수고를 할 수밖에 없었습니다. 돈을 반반씩 투자해서 책을 돌려보는 친구가 말했습니다. "얘, 그딴 소리 말어. 그 많은 인물들을 만들어내신 분도 있는데, 그 선생님은 얼마나 힘드셨을까. 생각만 해도 가위눌려. 너무 존경스러워." 친구가 눈을 흘겼고, "잘난 척 마. 그걸 누가 몰라?" 저도 내쏘며 눈을 흘겼습니다.

『아리랑』에는 『태백산맥』보다 세 배 가까운 인물들이 등장합니다. 알 것 같으면서도 확실하지 않습니다. 우문일까 봐 걱정입니다.

정나미(40대, 서울특별시 성북구)

아닙니다, 현문입니다. 귀하는 글 쓰는 재치도 뛰어납니다.

그런데 한 가지 의문이 있습니다. 그 친구하고는 『태백산맥』도 반반씩 투자해서 읽었습니까? 그건 참 좋은 아이디어인데, 한 가지 걱정스러운 일이 있습니다. 그럼 책을 어떻게 보관하지요? 반반씩 보관하면 책이 병신이 될 텐데…… 그래서 병신이 안 되게 각각 한 가지씩 보관하라고 방법을 가르쳐주고 싶은 마음이 동합니다. 이런 걸 노인네 주책이라고 하는 것이고, 유식한 말로 '기우'라고 하는 거겠지요.

그런데 귀하처럼 책을 반반씩 투자해서 읽는 방법이 있었군요. 그런 방법은 전혀 생각해 보지 못했고, 책값이 너무 비싸니 빌려 보는 경우만 있는 줄 알고 있었습니다.

한 20여 년 전에 무슨 일로 압구정동 현대아파트에 갈 일이 있었습니다. 거기서 대본 차량을 만나게 되었습니다. 그런데 한눈에 들어오는 두 가지 책이 있었습니다. 『태백산맥』과 『아리랑』이었습니다. 책 권수가 많은 데다가, 표지가 특이하니까 금방 눈에 띄었던 거지요.

"이거 많이 빌려 봅니까?"

저는 걸음을 멈추며 물었습니다.

"아, 아니, 선생님……!"

중년 남자는 저를 알아보고 깜짝 놀라며 미처 대답을 못 했습니다.

"어디 좀 봅시다. 여기서도 책을 빌려 봐요?"

저는 손을 내밀며 좌우로 현대아파트를 둘러보았습니다.

"예, 예, 많이 빌려 봅니다."

그 남자는 무슨 잘못이라도 한 것처럼 연신 굽신거리며 책 한 권을 빼내 제게 내밀었습니다.

그런데 책을 받아든 순간 저는 너무 놀라고 말았습니다. 그 『태백산맥』의 표지는 비닐로 포장이 되어 있었던 것입니다. 대본으로 표지가 찢어지는 것을 막으려는 조처였는데, 비닐 속의 표지도 찢어지기 직전 상태로 낡을 대로 낡아 있었고, 비닐도 손때로 누렇게 변색된 데다가 주글주글 늘어져 있었습니다.

"비닐까지 끼웠군요. 이런 동네서도 많이 빌려 봐요?"

저는 똑같은 것을 또 물으며 아파트촌을 다시 훑어보았습니다.

"예예, 제가 선생님 덕에 먹고삽니다. 여기서도 많이 빌려 봅니다."

그 남자가 미안한 듯 멋쩍은 듯 연신 굽신거리며 대답했습니다.

'있는 사람들이 더 지독하다더니…….'

저는 떫은 입맛을 다시며 대한민국 제1의 부자촌을 뒤로 했습니다.

그런데 그런 비닐 씌운 『태백산맥』과 『아리랑』은 포항 대본가게에서도 보고, 광주에서도 보았습니다.

그런 책을 빌려 보는 사람들에 비하면 귀하는 지구를 세 바퀴 반이나 돌아야 하는 기나긴 취재여행의 비용을 충당해 준 고마운 독자가 아닐 수 없습니다. 『태백산맥』을 독자 여러분들이 그렇게 많이 읽어주지 않았더라면 『아리랑』은 쓰여지지 않았을 것이고, 『아리랑』이 또 그렇게 많이 읽히지 않았더라면 『한강』은 태어날 수 없었을 것입니다.

그런데 싼 대본비마저도 안 내고 책을 그야말로 '공짜'로 보는 경우가 있습니다. 전국 도서관에서 책을 대출받아 보는 경우입니다. 지금도 『태백산맥』이 서울대 도서관에서 대출 1위, 『아리랑』이 이대 도서관과 국립중앙도서관에서 대출 1위를 했다는 기사를 가끔 읽습니다. "우리 책들도 음반을 한 번 다운받을 때마다 저작

권료를 받듯 그렇게 하는 방법을 연구할까 합니다."

어떤 출판 관계자가 진지하게 말했습니다.

"뭐 그럴 것 있나요. 도서관에서 그냥 빌려다 보게 두는 게 좋아요. 그게 작가의 조그만 사회적 기여 아니겠어요."

저는 고개를 저었습니다.

저는 저의 책들이 30여 년의 세월이 흘렀는데도 지금도 여러 도서관에서 대출되고 있는 것이 더없이 다행스럽고, 한없이 행복합니다. 그러면서 은근히 구제받지 못할 욕심까지 부립니다. 그 세월이 앞으로 열 배쯤 길어지라고.

아이고, 이야기가 엉뚱한 방향으로 흘러 길어지고 말았습니다. 이게 무작정 이야기를 길게 써대는 저의 대책 없는 고질병이니 이해하시기 바랍니다. 그러나 어찌 보면 이건 저의 잘못이 아닙니다. 왜냐하면 책에 반반씩 투자해 이렇게 긴 이야기가 나오게 한 것은 귀하니까요. 그런데 귀하가 그런 선택을 하게 한 것은 전적으로 소설을 길게 쓴 저의 잘못이었습니다. 뭐, 헷갈려하지 마십시오. 두 사람 다 무죄라는 뜻입니다.

이제 귀하의 현문에 대답하겠습니다.

첫째, 『태백산맥』에 비해 『아리랑』은 이야기의 진행 시간이 다섯 배나 길어서 그 세월을 따라 주인공들의 세대교체가 이루어지는 것은 필수적입니다.

둘째, 그 이야기들이 펼쳐지는 무대 또한 『아리랑』이 수십 배에서 수백 배로 넓어 그 공간을 따라 움직여야 하는 인물들이 또한 많아질 수밖에 없습니다.

셋째, 일본의 식민지배의 폭정과 만행이 갈수록 심해지고 그에 맞서는 독립투쟁도 여러 갈래로 많아지면서 주인공들이 자꾸 느는 것은 필연적입니다.

어쩌면 그런 상황의 가변성이 작가를 가장 괴롭히는 악조건일 수 있습니다. 그러나 그건 피해 갈 수 없는 외길입니다. 오로지 정면 대결밖에 다른 방법이 없습니다. 그 싸움의 필승을 위해서 첫 번째 갖추어야 하는 것이 각기 다른 개성의 인물들을 소설이 필요로 하는 만큼 만들어내는 것입니다. 그래서 소설을 인물들과의 싸움이고, 스토리텔링과의 싸움이고, 시간과의 싸움이고, 체력과의 싸움이라고 했는지도 모릅니다.

서러운 지평선의 고장, 김제

왜 『아리랑』의 국내 무대가 전북 김제입니까? 꼭 그래야 할
이유가 있을 텐데, 그것을 알고 싶습니다.

박희경(40대, 충남 천안시)

첫째, 김제는 한반도에서 유일하게 지평선이 보일 정도로 들
판이 넓은, 호남평야의 중심에 자리잡고 있으면서, 한반도에서 가
장 큰 곡창지대입니다. 그 사실은 김제 벽골제 광장에 세워진 아
리랑문학비에 '김제 만경 들판은 한반도에서 유일하게 지평선이
보이는 곳이었다'고 저의 육필로 새겨져 있습니다. 그리고 그 문구
는 그보다 먼저 소설에 쓰여진 문구였습니다.

그다음에 김제시는 '지평선'을 김제의 상징으로 삼아 '지평선
쌀', '지평선 축제', '지평선 소식지', '지평선 중학교', '지평선 누룽
지', '지평선 감자' 등 지평선 활용을 계속 확대하고 있습니다.

둘째, 일본이 한반도를 노린 것은 단순히 영토 확장을 위한 것
만이 아니었습니다. 일본은 30퍼센트의 국민이 굶주림에 시달려
야 하는 고질적인 식량 부족 상태에 빠져 있었습니다. 그 문제를
해결하기 위하여 그들의 사나운 눈초리는 한반도를 겨누었고, 가
장 먼저 포착된 곳이 곡창지대 중심에 자리잡고 있는 김제였습니
다. 일본이 김제에 첫발을 디딘 것이 1902년이었습니다. 그때는 어
쩔 수 없이 쌀을 정상 가격으로 사들였습니다. 그들은 김제 평야

의 쌀의 질에 흡족해했습니다. 왜냐하면 러일전쟁의 군량미로 써서 생체실험을 확실히 했기 때문이었습니다. 그것이 바로 문제였습니다. 일본은 한반도 병탄 이전부터 김제 평야의 논들을 사들이기 시작했습니다.

셋째, 병탄이 되자마자 일제는 본격적이고 탄압적인 수탈을 김제 만경 평야를 향해 가장 먼저 그리고 가장 강력하게 시행하기 시작했습니다. 그리고 막대한 자본을 앞세운 일본인 지주들이 총독부의 보호와 지원 속에 김제 일대에 포진하기 시작했습니다.

넷째, 따라서 김제는 일제 병탄기 동안에 가장 먼저 수탈당하기 시작해 가장 늦게까지 수탈당해야 했던 가장 불행한 운명의 땅이 되었던 것입니다.

그러므로 김제가 『아리랑』의 첫 번째 무대가 되었던 것은 소설 『아리랑』의 제목이 '아리랑'으로 결정된 것과 똑같이 가장 당연하고 필연적인 일이었습니다.

영원하고 유일한 우리 민족의 노래

왜 제목이 『아리랑』입니까?

이다혜(30대, 서울특별시 서대문구)

제가 쓴 소설들 중에서 아무런 고심 없이 가장 쉽고 가장 빠르게 정한 제목이 『아리랑』이었습니다. 우리 민족의 수난과 저항의 시대인 일제강점기를 쓰자고 작정한 것과 동시에 떠오른 제목이 '아리랑'이었습니다. 그리고 더는 망설임도 회의도 없이 확정 지었습니다. 단편소설을 쓰면서도 수십 번씩 생각하게 되는 게 제목인데 대하소설을 쓰려고 하면서 제목이 그렇게 쉽게 정해진 것입니다.

왜 그랬을까요?

아리랑은 그 시원을 알 수 없는 우리 한민족 고유의 노래입니다. 그런데 그 노래는 신묘한 마력을 지니고 마술적 변모를 하는 신비스러운 노래입니다. 다시 말하면 우리 한민족의 혼이 스미고 한이 서린 하소연의 노래이고 넋두리의 노래이면서, 슬픔과 기쁨과, 서러움과 신명과, 노염과 즐거움을 폭넓게 담아내며 가사와 곡이 함께 변주에 변주를 거듭하는 세계 유일의 노래라는 말입니다.

그 증거로 진도아리랑, 정선아리랑, 밀양아리랑으로 대표되는 다양성과 함께 그 가사 또한 1만 개가 넘습니다. 그런 고유한 특성과 함께 또 한 가지 역사성을 아리랑은 품고 있습니다.

나라를 빼앗겨버린 그 애통한 시대에 애국가가 따로 없어서 우리 민족 전체는 각각의 처지에 따라, 상황에 따라 아리랑을 변주해 부르며 그 고난을 참고 견디고 이겨내며 해방을 맞이했던 것입니다.

그래서 일제강점기에 아리랑은 우리 민족 전체의 애국가였고, 애족가였고, 실향가였고, 망향가였고, 수심가였고, 투쟁가였고, 단합가였고, 경축가였고, 애정가였고, 잔치가였고, 저승가였습니다.

그러니 『아리랑』에서 '아리랑'보다 더 좋은 제목은 있을 수 없었습니다.

실향민도, 유랑민도, 독립군도, 노무자도, 징병도, 학병도, 위안부도 도처에서 아리랑을 부르고 부르고 또 불렀던 것입니다.

왜 『한강』을 써야 했는가

존경하는 선생님, 언제나 건강하시기를 빌고 있습니다. 국
보이신 선생님은 오래오래 건강하셔서 좋은 글 많이많이 써
주셔야 하니까요. 저는 선생님 책을 거의 다 읽었습니다. 그런
데 저는 『한강』이 제일 좋습니다. 아 참, 『천년의 질문』도 가
슴 떨리게 잘 읽었습니다. 선생님의 나라 사랑의 진심을 국민
들이 얼마나 알까요. 저는 떨리는 가슴을 그대로 간직하려고
선생님께서 제시하는 것을 그대로 따라 참여연대를 후원하기
로 했습니다. 선생님, 수다가 너무 길었습니다. 선생님께 질문
을 드리려 하니 가슴이 마구 두근거리고, 제가 흥분을 했습니
다. 선생님, 왜 『한강』을 쓰셨는지요?

배수철(40대, 서울특별시 강동구)

제 책 많이 읽어줘서 감사합니다. 그래서 그런지 귀하의 글
솜씨가 아주 좋습니다. 그런데 귀하의 말대로 좀 흥분해서 그런
지 한 군데 손봤으면 어떨까 하는 데가 있습니다. '떨리는 가슴을
그대로 간직하려고……' 다음에 '그대로'가 또 반복되고 있습니
다. '그대로'를 '그대로' 두어도 문장이 안 되는 건 아니지만 한 문
장에서 같은 단어를 반복하는 것은 기본적으로 피하고 삼가는 일
이니까요. 그래서 뒤의 '그대로'를 빼고, 그 앞의 '제시하는 것을'
'제시하는 대로'로 바꾸면 어떨까요. 아니면 '선생님께서 제시하

는 길을 따라' 혹은 '선생님께서 제시하는 방법대로'라고 쓸 수도 있지 않을까요? 문장이란 이렇게 다양하게 쓸 수 있기 때문에 가장 효과적인 표현을 위해, 자기만의 개성이 담긴 문장을 쓰기 위해 두 번, 세 번 생각하는 것을 '자동적 습관'이 되게 해야 하는 것입니다.

문장 공부는 그만 마치고, 질문에 대한 대답을 하겠습니다.

역사는 기억하는 데 그 의미가 있다고 저는 강조해 왔습니다. 역사를 기억하면 수백 년, 수천 년 전의 역사도 오늘에 숨쉬며 살아 있을 수 있고, 기억하지 않으면 몇 년 전, 몇십 년 전의 역사도 생명 없는 박제일 뿐입니다.

그 '역사 기억하기'의 본격적 작업으로『한강』을 쓰기로 했던 것입니다. 그 기억하기의 핵심은 두 가지입니다.

첫째, 민족의 비극인 분단상황 속에서 군사독재를 합리화하기 위해 반공주의는 극성을 부려댔습니다. 그 반공주의가 휘두른 두 개의 칼이 국가보안법이었고, 연좌제였습니다. 국가보안법은 가짜 간첩단 사건을 무슨 각성제 주사 놓듯 질기게 만들어냈습니다. 그리고 살아가기에 바쁜 세상 사람들이 무관심한 가운데 연좌제라는 시퍼런 칼날은 과거에 사회주의나 빨치산 활동을 했던 사람들의 가족을 향해 날아가고 있었습니다. 그들은 끝없이 감시당했고, 의심받았고, 아무 때나 수사기관에 불려다녔고, 그리고 아무리 공부 많이 하고 학벌이 좋아도 모든 사회활동을 금지당했습니다. 모든 인권은 박탈되었고, 생존권마저 위협당했습니다. 그런 피해자들이 여기저기 많았고, 바로 옆에 있어도 사람들과 세상은 짐짓 모르는 척, 애써 외면했고 침묵했습니다. 마치 그들이 전염병 보균자라도 되는 것처럼.

그렇게 피해당하며 음지의 삶을 살아야 하는 사람들이 숱하게 많았는데도 우리는 그 가엾은 피해자들이 몇이나 되는지 모른 채 수십 년을 살았습니다. 그런 비인간의 사회, 야만의 사회를 저는 외면할 수가 없었습니다.

그 피해자들이 얼마나 많은지는 국가 체제가 감추는 비밀이니 알아낼 방법이 없다고 하더라도 그들이 어떻게 억울하게 당하고, 얼마나 심한 상처를 입으며 좌절했는지는 작가로서 쓸 수 있는 일이었습니다. 저는 그것을 성심껏, 열성껏 쓰려 했습니다. 그것이 분단시대를 사는 작가의 또 다른 임무라는 생각이 들었습니다. 그건 『태백산맥』 시대가 남겨놓은 슬프고 쓰라린 유산이었으니까요.

둘째, 6·25라는 어리석은 전쟁은 한반도 전체를 폐허로 만들어놓고 끝났습니다. 전후의 그 극심한 가난에 허덕이며 국민 전체가 바란 것은 무슨 수를 써서든 잘사는 것이었습니다. 그 열망 속에서 경제개발 5개년 계획은 시작되었습니다. 아프리카 콩고와 함께 세계 최빈국으로 꼽히던 대한민국이라는 나라가 잘살아보기 위해 나선 것입니다.

그 10년 세월을 보내고 나자 국민 모두가 확인하고 동의할 정도로 잘살게 되었습니다. 그런데 이상한 일이 벌어지고 있었습니다. 그 경제발전의 공이 오로지 한 사람에게 집중되고 있었습니다. 대통령 박정희였습니다.

그는 3선개헌을 야밤중에 여당끼리만 모여 통과시켰습니다. 그 엄연한 불법에 야당 의원들은 목 터져라 외쳐댔지만 국민들은 별다른 반응 없이 못 들은 척하고 있었습니다. '경제발전에 공을 세웠으니까 한 번 더 해도 괜찮아.' 대부분 국민들의 정서가 이랬습니다. 대통령한테 그런 절대 신뢰를 보내주다니, 참 단순하고도 순진한 국민들이 아닐 수 없었습니다.

그런데 박정희는 '한 번 더 해도 괜찮다'는 국민의 양해를 곧 배반했습니다. '10월 유신' 단행이었습니다. 그 '종신 대통령' 법을 강압적으로 통과시켜 놓고 박정희와 그의 일당들은 은근히 국민들의 눈치가 보였던 모양입니다. 대통령의 공을 칭송하는 새로운 말들을 만들어내 퍼트리기 시작했습니다.

'독재는 좀 하지만 부정은 전혀 하지 않는다.'

'오직 나라와 국민만을 생각하는 가장 깨끗하고 양심적인 지도자다.'

유신 반대 데모는 일어나고 있었지만, 새로 만들어진 그 말도 대중들에게 먹혀들어가고 있었습니다. 국민의 단순함과 순진함은 그렇듯 대책이 없었습니다.

유신 횡포가 자심해지더니 결국 박정희는 부하의 총에 맞아 비운에 갔습니다. 그런데 그가 부정을 하지 않았고, 양심적이라는 정치 선전은 전혀 퇴색하지 않고 국민들의 의식 속에 신앙적 진리처럼 깊이 박혀버렸습니다. 사람들은 누구나 서슴없이 그 말을 입에 올렸으니까요.

과연 경제발전은 전적으로 박정희가 세운 공일까요? 그럴 리가 없지요. 박정희는 1인당 국민소득 80불에서 경제개발을 시작해 1,600불 정도에서 세상을 떠났습니다. 참으로 엄청난 발전이었지요. 그런데 그게 전부 박정희의 공이었으면 그가 떠난 후에는 경제성장이 후퇴하거나 아니면 정체해야 합니다. 그렇지만 해마다 그 반대 현상이 벌어지고 있었습니다.

전두환이 광주에서 총을 난사해 대며 정권을 탈취했고, 공포의 독재가 시작되었는데도 국민소득은 해마다 상승 일로를 달리고 있었습니다. 그리고 전두환이 정권의 불법성을 희석시키고 국민들의 관심을 딴 데로 돌리기 위해서 유치한 것이 88올림픽이었습니다. 그때 한국의 국민소득은 4,400불 정도였습니다. 그 엄청난 숫자에 국민들은 모두 깜짝 놀랐습니다. 전두환은 박정희에 비해 경제적으로 한 일이 아무것도 없었습니다. 그런데 몇 년 사이에 1,600불이 4,400불로 바뀐 것입니다.

이것은 무엇을 입증하는 것입니까!

경제발전은 박정희 대통령 혼자서 이룩한 것이 아니라는 사실입니다. 경제발전은 나라의 주인인 전 국민들이 한덩어리로 뭉쳐 피땀 흘려서 이룩해 낸 것이라는 사실을 여실하게 보여주는 것이었습니다. 그럼에도 불구하고 야속할 만큼 단순하고, 어리석을 만큼 순진한 국민들은 계속 박정희만 칭송해 댔습니다.

그 대중 최면을 깨고 진짜 주인 찾기가 필요했습니다. 그 작업은 곧 경제발전사 전모를 객관적으로 그리고 실감나게 영상적 총체화를 하는 것이었습니다. 그것이 『한강』 쓰기의 필연성이었습니다.

젊은 사람들일수록 『한강』을 좋아하는 것을 가끔 확인하고는 합니다. 아마도 『한강』에서 보여주는 경제발전사의 눈물겨움과 쓰라린 노동에 뒤늦게나마 공감하고 고마워하는 반응이 아닐까 합니다. 작가로서 큰 보람입니다.

낭만 없는 세계 여행, 현지 취재의 어려움

『한강』도『아리랑』과 맞먹도록 그 무대가 전 세계적으로 넓고 넓었습니다. 소설을 읽어나가면서 작가님께서 그 넓은 지역들을 샅샅이 다 취재하셨다는 것을 생생하게 느낄 수가 있었습니다. 취재하시느라 얼마나 고생이 많았을까, 작가는 아무나 하는 것이 아니구나, 하는 생각들과 함께 그 열정적인 취재 자체만으로도 큰 감동이었습니다. 취재 과정 전부가 어려움의 연속이었겠지만 가장 힘드셨던 것은 어떤 것이었는지요. 선생님, 존경합니다. 제가 세상을 바르게 볼 수 있는 눈을 뜨게 해주신 것 정말 감사합니다.

한진권(50대, 전남 나주시)

예,『아리랑』과『한강』의 취재는 기나긴 세계 여행이었습니다. 그러나 그 여행에는 '여행의 낭만'이라는 것이 전혀 없습니다. 왜냐하면 무엇인가를 찾아내야 하고, 얻어내야 한다는 초조함과 긴박감에 쫓기고 시달리기 때문입니다. 수만 리를 찾아갔다가 흡족할 만큼 글거리를 얻지 못했다면 그런 낭패가 없는 거지요. 그런 기분을 갖지 않으려고 하지만 그렇게 되지 않는 긴장 상태가 계속되는 것이 기본적 어려움입니다. 그게 바로 스트레스일 것이고, 매일 그 스트레스에 시달리다 보면 잠도 잘 오지 않고, 자고 나도 피곤도 풀리지 않는 나날을 보내야 하는 겁니다.

• 『아리랑』 때: 러시아 땅 하바롭스크 일대를 취재할 때였습니다. 3월 말이었는데도 그 지역에는 오래 두껍게 쌓인 눈이 녹았다 얼었다를 반복하며 얼음덩이가 되어 있었고, 갑자기 눈이 퍼붓기도 했습니다. 하바롭스크에서 사할린으로 가는 비행기를 탔습니다. 우리 동포들이 노무자로 끌려간 탄광을 취재하기 위해서였습니다.

그런데 도착하자마자 눈이 퍼붓기 시작했습니다. 소련이 몰락해 버린 땅의 어디에서나 먹거리가 부족했고, 우리나라 라면이며 초코파이가 최고 식품으로 대접받고 있는 딱하고도 어이없는 상황이었습니다.

계속 내리는 눈은 취재를 방해했고, 음식점의 보잘것없는 음식들은 비싸기만 했지 입에 맞지 않아 넘기기가 어려웠습니다. 결국 제 몸에 탈이 생기고 말았습니다. 속이 쓰라리고 비비 틀리면서 복막 전체가 가슴까지 들떠 오르는 것 같은 먹먹한 통증이 치받쳐 오르면서 소화가 전혀 안 되었습니다. 그건 제가 『태백산맥』을 쓰는 동안 발병한 신경성 위궤양이 여섯 번째 재발을 시작한 반란이었습니다. 그 전에 이미 다섯 번이나 재발하며 경험했기 때문에 당황은 하지 않았지만, 문제는 그 통증을 가라앉히는 약 잔탁을 가지고 있지 않다는 것이었습니다. 위궤양에는 치료약이 없고, 잔탁이라는 우윳빛 반액체 상태의 약을 넘겨 위가 헐어 내리는 궤양 부위를 덮어 보호하게 하는 것입니다.

그러니까 위궤양을 근본적으로 치료하려면 신경 쓰는 일을 하지 말아야 하고, 잔탁을 먹으면서 근치가 될 수 있는 민간요법을 병행해야 하는 것입니다. 그런데 저는 소설 쓰는 것이 급해『아리랑』을 쓰면서 날마다 신경을 태우고 있었습니다. 그래서 위궤양이 좀 나아지는 듯하다가 몇 개월 만에 재발하고, 또 다스렸다가 다시 재발하고 했던 것입니다. 그러니까『아리랑』을 쓰는 일은 위궤양과의 투쟁이었습니다.

잔탁이 없어 위통을 가라앉힐 수 없는 상태에서 또 하나의 사태가 겹쳤습니다. 계속 퍼부어대는 눈 때문에 하바롭스크로 돌아갈 비행기가 며칠째 뜨지 않는 것입니다. 그건 심각한 문제를 일으킬 수 있는 사태였습니다.

저는《한국일보》연재 원고를 귀국 날짜에 맞춰 열흘쯤 여유를 두고 미리 써주고 왔습니다. 그런데 비행기가 못 뜨면서 그 여유분을 날마다 한 회분씩 까먹고 있었던 것입니다. 앞으로 며칠 더 못 뜨면 연재가 펑크날 판이었습니다. 저는 위궤양 진단을 처음 받았을 때 너무 고통이 심해 연재가 초기였는데도 한 달간 연재를 중단한 일이 있었던 것입니다. 그러니 두 번 중단이란 곤란한 일이었습니다.

백지에 연필로 원고지를 그려서 호텔방의 작은 책상에 앉았습니다. 그러나 글이 될 리가 없었습니다. 속을 끓이니 위통만 더 심해졌습니다. 그런데 하늘이 도우신 것인가. 눈이 멎고 비행기가 뜨게 되었습니다.

귀국하니 연재 2회분이 남아 있었습니다. 부랴부랴 잔탁을 넘기며 밤샘 글을 썼습니다. 가까스로 두 번째 연재 중단을 막을 수 있었습니다.

• 『한강』 때: 베트남에 취재를 갔습니다. 뜻하지 않게 우리나라 남자들이 씨 뿌리고 돌아온 혼혈아들을 만나게 되었습니다. 개인이 운영하는 소규모 학교였습니다. 열대여섯 명의 남녀는 10대 후반에서 20대 초반이었습니다. 그들은 한국 작가를 무척 반가워했고, 자기들을 도와주기를 바라고 있었습니다. 그들은 베트남 사회에서 배척당하고 있었기 때문에 모두 아버지 나라로 가기를 바라고 있었습니다. 그러나 그들이 하나같이 아버지의 존재를 모르듯 한국 정부도 그들의 존재에 아무런 관심이 없었습니다. 그런 상태에서 한국 작가가 무슨 일을 할 수 있겠습니까. 그러나 저는 그들의 기대에 찬 눈길 앞에서 그런 말을 할 수가 없었습니다. 그저 그들의 웃음에 맞추어 웃으면서 한없이 죄스럽고 미안하고 또 미안했습니다. 그들이 원하는 대로 기념사진을 찍으면서 저의 가슴은 눈물로 가득 차고 있었습니다.

저는 작년에 우리나라를 특별 취재 온 7개국 기자들과 프라자 호텔에서 인터뷰를 한 일이 있습니다. 그들 중에 베트남 기자도 두 명이 있었습니다.

"작가로서 한국군의 베트남 참전을 어떻게 생각하느냐?"

여기자의 질문이었습니다.

"정말 미안하게 생각한다. 우리가 베트남 민족의 통일을 방해하려는 것이 아니었다. 경제를 발전시키기 위해 용병으로 가야 했던 우리의 입장을 좀 이해해 줬으면 좋겠다. 나는 작가로서 진심으로 사과한다. 우리 정부도 언젠가 사과할 날이 있을 것이다. 우리의 경제력이 베트남의 경제발전을 적극 돕기를 바라고, 두 나라가 앞으로 더욱 사이좋게 지내기를 진심으로 바란다."

제가 이렇게 대답하는데 그때 그 혼혈아들의 모습이 떠오르며 목이 메는 것이었습니다. 그들이 어찌 살아가고 있는지……, 잊혀지지 않는 괴로움입니다.

다행히도 두 기자가 박수로 제 말을 받아들여주었습니다.

작가의 고통은 독자의 감동이 된다

친구 집에서 『태백산맥』 첫 장면을 읽고 반해 한 권씩 사 읽기 시작했습니다. 그리고 『아리랑』 첫 장면을 읽고 또 반해 책을 사기 시작했습니다. 그다음 『한강』을 안 펼쳐볼 수 없었 는데, 이번에 첫 장면은 더욱 더 멋지고 근사했습니다. 황량한 겨울 들판을 맹렬하게 달리는 기차와 연약한 새의 대비……, 그 인상적인 상징에 끌려들어가지 않을 수가 없었습니다. 그 리고 생각했습니다. 이 작가는 어떻게 작품마다 이렇게 새롭 고 멋지게 쓸 수 있을까……, 아무리 생각해도 알 수가 없었 습니다. 선생님 같으신 분은 워낙 천재적인 작가고 대문호라 고 소문이 쫘아악 나 있지만 그래도 작품마다 그렇게 사람을 꼼짝 못 하게 휘어잡고 반하게 만드는 글을 쓰시자면 공을 많 이 들이시겠지요? 아니면 그냥 물 흐르듯이 술술 나오는 것입 니까?

이재경(40대, 광주광역시 동구)

저는 천재가 아닙니다. 이런 말이 있습니다. '천재란 줄기차 게 끈질기게 노력하는 범재들일 뿐이다.' 이 말은 발명왕 에디슨 을 비롯한 수많은 과학자들이 입증하고 있습니다. 에디슨은 하나 의 발명품을 완성하기 위하여 2천 번의 실험을 실패하기도 했습 니다.

소설도 문자로 조형해 내는 일종의 발명품이라고 할 수 있습니다. 그 사람 고유의 생명체이니까요. 그러니까 과학자 못지않은 노력을 바치지 않으면 안 됩니다. 제가 직업병에 대해 앞에 적었습니다. 그 발병이 남다른 작품을 감동적으로 써내려는 욕구에 따라 바쳐진 노력의 결과물이었다고 했습니다.

한마디로 하겠습니다. '독자들이 매료되는 장면일수록, 독자들이 감동하는 대목일수록, 독자들이 인상 깊게 기억하는 부분일수록 작가의 고심은 커지고, 고통은 심해지고, 파지는 몇 배 많이 생긴다.'

귀하는 제 작품들의 첫 장면에 대해서 갈수록 더 반했다고 했습니다. 아주 솔직하게 말하자면, 모든 작가는, 모든 예술가는 다 그런 말을 듣고 싶어합니다. 그러므로 귀하는 작가에게 엔돌핀을 선사하는 가장 멋지고 사랑스러운 독자입니다.

제가 대하소설 세 편을 쓸 때가 필력이 가장 왕성했던 때였습니다. 그 시절 하루 평균 35매(200자 원고지)씩 썼습니다. 그런데 새 소설의 첫 장면을 쓸 때는 원고지 겨우 2매 정도가 수십 장의 파지를 잡아먹으면서 하루종일이 걸리게 됩니다. 저는 작가로서의 결점이 파지를 너무 안 내는 것(잘난 척한다고 욕을 먹기 십상이지만)이라고 말합니다. 그런데도 첫 장면을 쓸 때는 몇 장인지 모를 파지가 줄을 잇습니다.

저만 그러는 것이 아닙니다. 모든 작가가 다 그렇습니다. 그런데 저는 참 행복한 작가입니다. 귀하와 같이 뜨겁게 호응해 주는 독자가 있으니까요. 그렇게 노력했는데도 아무런 반응도 얻지 못하는 작가들도 많습니다. 그래서 예술의 길은 끝없이 외롭고 고달픈 길이라고 했는지도 모릅니다. 어차피 외롭고 고달프지 않은 인생이란 없는 법이기도 하니까요.

『한강』을 특히 사랑해 주신 귀하에게 특별한 감사를 드립니다. 위의 형제들에게 치이기만 하는 막내에게 안쓰러운 정을 쏟는 부모의 마음처럼 저는 『한강』에 마음이 쓰이기 때문입니다. 『한강』은 마지막에 태어나 『태백산맥』과 『아리랑』에 많이 치였으니까요.

이걸 작가의 욕심이라고 흉보지 마십시오. 열 자식을 대하는 부모의 마음이니까요.

효과적인 취재의 비결

『아리랑』에 이어『한강』을 읽으며 완전하게 세계 일주를 한 기분이었습니다. 그러면서 선생님은 얼마나 힘이 드셨을까 하는 생각도 했습니다. 그 넓은 지역을 취재하시면서 효과적으로 취재하는 요령, 노트 작성법 같은 것을 전수받고 싶습니다. 문창과를 나왔지만 학교에서 배울 수 없었던 것입니다.

문소현(30대, 서울특별시 강서구)

예, 학교라고 모든 걸 다 가르쳐주지는 않습니다. 특히 예술계 대학에서는. 예술계 대학은 분위기를 호흡하는 곳이고, 그 호흡을 통해서 내 영혼에 내재된 재능이 촉발되게 하는 곳이고, 그 재능이 깨달음의 불꽃으로 발화되게 하는 곳입니다.

이 말이 실감이 되십니까? 귀하의 질문을 보니 글 쓰는 길을 가려고 하는 모양인데, 그러려면 저의 말이 무릎 치듯 실감이 되어야 합니다. 문학의 길은 오로지 혼자 걷는 길이고, 혼자 걷는 길이 어둡지 않으려면 그 깨달음을 확보해야 합니다. 그 말은 추상적인 것이 아니라 구체적 사실입니다. '문학은 가르쳐주는 것이 아니라 깨닫는 것'이라는 사실이 귀하의 의식 속에 굳건한 나무로 뿌리 내리면 그 깨달음은 귀하를 이끌어가는 평생의 불빛이 될 것입니다. 이것은 작가의 태도론인 동시에 창작론입니다. 저의 이 제시가 귀하의 깨달음에 작으나마 도움이 되기를 바랍니다. 이런 일깨움을 주고자 하는 것이 이런 기회를 마련한 의미이기도 합니다.

이제 귀하의 질문에 구체적으로 답하고자 합니다.

월남전이 한창일 때였습니다. 그때 새 유망주로 떠올라 유명해지기 시작한 어느 신인 작가에게 어떤 신문사에서 월남전을 소재로 한 연재소설을 제의했습니다.

그 신인 작가는 신문 연재가 탐이 났습니다. 매일 신문에 소설이 나오면 그보다 더 큰 출세가 없었고, 직업도 없는데 많은 원고료까지 받게 되는, 그야말로 기막힌 일거양득의 기회였습니다.

그러나 심각한 문제가 하나 있었습니다. 전쟁터 월남에 대해 써야 하는 것이었습니다. 월남전은 전선이 없는 전쟁터라고 소문나 있었습니다. 창녀촌에 갔다가 목 잘린 시체가 될 수 있고, 밤에 시내를 걸어가다가 어디서 날아오는지 모를 총탄에 저승객이 될 수도 있고, 논에서 일하는 농부들이 갑자기 총을 갈겨대기도 한다는 것이었습니다. 그만큼 한국군과 한국 사람을 싫어한다는 의미였습니다.

그 작가는 그런 무시무시한 곳에 갈 엄두가 나지 않았습니다. 그래서 고민고민하다가 자기를 문단에 내보내준 스승 작가를 찾아갔습니다.

"비행기에서라도 월남을 한번 내려다보고 와야 한다!"

스승인 작가의 단호한 말이었습니다.

결국 그 신인 작가는 소설 연재를 포기해야 했습니다. 그리고 취재가 필요 없는, 감각적이라고 하는 작품들을 한 10여 년 쓰다가 숯불 사그라들듯 자취가 사라지고 말았습니다.

그 스승인 작가의 말이 소설 작법의 기본이고, 진리입니다. 그것이 시와 다른 점입니다.

그래서 저는 취재를 소설을 쓰는 것만큼의 정성을 바쳐 하는 것입니다.

첫째, 취재 대상 지역이 결정되면, 소설에서 다루게 될 그 시대의 역사를 만족할 만큼 연구하고 파악해야 합니다.

둘째, 그 과정에서 소설에 다루어야 할 사건들이 골라지고, 그 비중이 정해집니다. 그리고 취재가 필요한 물음들이 줄지어 떠오릅니다.

셋째, 그 물음들을 취재노트에 정연하게 적습니다. 여기서부터 취재는 시작된 것입니다.

넷째, 질문의 비중과 중요도에 따라 구분하는 부호를 미리 몇 개 정해둡니다.

1. 가장 중요한 것(소설에 꼭 써야 할 것): ☆

2. 2차로 중요한 것(소설에 쓸 가능성이 큰 것): ◎

3. 3차로 중요한 것(소설에 써도 좋고, 안 써도 괜찮은 것): ○

4. 참고로 할 것: △

5. 소재와 주제가 새로 바뀜: ∨

이 부호들을 취재를 하면서 순간순간 판단하며 응답 앞에다 표시합니다. 그것이 취재 정리 과정이나 소설 구성 과정에서 바뀔 수도 있습니다.

다섯째, 취재원은 절대로 오전 중에 만나서는 안 됩니다. 꼭 점심때 만나서 같이 식사를 해야 합니다. 그래야 초면의 경계심이나

서먹함이 식사를 하는 동안 풀리게 됩니다. 그리고 식사 중에 취재를 서둘러서는 안 됩니다. 반주를 한두 잔 나누면서 편안한 일상사를 얘기하며 친숙감을 키워야 합니다. 그런 얘기 중에도 소설에 필요한 것들이 나오기도 합니다.

여섯째, 저녁도 같이 먹으면서 술을 거나하게 마시는 것은 더욱 좋습니다. 친밀감이 부쩍 커지고, 술기운 따라 얘기가 술술 풀려 나옵니다.

일곱째, 이튿날에는 나이는 많지만 기억력 좋고 말 잘하는 남녀 노인네 몇몇을 함께 만날 수 있게 유도해야 합니다. 서로의 기억력을 자극해 쉽게 얘기가 풀리게 되고, 자기 이야기를 털어놓는 흥겨움에 실려 서로 얘기하려고 다투는 효과가 나타납니다.

여덟째, 그런 분위기에서 주의할 점은 취재에 별 필요 없는 사담과 넋두리가 길어지는 것을 요령껏 자르는 일입니다. 그리고 취재에 필요한 질문을 해서 얘기의 방향을 틀어야 합니다.

아홉째, 얘기를 듣다 보면 순간적으로 소설에 필요한 새 질문이 퍼뜩 떠오르게 됩니다. 그 기회를 놓치지 말고 민첩하게 그 질문을 끼워 넣어야 합니다. 그런데 이따가 하려니 하고 뒤로 미루었다가는 까맣게 생각이 안 날 위험이 있습니다. 아무리 생각해도 기억이 안 나다가 귀국해서 문득 떠오를 때가 있습니다. 그러나 이미 그곳은 수만 리 밖입니다.

열째, 상대방의 말을 취재노트에 받아 적는 방법입니다. 글씨를 아무리 빨리 쓰는 능력이 있다 해도 상대방의 말을 전부 다 받아 쓸 수는 없습니다. 그러므로 다급하게 핵심과 중심 단어들만 적고, 그날 저녁에 구체적으로 정리하는 방법을 택해야 합니다. 그러기 위해서는 취재노트의 왼쪽 페이지에 받아 적고, 오른쪽 페이지는 백지로 비워둡니다. 그리고 반드시 그날 밤에 왼쪽 것을 오른쪽에 정서해 나갑니다. 왜냐하면 왼쪽의 글씨는 다급한 김에 마구 휘갈겨 쓸 수밖에 없고, 그 글씨들은 사나흘이 지나서 보면 자기 글씨인데도 무슨 글씨인지 알아볼 수 없게 되는 경우가 적지 않습니다. 취재원의 말을 되짚어가며 오른쪽 페이지에 정서를 해나가다 보면 소설 구성이 착착 이루어지는가 하면, 중요도의 기호가 바뀌기도 합니다. 그 작업 과정에서 이 대목은 소설에서 어떻게 써야 되겠다는 형상화가 구체적으로 짜여지고 그것을 따로 메모하는 뜻밖의 기쁨도 맛보게 됩니다(그럴 때면 주책맞게도 '넌 역시 천재야!' 하는 생각이 불쑥 떠오릅니다. 누구한테도 말 못 할 그런 황홀한 자족감과 성취감이 취재의 긴장과 피로를 순식간에 확 풀어줍니다. 그런 자기 구원 없이는 그 외롭고 고된 일을 거듭거듭 나설 수는 없습니다).

귀하가 질문을 잘한 것입니까, 제가 인심이 너무 좋은 것입니까. 너무 많은 것을 털어놓은 것 같습니다. 문창과 출신이라니까 아무쪼록 글 쓰는 데 좀 도움이 되었으면 합니다.

『한강』속 사랑 이야기의 의미

『한강』의 유일민과 임채옥의 사랑이 너무 기구하고도 눈물겹습니다. 아무리 생각해도 그게 그냥 남녀의 사랑을 그린 것만이 아니라는 생각이 듭니다. 그런데 그들의 사랑이 무슨 또 다른 뜻을 담고 있는지 알 수가 없습니다. 선생님, 무슨 뜻으로 그런 가슴 아린 사랑 이야기를 쓰신 겁니까.

김민선(30대, 인천광역시 미추홀구)

예, 짚기는 제대로 짚었습니다. 그들이 '남남북녀'라는 건 눈치 채셨습니까? 그러면 그 의미가 잡힐 텐데요. 결정적 힌트를 드렸으니까 직접 답을 찾아보시겠습니까? 아니, 바로 말해 달라구요? 예, 우리 민족의 비원이고 숙원인 평화통일 상징!

3부

문학과 사회, 사회와 문학

인공지능이고 4차 산업이고, 우리는 그 정체를 똑바로 응시할 수 있어야 합니다. 그런 것들은 삶의 수단일 뿐 본질이 아니라는 사실을 투시하고 인식해야 합니다. 그런 기계들의 편리함과 속도감 그리고 표피적인 흥미와 말초적인 재미에 휘말려 서로가 무의식 중에 저지르고 있는 대화 단절은 서로를 소외시키고, 외로움을 가중시키고, 끝내는 영혼의 황폐화에 빠지게 될 것입니다. 본질적으로 인간은 완벽하지 못하고, 그 미완성적 영혼은 존재와 죽음에 대한 불안과 두려움을 갖고 있고, 그것을 극복하기 위해서는 정신적 성장이 이루어지지 않으면 안 됩니다. 인공지능이 제아무리 발달해 봤자 그 본질적 문제 해결에는 아무런 도움도 되지 않습니다.

사죄하지 않는 일본에게

선생님, 『아리랑』을 쓰신 작가로서 일본과 아베가 최근 우리를 향해 저지르는 여러 가지 작태를 어떻게 생각하십니까. 우리는 어떻게 대응해야 합니까.

허익(50대, 서울특별시 서초구)

단호해야 합니다. 적극적이어야 합니다. 끈질겨야 합니다. 왜냐하면 일본과 그들의 총리가 독일식으로 무릎을 꿇고 진정으로, 진심으로 사죄하지 않는 한(총리가 바뀔 때마다) 그들은 우리 민족의 영원한 원수이기 때문입니다.

작년부터 올해까지 일본에 대한 우리의 대응은 아주 현명했고, 단호했으며, 대성공이었습니다. 앞으로도 계속 그렇게 해나가면 됩니다. 우리에게 큰 손해를 입혀 무릎 꿇게 하려 했던 아베의 방정맞은 오만이 우리의 강력한 대응에 부딪혀 오히려 그들이 큰 피해를 입고 말았습니다. 모든 일본 신문들이 그 사실을 대대적으로 보도하면서 그 화살이 아베의 심장을 향해 날아갔습니다.

그 화살은 아베를 실각시키는 데 결정타를 가했습니다. 아베가 건강을 빙자하여 스스로 물러나는 척한 것은 실각당하게 된 위기를 모면하기 위해 부린 잔꾀라고 합니다. 일본 사람으로서 우리나라에 귀화해 어느 대학 교수를 하는 분이 방송에서 "아베는 절대 아프지 않다"고 공언했습니다. 또 하나의 실각 이유는 코로나19 대응의 실패입니다. 그의 지지율은 매달 곤두박질쳐 집권 이후 최하인 30퍼센트대로 떨어졌던 것입니다.

아베의 실각은 통쾌합니다. 그리고 축하합니다.

"좋다, 아베를 총리직에서 몰아내면 된다. 우리가 총력 단결해서 경제적으로 일본을 공격하면 그 피해의 책임으로 아베는 쫓겨날 수밖에 없다."

저의 이런 공개적 예견이 적중했으니 그보다 더 통쾌한 일이 어디 있겠습니까.

그리고 아베는 역대 일본 총리 중에서 가장 악의에 찬 신군국주의자였고, 가장 몰염치하고 뻔뻔스러운 거짓말쟁이였습니다. 평화헌법 9조를 없애 다시 침략전쟁을 할 수 있는 나라로 바꾸려고 했습니다. 헌법을 바꿔 그가 침략하고 싶은 나라가 어디였을까요? 그리고 그는 중국 난징 학살이며, 우리의 위안부며 깡그리 상대방의 조작이며 없었던 일이라고 생떼를 부리고 거짓말을 해댔습니다. 그런 인간이 실각했으니 우리로선 축하하지 않을 수가 없습니다.

그런데 아베한테 한 가지 고마운 것이 있습니다. 그가 과거사를 절대 속죄하지 않고, 우리를 경제적으로 억압하려는 행위를 함으로써 일본에 대해 좀 느슨해져 있었던 우리의 민족정신을 바짝 고양시켜 주었으니 그런 은인이 어디 있겠습니까. 아베 상, 아리가또 고자이마스!

'독립운동은 못 해도 불매운동은 한다.'

아베의 경제 제재에 맞서 우리 국민 전체가 공분하고 뭉쳐 나서며 높이 들었던 구호였습니다.

그 불매운동은 뜨거운 파도를 일으키며 전국을 휩쓸었습니다. 맥주에서부터 자동차까지, 일본 상품은 그 종류를 가리지 않고 모두가 불매운동의 대상이었습니다.

"한국에서의 불매 움직임이 판매에 일정한 영향을 주고 있지만, 그 영향은 오래가지 않을 것으로 생각하고 있다."

유니클로 측의 이 한마디는 제2의 아베의 말 역할을 톡톡히 해 주었습니다. 우리를 얕잡아 보고 무시하는 그 한마디는 불길에 끼얹은 휘발유였습니다. 우리나라 사람들 전체를 크게 분노케 했고, 굳게 뭉치게 했습니다.

일본 맥주가 한 캔도 안 팔리기 시작했고, 일본행 관광객이 절반 이하로 줄어버렸고, 라면을 비롯한 모든 일본 상품들이 안 팔리는 가운데 언제나 문전성시를 이루었던 유니클로도 손님 발길이 뚝 끊어져 텅텅 비게 되고, 싸고 성능 좋다고 소문난 일본 자동차들도 전혀 팔리지 않아 문을 닫을 지경이라는 소문이 퍼졌습니다.

그렇게 몇 달이 지나자 전국에 퍼져 있는 유니클로 매장들이 속속 문을 닫고 있다는 보도가 나오기 시작했습니다. 그 뒤를 이어 자동차 회사들이 적자를 견디지 못하고 본국으로 후퇴하고 있다는 소식도 전해졌습니다.

그렇게 해가 바뀌어도 일치단결한 한국 사람들의 불매운동은 조금도 느슨해지는 기미가 보이지 않았습니다. 한국 사람들의 그 맵고 강한 결기가 아베의 목을 칭칭 감아 돌고 있었습니다.

그런 어려운 상황 속에서 또 하나의 악재가 아베를 덮쳤습니다. 코로나19의 기습이었습니다. 그 정체 모를 신종 전염병의 대처 앞에서 아베는 또 약아빠진 꼼수를 부렸습니다. 일본 항구에 정박한 대형 크루즈선에서 코로나19 환자들이 발생하고 있는데도 아베는 그 선객들을 일본 땅에 내리지 못하게 했습니다. 세계 여러 나라의 수천 명 선객들이 전염병균이 급속히 퍼질 수 있는 배 안에 갇혀 있는데도 자기 나라 국적 배가 아니라는 이유로 그런 강압 조처를 내린 것입니다. 이런 비인간성이 바로 신군국주의자 아베의 본심입니다. 그리고 배 안에서 매일 감염자들이 폭증하자 그 숫자를 일본 통계에 넣지 말아달라고 WHO에 뒷돈을 썼다는 보도가 나왔습니다. 요런 야바위 근성이 아베의 본심입니다.

그렇게 심성이 뒤틀렸으니 제가 쏜 화살에 제가 맞아 결국 실각당하고 만 것이지요. 일본의 최고 인기작가 무라카미 하루키가 한국에 대한 진정한 사죄는 한국인들이 '그만 됐다'고 할 때까지 사죄하는 것이라고 아베를 일깨웠습니다. 그리고 노벨문학상 수상 작가 오에 겐자부로는 평화헌법 9조 개정의 반대운동을 계속 펼쳐왔습니다. 그러나 못된 군국주의 부활을 꿈꾸어온 뒤틀린 심성의 아베의 귀에는 현명한 두 작가의 말이 전혀 들리지 않았던 것입니다.

아 아베여, 그대의 공을 치하하노라. 그대의 덕에 대한민국 국민들의 민족의식이 강대해지고 드높아졌으니!

한반도 자존심 회복의 길

2019년 현재, 우리나라는 강대국의 틈바구니에서 사면초
가에 처해 있는 것 같습니다. 어떻게 하면 국익을 챙기면서 국
가간에 좋은 관계도 얻을 수 있는지 많이 답답합니다. 일본,
중국, 미국, 같은 민족인 북한 또한 그들과의 관계를 생각하면
넘 머리가 아프네요. 조정래 선생님의 혜안을 듣고 싶어요.

하경옥(50대, 경남 창원시)

예, 우리가 언제나 외면할 수 없는 중대한 문제에 대한 질문
입니다.

먼저, 귀하의 문장부터 좀 손보는 것이 어떨까 합니다. '좋은 관
계도 얻을 수 있는지'를 '좋은 관계도 유지해 나갈 수 있는지'로
고치면 어떨까요? 여기서 '얻는다'는 말이 생경하고도 뜻이 모호
합니다.

우리 한반도가 강대국들에 에워싸여 고초를 겪어온 것은 태생
적 운명입니다. 대륙의 끝에 붙은 작은 반도 땅이었으니 고난의
운명은 피할 수 없는 것이었습니다. 하필 그런 운명의 땅에 우리
는 태어났으니 비극적 운명을 피할 도리가 없는 일일 것입니다.

그래서 우리는 5천 년 민족사에서 크고 작은 외침을 931번이나
당해야 했습니다. 그러다가 외침의 마지막에는 끝내 나라를 빼앗
기고 말았던 것입니다(여기서 '마지막'이라고 쓰는 것은 그 수난이 장

구한 우리의 민족사에서 정말 '마지막'이 되어야 한다는 뜻을 포괄하고 있습니다. 그래서 저는 '우리가 당한 일제 36년의 굴욕은 앞으로 우리 역사 360년의 정체성이 되어야 한다'고 글을 쓰는 것입니다). 참으로 기구하고도 기구한 운명입니다.

그런데 해방이 됨과 동시에 우리는 급박하게 몰아닥친 새 운명에 부딪혀야 했습니다. 두 강대국의 분할 점령으로 야기된 민족분단이었습니다. 그때부터 새로운 민족 비극이 우리를 에워싸기 시작했습니다. 미·소가 주도한 냉전시대의 개막이었습니다. 그 냉전 대결은 한반도에서 6·25라는 열전으로 정면충돌했습니다.

6·25라는 전쟁은 아무런 결말 없이 '휴전'으로 끝나면서 우리 민족에게 무수한 상처만 남겨놓았습니다. 수백만을 헤아리는 사상자들을 발생시켰고, 천만이 넘는 이산가족을 만들어냈으며, 전국토는 불타고 파괴되어 초토화되었습니다.

(우리 민족은 미·소에 의해 1차 분단이 되었고, 6·25로 인해 2차 분단이 되어 70년 세월을 흘려보냈습니다. 그리고 그 분단이 언제 해소되어 민족통일이 이루어질지 아무런 기약이 없습니다. 그 비극을 곱씹으며 우리 반도 땅의 운명을 반추하면 여러 가지 역사적 의문과 질문이 떠오르고는 합니다. 첫째, 우리가 일본의 식민지였으니 일본과 싸워 이긴 미국과 소련이 우리 땅 한반도를 분할 점령한 것은 — 못내 자존심 상하고 용납할 수 없는 일이지만 — 냉정한 국제정치의 셈법으로 피할 수 없는 일이라 해둘 수 있습니다. 둘째, 미·소가 만든 분단상황을 어떻게 대처하고 해소시켜야 할 것인가 하는 문제가 가장 중요하고 급박한 과제가 되었습니다. 그 문제 해결에 나서야 하는 것은 해방된 새 나라의 권력을 갖

기를 원하는 정치세력들인 점은 더 말할 것이 없습니다. 그 세력들은 대별해서 넷이었는데, 그들은 정치적 각축만 벌였을 뿐 그 문제 해결에 순수하고 진지하게 뜻을 모으지 않았습니다. 셋째, 국내 정치세력들이 강력한 의지로 힘을 모아 분단해결─미·소가 한반도에서 철수하는 것─을 요구해도 그들은 그들 나름으로 힘들여 손에 넣은 '전리품'을 쉽게 내놓을 리가 없는 일입니다. 그런데 국내 정치세력들은 자기 이익을 좇아 각기 분산되었고, 오로지 하나의 정치세력만 그 문제 해결에 나섰으니 그 일이 성취될 리가 없었습니다. '민족분단은 식민지시대만도 못하다.' 이 진정한 외침은 이기적인 현실 정치세력들 앞에서 철저하게 외면당했습니다. 그리고 그 정치가는 끝내 암살로 제거되었습니다. 넷째, 남과 북의 서로 다른 정권은 미·소 냉전대결의 대리인으로 맞서 있었을 뿐 민족분단의 비극을 해결할 아무런 노력도 하지 않았습니다. 그러나 그 대치는 오래가지 않았습니다. 결국 6·25전쟁이 폭발하고 말았던 것입니다. 언젠가 우리 민족은 통일이 될 것입니다. 통일이 되면, 그때 분단시대를 냉엄하게 평가하는 통일역사가 다시 쓰여질 것입니다. 그때 장구한 민족사 위에 살아남을 해방 공간의 정치 지도자는 누구일까요? 미래를 전망해야 하는 작가의 입장에서 볼 때 딱 한 분이 있습니다. 그 정답은 이미 『태백산맥』에 써놓았습니다. 아니, '이 사람이다' 하고 써놓은 것이 아닙니다. 소설이니까 그래서는 안 되고, 그렇게 하면 소설로서도 매력 감소지요. 넌지시 얘기하고 있으니 정독을 하면 그 답을 별로 어렵지 않게 찾아낼 수 있습니다. 이미 30여 년 전에 한 일인데, 지금도 그 답이 맞다는 확신에는 변함이 없습니다. 그리고 지금 우리가 다 떠난 다음 후대의 역사가들이 통일역사를 새로 쓰면서 『태백산맥』의 그 대목을 참조할지도 모를 일입니다.)

6·25라는 복잡한 전쟁

6·25라는 전쟁은 지구의 한구석 한반도라는 작은 땅에서 벌어졌지만 그 내용은 간단치 않습니다. 두 가지 의미가 얽혀 있기 때문입니다. 내전이면서 국제전인 것이 그것입니다(이 실태도 『태백산맥』에 구체적이고 선명하게 그려지고 있습니다. 설명하려면 너무 길어 생략할 수밖에 없습니다).

국제냉전 상황에서 소련 개입에 이어 중국까지 참전을 해버려 한반도를 둘러싼 냉전 온도는 남극+북극이 되어버린 셈입니다. 소련과 중국은 남쪽과 원수가 되어버렸고, 미국은 북쪽과 원수가 되어버린 것입니다. 이런 최악의 상황 속에서 '민족통일'이란 아예 꺼낼 필요가 없는 사어(死語)가 되고 말았습니다. 그런데 남과 북의 정치세력은 그 죽어버린 말을 뻔질나게 써먹으며 상대방을 욕해 댔습니다. 이게 정치의 사기성입니다. 그리고 분단 비극을 서로 자기네 정치에 악용해 먹은 남북한 독재의 '적대적 상호의존관계'의 실태였습니다.

그 소모적이고 야비한 냉전시대는 공산주의 종주국 소련이 아무런 전쟁도 없이 스스로 망해버림으로써 그 막을 내렸습니다. 소련의 그 허망한 자멸은 공산주의라는 이데올로기가 얼마나 허술하고 자만에 빠져 있었는가를 극명하게 보여주는 세기의 사건이었습니다. 그리고 인간이라는 것이 교활할 만큼 영리하면서도 한심스럽도록 어리석다는 것도 함께 입증해 준 인류사의 거대한 사건이기도 했습니다.

이렇게 말하면 언뜻 이해가 잘 가지 않을 수도 있습니다. 소련 멸망의 구체적 원인을 밝히지 않고 멸망한 결과에 대한 평가만 했기 때문입니다.

소련은 공산주의 종주국으로서 전 세계를 양분한 채 미국과 맞대결을 벌인 막강한 강국이었습니다. 우주 경쟁에서는 미국을 한참 앞지르기도 했던 거대한 나라였습니다. 그런 엄청난 나라가, 100층짜리 어마어마한 빌딩이 한순간에 와르르 무너져 내리듯 하루아침에 망하고 말았습니다. 그 갑작스러운 충격 앞에 전 세계 사람들은 말을 잃었습니다. 그 충격은 어쩌면 20세기 100년 동안에 일어난 충격 중 가장 큰 것일지도 모릅니다.

"무슨 일이야?"

"원인이 뭐래?"

"전쟁을 하지도 않았잖아?"

"내부 권력투쟁인가?"

사람들은 서로 묻기에 정신이 없었지만 그 많은 의문에 대한 응답은 어디에서도 들려오지 않았습니다.

며칠이 지나면서 모든 매스컴들은 앞다투어 추측성 기사들을 쏟아내기 시작했습니다. 그건 전부 다 짐작이고, 추측이고, 추리이고, 뜬소문들이었습니다. 더구나 우리나라에게 소련은 반공주의 적국이었기 때문에 한 발짝도 들여놓을 수가 없는 처지라서 현장 취재기사 한 토막도 써낼 수 없는 형편이었습니다.

그런데 저는 혼자서 소련이 망한 것은 당연하고 필연적인 결과라고 여기며 별다른 놀라움 없이 심드렁한 기분일 뿐이었습니다.

왜냐하면 저는 이미 6~7년 전부터 소련(공산주의)의 문제점들과
그에 따른 위험을 어느 분에게 여러 차례 얘기해 왔기 때문이었
습니다. 저의 염려와 우려는 소련의 몰락으로 확실하게 입증된 셈
이었습니다.

당이 무오류라는 오류

귀하는 『태백산맥』을 읽었습니까? 만약 읽었다면 '위대한 전사
조원제'를 기억하실 겁니다. 그가 누구일까요? 작가와 같은 성씨
이니까 아저씨뻘쯤 될까요? 농담이고, 그의 실제 모델이 정치경제
학자 박현채 교수입니다. 박 교수는 광주서중학교 3학년(5년제) 때
인 16세에 입산투쟁을 시작하여 혁혁한 공을 세운 진골 빨치산이
며 골수 사회주의자입니다. 그분은 『태백산맥』 3부에서부터 본격
화하는 빨치산 투쟁의 핵심 취재원이었습니다. 그분은 제가 지리
산 동행을 원하면 그야말로 만사를 제쳐두고 앞장서 나섰습니다.
"잘 써라 잉. 참말로 한 맺힌 원혼들잉께로." 그분은 지리산행을
나설 때마다 꼭 이 당부를 잊지 않았습니다. 그리고 당신이 아는
것 전부를 쏟아놓으려고 애썼습니다. "니가 나 대신 내 자서전을
써주는 심잉께 잉." 이런 말과 함께. 그분은 저의 중학교 선배로
아홉 살이 더 많았기 때문에 단둘이 있을 때는 편하게 말을 낮춰
했습니다.
"선생님, 당이 무오류란 말이 정말 맞는 것일까요?"

아무도 듣는 사람 없는 지리산 깊은 골짜기에서 제가 불쑥 물었습니다.

"항, 당은 무오류제!"

그분은 확신에 찬 목소리로 크게 대꾸했습니다. 그런데 이상한 낌새를 챈 듯 큰 눈은 더 커져 저를 똑바로 쳐다보고 있었습니다.

"이 세상에 완벽한 사람이란 하나도 없는 게 모든 인간의 공통점 아닙니까?"

"그려서……"

"그 불완전한 인간들이 모여서 만든 게 당 아닙니까? 그런데 어찌……"

"어허, 또 소설가 상상력 발동시키고 앉았었네 시방. 토론에 토론을 거듭혀서 무오류를 창출허는 것이여. 의심이 병잉께로 믿어야써, 믿어."

그분은 더욱 확신에 차서 말했습니다. 저는 거기서 말을 중단해야 했습니다. 그분의 확신에 동의해서가 아니라 선배에 대한 인간적 예의를 지키고 싶었던 것입니다.

"선생님, 프롤레타리아 독재라는 것이 과연 옳은 것일까요?"

다음 기회에 지리산 적막 속에서 또 물었습니다.

"잉? 또 무신 소리여?"

그분은 즉각 경계의 빛을 내보였습니다. 저는 내심으로 기분이 좋았습니다. 그분이 내 말에 신경 쓰고 있다는 느낌이었기 때문입니다.

"다른 게 아니라 이 세상의 모든 독재는 횡포하고 부패하고 타락하는 것 아닙니까? 그게 모든 권력의 속성이니까요. 무오류의 당에 당원들이 절대 복종하고, 프롤레타리아 독재에 아무런 견재와 비판이 없으면 그 독재는 횡포, 부패할 텐데 러시아 차르 왕조의 행태와 뭐가 다르겠습니까."

"어허, 의심도 팔자시. 프롤레타리아 독재는 부르주아 계급의 준동을 막는 데 필요한 것이고, 그 권력 집행에는 건설적이고 창조적인 토론이 끝없이 선행되고 뒷받침된다 그것이여. 알아듣겄어?"

저는 이쯤에서 다시 말을 중단했습니다. 저의 의문은 그분의 신념 앞에서 토론의 대상일 수 없었기 때문입니다.

"선생님, 인권은 평등한 것이지만 인간의 능력과 재능은 평등할 수 없는 것 아닙니까?"

저는 또 밤송이만큼씩 크게 번쩍번쩍 빛나는 지리산의 별들을 올려다보며 입을 열었습니다.

"그라제. 근디……?"

그분은 다시 저를 빤히 쳐다보았습니다.

"그런데 어찌 당이 모든 인민들의 직업을 배정하고 통제하는 것입니까. 그런 재능 무시, 능력 무시가 얼마나 사람들의 삶을 좌절시키고 국가 사회 발전을 저해하는지 생각해 보지 않으셨습니까. 더구나 결혼까지 당에서 심사하고 허락한다는 게 있을 수 있는 일입니까?"

"어허, 소설가 상상력이 갈수록 태산이지. 무조건 재능 무시, 능력 무시가 아니여. 특출한 재능이고 능력이 없는 인민들한테 안정적 직업을 제공, 배치하는 것이고, 재능이고 능력이 남다른 사람들을 사회주의 사회만큼 우대하는 데도 없어. 자꼬 부정적으로만 볼라고 허덜 말어."

저는 더 말을 진전시키지 않았습니다. 저의 의견을 제시하는 것으로 충분했기 때문입니다.

그리고 『태백산맥』이 완간되고, 분주하게 2년쯤 보내고 있는데 소련이 자멸했다는 소식이 천둥 벼락치듯 울려왔던 것입니다.

"니 참말로 용혀. 당이 무오류라는 오류를 범했다는 니 말이 딱 맞어부렀시야. 니 어찌 그런 것을 딱 알아부렀드라냐. 소설가는 재미진 이약만 잘 쓰는지 알었등마."

넋을 놓아 허깨비처럼 변해버린 그분이 독백하듯 한 말이었습니다. 그리고 그분은 3년을 다 못 채우고 세상을 떠났습니다.

저는 사회주의 몰락과 그 이념에 평생을 바쳤던 사람의 일생에 대해 경장편으로 『인간연습』을 썼습니다. 한 시대가 막을 내리는 인류사를 바라보며 제 나름으로 그 원인을 더듬어보고, 새로운 인간의 길을 열어보려 했던 것입니다.

냉전시대가 끝난 한반도

소련이 역사 속으로 사라져가면서 소련을 탄생시켰던 레닌의 동상들이 도처에서 땅바닥에 나뒹굴어지고 있었습니다. 달걀 하나, 빵 한 쪽을 구하려고 꽁꽁 얼어붙은 동토를 수많은 군중들이 질정없이 헤매는 혼란 속에서 새로 태어난 나라 이름이 '러시아'였습니다. '다시 러시아?' 갑작스러운 소련의 붕괴처럼 그 이름은 세상 사람들을 어리둥절하게 만들었습니다.

그런 혼란 속에서 대한민국은 기민하게 움직여 뜻밖의 성과를 이뤄냈습니다. 러시아와 수교하고 나섰고, 중국과도 수교한 것이 그것입니다. 그 돌발 사태야말로 냉전시대가 끝났음을 명확하게 보여주는 증거였습니다. 그 사태에 소스라치게 놀란 것이 북한 아니었을까 싶습니다.

러시아도 중국도 이제 적이 아니라 선린 이웃나라가 된 것입니다. 그런데 이상한 일이었습니다. 남북한이 유엔에 동시 가입한 것이 1991년인데 북한은 미국과 수교하지 않았습니다. 북한 핵 문제로 두 나라의 갈등은 날로 심화되고 있었기 때문입니다.

그런 놀랄 만한 상황 변화가 일어났다고 해서 우리 한반도에 영속적인 안정과 평화가 왔을까요? 결코 아닙니다.

자아, 우리 함께 세계지도를 펼쳐봅시다. 우리 한반도가 어디에 위치해 있습니까. 서북쪽으로 중국이, 북쪽으로 러시아가 위치해 있습니다. 그들이 한반도를 향해 영향력을 행사하려는 '대륙세력'입니다. 그리고 동남쪽으로는 일본이, 남쪽으로 미국이 자리잡고 있습니다. 그들도 우리 땅을 향해 영향력을 행사하려고 하는 '해양세력'입니다. 저 오랜 옛날부터 그들은 그래 왔고, 조선이 급속도로 몰락해 가던 고종 때 그 네 나라가 우리 땅을 놓고 치열하고 노골적인 각축전을 벌였던 것은 역사가 잘 입증해 주고 있습니다.

그 네 나라의 그러한 야욕은 냉전시대의 종식과 상관없이 앞으로도 끝없이 계속될 것이라는 사실을 우리는 똑똑히 기억하며 살지 않으면 안 됩니다. 그 사실을 잊는 순간 우리는 또 식민지의 나락으로 떨어지게 됩니다. 그것이 우리의 지정학적 운명입니다. 그래서 저는 얼띤 유학파 지식인들에게 '시대착오적 작가', '세계화에 역행하는 작가', '소아병적 피해의식에 사로잡힌 작가'라는 유식하고 거창한 욕을 먹어가면서도 강대국의 민족주의와는 반대되는 약소국의 '방어적 민족주의', '공생적 민족주의', '개방적 민족주의', '건설적 민족주의'를 기회 있을 때마다 줄기차게 강조하고 역설해 왔습니다. 그리고 죽을 때까지 계속할 것입니다. 강대국들의 횡포 앞에서 약소국들이 살아남을 수 있는 것은 '민족적 단결과 저항' 말고 무슨 무기가 있겠습니까.

우리 이 기회에 똑똑히 기억합시다. 인류의 역사가 지속되는 한 다음 세 가지는 절대로 없어지지 않습니다. 민족주의, 국가주의, 인종주의! 그 사실을 부인하려고 하거나 희석시키려고 하는 자들은 지적 사이비이거나 지적 사기꾼들입니다.

자 그럼 냉전시대가 끝난 시점에서 우리를 에워싼 네 강대국의 실체를 점검해 볼 필요가 있습니다.

그 네 나라 중에서 우리가 가장 믿는 나라가 어느 나라입니까? 유치원생도 다 아는 그걸 왜 묻느냐고요? 그 정답은 미국이지요. 우리는 그 미국과의 관계를 '우방'으로 시작해 '동맹'으로 바꾸었고, 세월 따라 '맹방'으로 강화했고, 그것도 모자라 '혈맹'이라고 힘을 주었습니다. 우리가 이처럼 미국과의 관계를 강화시켜 나간 것처럼 미국도 그랬을까요? 그랬으면 참 좋았겠는데, 미국은 전혀 그러지 않았습니다. 그 뚜렷한 증거가 여기 있습니다.

1962년 케네디 대통령은 백악관에 노벨문학상을 받은 미국 작가들을 초청해 축하의 자리를 마련했습니다. 케네디 대통령은 『대지』의 작가 펄 벅 여사에게 요즘 어떻게 지내시냐고 인사를 했습니다. 펄 벅 여사는 한국이 무대인 소설을 쓰고 있다고 답했습니다. 그러자 케네디는 미간을 찌푸리며 말했습니다. "한국은 영 골치 아픈 나라인데, 내 생각에는 미군을 한국에서 철수시켜야 할 것 같습니다. 비용이 너무 많이 들어가고 있으니까요. 그냥 옛날처럼 일본이 한국을 통제하게 해야 할 것 같습니다."

펄 벅 여사는 충격으로 말을 잠시 잊었다가 이내 정색을 하고 공박했습니다. "대통령이란 자리에 있으면서 한국 사람들이 일본을 얼마나 싫어하는지도 모르고 그런 말씀을 하십니까. 그건 마치 미국이 영국의 지배를 받던 그때로 돌아가라는 것과 같은 소리입니다."

여러분 기분이 어떠십니까. "아니, 케네디가 그래?" "그 사람 괜찮은 줄 알았더니 영 형편없네!" "뭐라고? 우리를 또 일본 놈들한테 넘겨?" 이렇듯 실망하고 흥분하시겠습니까?

이것은 케네디의 실수도, 실언도 아닙니다. 한국과 일본에 대한 미국 대통령의 이런 인식은 분명한 역사성을 가지고 있는 전통적 기본 사고입니다. 다음이 그 명백한 근거입니다.

1905년 일본과 미국 사이에는 가쓰라-태프트 협약(밀약)이 체결되었습니다. 가쓰라 타로 일본 수상과 미국 육군장관 윌리엄 하워드 태프트가, '일본은 미국의 필리핀에 대한 통치상의 안전을 보장해 주고, 미국은 일본의 한국에 대한 보호권 확립을 인정한

다'는 협약을 체결한 것입니다. 이 보고를 받은 미국의 루스벨트 대통령은 '귀하의 가쓰라와의 회담은 모든 점에서 전적으로 옳다. 나는 그대가 한 모든 말을 확인했다는 것을 가쓰라에게 전해주기 바란다'고 화답했습니다.

케네디는 선배 대통령 루스벨트가 한 그대로 전통을 이어받고 있습니다. 그리고 케네디가 대한민국을 다시 일본의 식민지로 넘겨주겠다고 하는 것은 단순히 '돈' 때문입니다. 케네디의 그 돈타령을 그대로 다시 이어받고 있는 것이 누굽니까? 58년이 지나 트럼프가 '주한 미군을 철수시킬 수 있다'는 냄새를 풀풀 풍겨가며 치사하고 야비하게도 돈타령을 계속 해대고 있습니다.

대한민국을 대하는 미국의 이런 태도 앞에서 우리는 어떻게 해야 할까요?

이제 우리는 전후의 거지 나라가 아닙니다. 수출을 미국과 일본 시장에 절대 의존하고 있었던 1960~1970년대의 경제도 아닙니다. 우리는 지금 1인당 국민소득 3만 2천 불을 돌파한 세계 10대 경제대국을 건설했습니다. 수출시장은 미국이 13퍼센트, 일본이 5퍼센트, 중국이 24퍼센트로 미국과 일본을 합쳐도 그 비중은 20퍼센트가 못 됩니다. 그리고 중남미로, 동남아로, 중동으로, 중앙아시아로, 아프리카로 수출시장을 계속 다변화시켜 나가면 그 변화는 더욱 커지고, 우리 경제의 자율성과 건강성은 한층 강화될 것입니다.

우리 조국 대한민국은 이제 허약한 나라가 아닙니다. 열등감을 버리고 독립국가의 자존심을 회복해야 합니다. 그리고 냉전이 끝난 시대에 우리가 가야 할 길을 당당하게 가야 합니다.

그 길이 바로 '등거리 외교의 길'입니다. 그 어느 나라에도 치우치지 않고, 모든 나라와 균등하게 관계를 맺으며, 평화롭게 함께 발전해 나아가는 등거리 외교의 길을 가야 합니다. 우리는 빨리 등거리 외교술을 연구하고 습득해야 합니다. 그 길만이 튼튼한 조국을 후대에게 넘겨줄 수 있는 유일한 길입니다.

한국인 없는 한국의 미래

안녕하십니까? 선생님. 이렇게 질문드리게 된 데에 우선 감사의 마음을 전합니다. 전 최근 들어 국가가 기업화하고 있는지 두렵고 초조하기만 합니다. 선진국에 발돋움한 한국에 다양한 문화와 인종이 들어옴으로써, 가격과 성능이라는 더없이 치열한 경쟁에서 도태된 한국인은 한국에서조차 밀려나는 것인지요. 세계에서 유례 없는 저출산과 나아질 기미가 없는 청년실업률, 세대와 남녀 간의 갈등은 이 땅에 나고 자란 이들의 존부를 그 어느 때보다 위태롭게 부채질하고 있습니다. 하지만 기업화한 국가는 급조한 이민 정책으로 불을 끄는 데 급급한 실정입니다. 혹 이것이 우리의 민족 정체성과 계급의 간극을 늘리는 결과만 낳을까 염려스럽습니다. 한국인이 미래에 이 땅에서 정체를 지키고 살아남기란 요원한 일이 된 것인가요?

김정윤(30대, 서울특별시 용산구)

귀하의 질문에 응답하기 전에 귀하의 문장 서너 군데를 좀 손질했으면 합니다.

'기업화하고 있는지 두렵고'는 부정문으로 '기업화하고 있지 않은지 두렵고'로 써야 가정법이 정확하게 표현됩니다. 그리고 '선진국에 발돋움한 한국'은 '선진국으로 발돋움한 한국'으로 조사를 바꾸어야 뜻이 분명해지고, '늘리는 결과만 낳을까 염려스럽습니다'를 부정문으로 '늘리는 결과만 낳지 않을까 염려스럽습니다'로 써야 바른 문장이 됩니다.

예, 귀하가 제기한 문제들은 우리나라의 머지않은 미래에 큰 우환을 불러올 수 있는 중대한 사안들입니다. '세계에서 유례 없는 저출산'과 '급조한 이민 정책'은 한 고리로 연결되어 있는 심각한 문제입니다.

지금 현재 국내에서 취업해 일하고 있는 외국인 노동자들은 80만 명이 넘고, 국내에 상주하는 외국인은 130만, 체류 중인 외국인은 250만 명을 넘어섰습니다. 그 수는 해마다 급증해 왔고, 출산율이 매해 급감하는 것에 비례해서 외국인 노동자들은 갈수록 많아질 수밖에 없습니다.

지난 13년 동안 국가에서는 출산장려정책으로 국민 세금을 어마어마하게 143조 원이나 써 없앴으나 출산율은 오히려 해마다 급감한 것이 우리나라 대한민국입니다. 그런 악순환 속에서 최근에 여성단체 회원들은 "우리는 애 낳는 기계가 아니다"라고 외치고 나섰습니다.

이런 어지러운 상황 속에서 작가로서도 우리의 미래를 전망하기가 두려울 뿐입니다. 출산장려정책이 아무런 효과 없이 국민 세금만 막대하게 탕진해도 정권이 바뀌면 국가는 아무런 책임을 지지 않고, 국민들도 지난 정권의 그런 무책임한 배신 행위를 따지지도 않고, 결혼은 하되 애는 낳지 않는 해괴한 풍조가 새 유행바람을 일으키며 퍼져나가고……. 이렇게 40~50년이 흘러가면 이 나라는 어찌 될까요?

귀하가 염려하는 사태가 벌어지지 않을 수가 없겠지요. 외국인 노동자들이 천만을 훌쩍 넘어가는 이민국가가 되는 것은 피할 수 없는 일이 아닐까 합니다. 더없이 불행하되 아무도 원망할 수 없는 자업자득의 결과가 닥쳐올 위험은 얼마든지 있습니다. 그러나 작가로서 속수무책입니다. 작가는 그런 문제 해결을 위해 나설 수 있는 현실 권력이 아무것도 없기 때문입니다.

다만 한 가지 할 수 있는 일이 있다면, 이민국가가 되어 노동시장의 주도권을 외국인 노동자들에게 빼앗겨버리고, 마침내 주인의 자리까지도 위협당하게 되는 우리의 참극을 소설로 써서 모두가 깨닫게 하는 것입니다. 그러나 그것 또한 환상입니다. 우리는 벌써 몇 년 전부터 남녀노소 가릴 것 없이 스마트폰의 그 요망한 기능에 휘말려 책 안 읽는 시대가 되고 말았기 때문입니다.

30여 년 전에 우리 앞에 이런 위기의 현실이 닥치리라고는 그 누구도 예견하지 못했습니다. 우리 앞에는 해결하기 어려운 난제들이 중첩되어 있지만 인구절벽의 위기는 시간이 갈수록 가속화되는 가장 중대한 문제가 아닐까 싶습니다.

귀하는 30대이면서도 아주 심각한 우리의 미래 문제를 직시하고 있어서 반갑고, 고맙습니다. 귀하는 깨어 있는 영혼의 소유자입니다. 모든 젊은이들이 귀하와 같은 의식을 갖기를 바라는 것은 나이 든 작가의 과욕이겠지요.

순리와 축복을 거역한 미래

혼자 사는 1인 가구나, 아이를 낳지 않는 2인 가구가 점점 늘어나고 있습니다. 선생님께서 생각하시는 '결혼'과 '출산'의 가장 좋은 점을 한 가지씩 말씀해 주신다면 어떤 것이 있을지요?

서진승(30대, 서울특별시 동대문구)

남자와 여자가 서로 눈을 맞추고, 그래서 마음이 통하게 되고, 그리하여 결혼을 하게 되고, 그럼 아이를 낳게 되는 것이 자연 불변의 순리입니다. 그 순리를 인류의 2대 성인인 석가모니는 '여자는 남자에게 향기롭고, 남자는 여자에게 향기로운 존재'라고 표현했고, 예수는 '번성하라'고 축복했습니다.

그런데 '아이를 낳지 않는 2인 가구'가 점점 늘고 있다고 합니다. 이는 '결혼은 하고, 애는 낳지 않는다'는 뜻입니다. 그것은 자연의 절대 순리에 대한 거역이고, 역행입니다. 심각한 사태 발생이 아닐 수 없습니다.

10여 년 전에 그런 젊은 부부를 처음 대하게 되었습니다. '서로 각기 해야 할 일에 방해받지 않으려고'가 그 이유였습니다. 저는 마땅찮았지만 그냥 넘겼습니다. 그들과의 인간관계가 그다지 가깝지 않았기 때문입니다. 그즈음 이 나라의 출산율은 1.31명이었습니다.

그런데 그 순리 거역 행위는 해가 바뀌어가면서 공개적인 화젯

거리로 등장하고 있었습니다. 어떤 텔레비전 방송에서 한 신혼부부는 애 안 낳기로 한 결정을 큰 자랑거리인 것처럼 말하고 있었고, 사회자는 마치 그 결정이 권장할 만한 것이라도 된다는 듯 맞장구를 치고 있었습니다. 그 무렵 이 나라 출산율은 1.19명으로 급격히 감소하고 있었습니다.

그리고 또 몇 년이 지나자 애 안 낳기는 신종 유행바람을 일으키기 시작했습니다. '육아비와 교육비가 너무 많이 드니까' 하는 이유가 유행바람에 마구 부채질을 해대고 있었습니다. 사실 육아비와 교육비가 '살인적'이라고 이미 사회적 동의가 이루어져 있기도 했습니다. 초등학교 4학년부터 조기영어교육을 실시하게 되자 발 빠른 엄마들이 그 아래 학년의 아이들을 영어학원으로 내몰았고, 엄마들의 불 켠 경쟁심에 유치원들이 영어교육을 하고 나섰고, 그에 질세라 엄마들은 유치원에도 못 가는 어린것들을 고액 영어학원으로 떠밀어 넣는 극성을 부려댔습니다. 이런 광적인 교육열로 교육비가 천정부지로 치솟는 것은 너무 당연한 일이었습니다.

그뿐만 아니라 엄마들은 잘못된 교육제도로 중병을 앓고 있는 중·고등학교 고학년 자식들을 위해서도 돈을 앞세워 전력투구하고 나섰습니다. 내 자식만의 일류대 합격을 위해 천만 원짜리 자소서(자기소개서)가 생겨나는 실정이었습니다.

정부한테 왜곡된 교육제도를 혁신시킬 능력은 없고, 내 자식만을 위하는 부모들의 광적인 탐욕은 교육비를 자꾸만 치솟게 하고, 이 대책 없는 현실 앞에서 '애 안 낳기'는 강한 호소력과 설득력을 지닐 수밖에 없었습니다.

그렇게 10여 년이 흘러가면서 우리나라의 출산율은 마침내 0.88명으로 곤두박질치고 말았습니다.

이렇게 출산율이 걷잡을 수 없이 감소해 온 지난 10년 동안 정부의 출산정책은 아무것도 없었을까요? 아닙니다. 정부가 지난 13년 동안 출산정책에 투입한 국민의 혈세는 자그마치 143조 원이었습니다.

상상하기 어렵게 막대한 국민 세금을 써대면서 효과는 전혀 나타나지 않았습니다. 아닙니다. '효과가 전혀 나타나지 않았다' 하는 경우에는 10년 전의 1.31명이 10년이 지나서도 그대로 1.31명일 때 적용되는 말입니다. 그런데 우리나라의 실태는 그와 전혀 다르게 10년 동안에 1.31명이 0.88명으로 급격히 감소한 것입니다.

이렇듯 믿을 수 없도록 황당한 실태를 표현하는 합당한 말이 무엇인지 말을 다루는 작가의 입장에서도 도무지 알 도리가 없습니다. 다만 한 가지 분명한 것은 이것이 대한민국이라는 이해하기 어려운 나라의 현실이란 사실입니다. 그 어마어마한 세금을 아무런 효과 없이 마구잡이로 써대고도 무사태평한 역대 정권과 공무원도 대단하고, 국민 세금을 그렇게도 마구잡이로 탕진해 대고 있는데도 또 무사태평하게 보아 넘기는 국민들도 대단하십니다. 대한민국의 내일이 훤히 내다보입니다.

프랑스는 20여 년 전에 인구 감소의 위기에 처했습니다. 그때 프랑스의 출산율은 1.6명 정도였습니다.

'프랑스를 소멸 위기에서 구하자!'

프랑스 정부가 적극적인 출산장려정책을 시행하며 외친 구호였습니다.

20여 년 동안 프랑스 정부와 그 국민들은 마음을 함께 모아 출산 정책을 성공시켰습니다. 그리하여 예술의 나라 프랑스는 소멸의 위기에서 탈출했습니다. 그리고 그 성공은 세계의 모범으로 꼽혔습니다.

'결혼'과 '출산'은 성스러운 자연의 순리고, 가장 아름다운 삶의 축복입니다. 그런데 우리 사회는 그 순리를 거역하고, 그 축복을 거부하고 있습니다. 그건 명백한 민족 자멸의 길로 치달아가고 있는 만행입니다. 이런 식으로 50년이 가면 어찌 되겠습니까. 또 100년이 가면 어찌 되겠습니까.

모든 부모의 마음, 참된 부모의 선택

저는 40대 중반으로 올 한 해 『태백산맥』『인간연습』『천년의 질문』, 조국 대담집의 선생님 인터뷰 부분까지 읽으며, 선생님과 함께 한 해를 보냈습니다. 너무 늦게 『태백산맥』을 읽고 마음이 힘들었는데 그래도 차례로 책을 읽어나가며 많은 걸 배우고 깨달았습니다. 지금은 시대의 과제를 외면하지 않고 제가 할 수 있는 일을 찾아 실천에 옮기려고 노력하고 있습니다. 작은 목소리 보태려고 사회 참여도 적극적으로 하고 있습니다. 하지만 제 그릇이 작아 제 아이들에게 작은 참여 이상의 사회 활동을 권하기는 망설여질 것 같습니다.

선생님이 어려운 상황 속에서도 치열하게 써오신 글을 보면 추운 겨울 지리산에서 버텨냈던 하대치 같은 뚝심을 느낄 수 있는데요. 만약 그런 위험한(?) 사명감을 갖고 아드님이나 손자분이 선생님 같은 길을 간다고 하면, 선생님 아내분이 광주의 상황이 위험했을 때도 함께하셨던 것처럼 등을 밀어주실 수 있으신지요? 파장이 크지만 정의를 위한 길을 간다면, 고생이 훤한 그 길을 나 아닌 내 후손들이 간다면 응원해 주실 수 있을지 감히 여쭤봅니다.

이현정(40대, 서울특별시 강남구)

남들보다 긴 질문 속에 꽃만큼 아름다운 모성애가 가득 담겨 있군요. 귀하의 '그릇이 작아' '아이들에게 작은 참여 이상의 사회 활동을 권하기'가 어려운 것이 아닙니다. 이 세상 모든 어머니들의 마음이 다 그렇습니다. 그건 자기 자식만을 생각하는 이기주의도 아니고, 사회의식을 갖추지 못한 비이성적 행위는 더구나 아닙니다. 그런 모성애는 모든 여성들이 태생적으로 지니게 되는 DNA입니다. 6·25 때 아이를 가슴에 품고 온몸으로 폭탄 터지는 것을 막아 자기는 죽고 자식들을 살려낸 어머니들의 이야기는 많았습니다. 그러나 전쟁 때만 그런 것이 아닙니다. 우리의 현실 속에서도 똑같은 모성애의 발현을 계속 목격하고 있습니다. 화재 때 엄마가 아이를 품고 자기는 타 죽고 아이는 살려냈습니다. 엄마만 그런 것이 아닙니다. 교통사고의 위기 앞에서 할머니가 손자를 품고 자기는 죽고 손자를 살려낸 일도 우리는 목격하고 있습니다.

그런 DNA가 작동하고 있는데 그 어떤 어머니가 자식이 험난한 인생길 가기를 바라겠습니까. 이 땅의 30년 군부독재를 무너뜨리고 민주사회 건설에 절대 계기를 마련한 박종철 군과 이한열 군이 그렇게 처절하고 애통하게 죽임을 당할 줄 미리 알았더라면 그 어머니들이 가만히 있었겠습니까. 그분들도 사생결단 막고 나섰을 것입니다. 그것이 순정한 어머니 마음입니다.

그런데 자식들은 야속하고 안타깝게도 어머니에게 미리 양해를 얻거나 이해를 구하지 않고 인생길을 선택합니다. 그것은 지극히 정상적이고 당연한 일이지 불효가 아닙니다. 아니, 세태가 야릇하게 변해서 엄마들이 자식들(특히 아들들) 인생길을 정하는 데 지나치게 개입해서 '마마 보이'라고 조롱을 당하는 남자들이 생겨나기 시작한 것이 꽤나 됐고, 장가들어서도 날마다 엄마한테 전화를 해대고, 엄마는 아들의 가정사에 시시콜콜히 간섭을 하고 들어 끝내는 이혼을 하고 마는 어이없는 일들이 적잖이 벌어지고 있습니다. 그런 사태야말로 비뚤어진 모성애가 야기시킨 한심스러운 불행이고, 그런 비이성적인 행위는 하루빨리 일소되지 않으면 안 됩니다.

자식은 절대로 부모의 소유물이 아닙니다. 자식은 부모의 몸을 빌려 태어났을 뿐 부모와 전혀 다른 개성을 가진 독립체입니다. 그러므로 부모는 자식이 미성년일 때는 보호자 역할을 충실히 해야 하고, 성년이 된 다음부터는 보조자의 역할을 성심껏 해야 합니다. 이 인간사 철칙을 구분하지 못하고 모성애 DNA는 자식을 소유물로 착각해 자식도 자기도 불행의 구렁텅이에 빠뜨리게 되는 것입니다.

『풀꽃도 꽃이다』에 담은 생각

작가는 도저히 쓰지 않고는 안 되는 필요와 긴박성 때문에 소설을 써내게 됩니다. 제가 『풀꽃도 꽃이다』를 쓴 것도 이 땅의 교육 문제가 더 이상 보고만 있어서는 안 되도록 심각했기 때문입니다.

제가 인식한 우리 교육의 문제점은 두 가지 국면이었습니다. 첫째는 주입과 암기만을 능사로 하며 줄세우기 경쟁을 부추기는 시대착오적인 낡은 교육제도의 문제였습니다. 둘째는 자식을 무조건 자기 소유물이라고 작정하고 자식들 공부를 지배하려고 드는 어머니들(참 얄궂게도 학력이 높을수록, 경제력이 강할수록 내 자식은 잘되어야 한다는 이기심이 안면몰수하고 치뻗치는 행태에 그만 기가 질립니다)이 연출하는 교육 황폐화의 문제였습니다.

저는 그 두 가지 문제를 정면에서, 본격적으로 다루어 사회적 효과가 나타날 수 있도록 최선을 다하고자 했습니다. 왜 주입식 암기교육을 폐지하고 창의적 토론식 교육을 해야 하는지, 그리고 성적순으로 줄 세워 상위 그룹에만 치중하고 나머지 학생들은 노골적으로 내다 버리듯 해버리는 그 야비한 교육 행태가 얼마나 무책임하고 비인간적인 작태인지를 맵게 비판하고자 했습니다. 그리고 자식들을 소유물로 취급하며 자식 교육을 주도하고 나서는 어머니들의 광적인 이기주의가 무한한 학원정글을 만들어내며 자식들을 얼마나 괴롭히고 교육 현실을 얼마나 황폐화시키고 있는지를, 그러므로 무모하게 경제력과 체력을 탕진하지 말고 자식들 교육은 자식들이 제 개성과 재능에 따라 스스로 고르는 길을 가게 하고 부모는 보조자 역할을 성심껏 하는 것이 행복을 보장하는 바른 길이라는 것을 성의 다해 조언하고자 했습니다.

그러나 저의 그런 소망은 무참히 깨지고 말았습니다.

"아니, 그 소설 읽지 마. 읽으나 마나야."

학원가 어머니들이 이렇게 말한다고 누군가가 전해주었습니다.

그런 반응대로 『풀꽃도 꽃이다』는 저에게 불효자식이 되었습니다. 딴 소설들에 비해 월등히 독자들을 적게 만난 것입니다.

"아닙니다, 선생님. 딴 작가들에 비하면 엄청나게……."

출판사에서 제 눈치 보듯 어물거렸습니다.

예, 출판사의 말은 맞습니다. 일반 소설들에 비해 열 배가 훨씬 넘게 독자들을 만났으니까요. 그러나 저의 기대는 따로 있었습니다. 그보다 열 배는 더 독자를 만나 이 땅의 교육이 새롭게 바뀌고, 청소년들이 제가 하고 싶은 일들을 찾아 활기차게 공부하고, 행복한 인생의 문을 여는 계기가 되기를 저는 간절히 바랐던 것이니까요. 그런데 저는 무참히 외면당해 이 땅의 교육제도는 털끝만큼도 변하지 않았고, 어머니들도 줄기차게 자식들의 주인 노릇을 하며 기세등등하게 활약하고 계십니다.

제 갈 길을 가는 게 최대 행복

제가 제 아버지께 감사하는 바가 있습니다. 제 아버지는 자식들에게 '무엇이 되라'고 말한 적이 한 번도 없이 그저 조용히 지켜보고 계셨습니다. 다만 네 아들 중에 저에게만 '집을 떠나 부처님 앞으로 가라'고 했습니다. 아버지는 승려로서 순조롭게 일생을 마치지 못한 죄스러움을 가지고 계셨고, 제가 차남인 데다가 출가하기 마땅한 나이가 되어 있기도 했던 것입니다.

그러나 제가 '문학을 해야 하기 때문에 그 길은 갈 수 없다'고 하자 아버지는 조용히 아버지의 뜻을 거둬들였습니다. 그리고 문학하는 제 모습 보기를 기꺼워하셨고, 『태백산맥』이 3부까지 출간되는 것을 보시고 돌아가시면서 어머니만 듣게 "자식 키운 보람 있네" 하셨다는 겁니다.

그런데 저의 출가 이야기를 듣고 어떤 사람들은 깜짝 놀라면서 말합니다.

"큰일날 뻔했군요. 그랬더라면 『태백산맥』『아리랑』『한강』은 없었을 것 아닙니까."

그랬을까요.

아버지가 강압을 했더라면 고등학교를 졸업한 19세의 저는 어쩔 수 없이 출가를 했을 것입니다. 그러나 소설을 쓰고 싶은 열망 때문에 끝내 파계를 하고 말았을 것입니다. 그게 스스로 선택하게 되는 인생길의 운명적 마력입니다.

한국 가야금의 최고 명인으로 꼽혔던 황병기 선생은 서울 법대 출신입니다. 어머니의 바람으로 서울 법대에 진학했지만 끝내 자신이 소망했던 가야금의 길로 돌아서 으뜸의 자리를 누리게 된 것입니다. 그런 사례들이 결코 적지 않습니다. 부모의 욕심 때문에 헛고생을 해야 했던 자식들의 세월이 얼마나 고통스럽고 얼마나 아깝습니까.

귀하는 저의 아들이나 손자가 저처럼 위험한(?) 길을 간다고 하면 응원할 수 있느냐고 물었습니다. 솔직한 질문입니다. 저도 솔직하게 대답하겠습니다. 저도 선뜻 동의하기 어려울 것입니다. 저도 제 자식과 손자들이 편하게 살기를 바라니까요.

그러나 그들이 굳이 같은 길을 택하고 나선다면 그때부터는 성심껏 보조자의 역할을 다할 것입니다. 그것이 가장 바른 부모의 길입니다.

"옳은 일을 한 것이니 비겁하게 삶을 구하지 말고 떳떳하게 죽는 것이 어미에 대한 효도다."

사형 날짜를 받아놓은 큰아들에게 한복을 지어 보내며 형을 면회 가는 두 아들에게 이른 말이었습니다. 안중근 의사 어머님의 마음은 이렇듯 견고하고도 고결했습니다. 이 소식이 알려지자 조선의 《대한매일신보》와 일본의 《아사히신문》에서는 '그 어머니에 그 아들'이라고 칭송했습니다.

어머니의 그 견결한 말씀을 전해 듣고 안중근 의사는 얼마나 편안한 마음, 당당한 태도로 단두대에 섰겠습니까. 그게 자식을 끝까지 부축해 주는 장한 어머니의 길입니다.

귀하는 저의 『천년의 질문』을 읽고 '작은 목소리 보태려고 사회참여도 적극적으로 하고 있다'고 했습니다. 제가 『천년의 질문』을 쓴 목적이 바로 그것입니다. 제가 참된 독자를 만난 것입니다. 제 소망대로 행동해 주셔서 정말 고맙습니다. 제가 꿈꾸었던 것은 귀하와 같은 분들이 1,000만 명 생겨나면 그 힘으로 이 나라를 완전히 뒤집어엎어 세계 일류국가로 재탄생시킬 수 있다는 것이었습니다. 1,000만 명의 '평화혁명 상비군'을 갖추게 되면 모든 정치인, 모든 권력자들을 '진정한 국민의 머슴'으로 부릴 수 있기 때문입니다.

'제 그릇이 작아 제 아이들에게 작은 참여 이상의 사회 활동을 권하기는 망설여질 것 같다'고 귀하는 말했습니다. 아닙니다, 귀하가 시작한 활동은 결코 작은 것이 아닙니다. 그 힘들이 모아지고,

모아지면 능히 나라를 뒤바꿀 수 있는 거대한 힘이 됩니다. 그 살아 있는 증거가 서유럽 선진국들입니다.

그리고 귀하의 아이들에게 엄마가 하는 참여를 권하는 것, 그보다 큰 가르침이 없고, 그보다 큰 사회 기여가 없습니다. 귀하가 아이들과 더불어 그 참여를 줄기차게 해나가면 귀하는 더없이 존경받는 어머니가 될 것이고, 귀하의 자식들은 건강하고 참된 민주시민으로 성장해서 모두의 신뢰를 받는 행복한 삶을 이룩해 나갈 것입니다.

귀하 같은 독자를 만나게 되어 글 쓴 보람을 다시 느낍니다. 의미 크고 풍요로운 삶을 위해서 폭넓은 독서생활을 꾸준히 이어가시기 바랍니다.

무책임한 것은 권력자들뿐만이 아니다

지금까지 조정래 작가님의 작품들은 파노라마와 같은 한국 근현대사의 모습이 잘 드러나 있는데, 현재 한국 사회는 시민 의식이 크게 성장하고 진보적 관점의 공정과 정의 문제가 대두되고 있습니다. 하지만 군사독재와 개발도상국 시절의 정치 논리로 일관하는 보수적 수구세력이 정치의 아고라에 서 있는 동안 진정한 국가의 발전은 지난할 듯한데, 이런 상황 앞에 불안하게 서 있는 독자들에게 한국의 미래를 책임질 올바른 정치가의 모습과 보통 사람들의 당당하고 떳떳한 삶의 희망과 신념을 각인시켜 줄 작품 집필 계획은 없으신지요?

김요안(50대, 서울특별시 마포구)

귀하의 질문에서 수많은 사람들의 목소리를 듣습니다. 정치가 왜곡되지 않고 이 나라가 모든 국민의 안전과 행복을 보장하는 삶터가 되기를 소망하는 모든 사람들은 귀하와 똑같은 질문을 가슴에 담고 살기 때문입니다.

저는 그런 질문에 대한 작가적 응답으로 최근작 『천년의 질문』을 썼습니다. 우리나라는 짧은 기간 동안 엄청난 발전을 이룩했으나 그 과정에서 정치적으로나 경제적으로 많은 왜곡과 문제점들을 배태하게 되었습니다. 위태로운 분단상황과, 30년 군사독재의 폭력적 강압과, 그 독재의 비호와 야합 속에서 급성장한 재벌들과,

공룡화된 재벌기업들의 경제력 앞에서 예속을 면치 못한 민간정부들의 정치 왜곡과, 그럴수록 강대해지는 재벌들이 부리는 돈맛의 마수에 걸려 대책 없이 타락해 가는 각 부처 공무원들과, 재벌들이 뿌리는 광고에 농락당하며 최소한의 양심과 진실도 외면한 채 문화창녀 노릇을 마다하지 않은 각종 언론들과…….

정권이 아무리 바뀌어도 그런 상황의 되풀이 속에서 이 나라는 OECD 국가들 중에서 자살률 1위, 이혼율 1위, 출산율 꼴찌, 노인층 빈곤율 1위, 성적 비관 청소년 투신자살 1위, 부의 편중에 따라 상위 10퍼센트가 국민경제의 50.6퍼센트를 차지해 버리는 나라가 되었습니다. 이런 나라가 천당일까요, 지옥일까요?

'이 위기는 곧 망국이다!'

그래서 저는 『천년의 질문』을 쓰기로 했던 것입니다.

저는 『천년의 질문』에서 우리나라의 위기의 실태를 정확하고 소상하게 쓰려고 최선을 다했습니다. 그런데 귀하께서는 아직 못 읽으신 모양이군요.

그리고 저는 다른 소설들과 다르게 문제의 해결책도 제시하고자 했습니다. 그런데 그 반응은 서로 정반대로 나타났습니다. 저의 해결책에 적극 찬동하여 바로 시민단체 후원에 나선 분들이 있었습니다. 그러나 그 반대로 '그래서 어쩌라는 것이냐?' 하며 뜨악하고 생뚱맞은 반응을 나타내는 분들도 있었습니다. 그런 사람들을 보며 저는 '백년 천년이 가도 아무 소용이 없겠구나. 쇠귀에 경 읽기가 바로 저것이로구나!' 하는 절망에 빠졌습니다.

노예를 자처하는 국민

그런 사람들은 '대한민국의 주권은 국민에게 있고, 모든 권력은 국민으로부터 나온다'는 우리의 헌법 1조 2항을 단 한 번도 심각하게 읽어보지 않았거나, 그 의미를 신중하게 따져보지 않은 사람들입니다. 그런 사람들이 많을수록 이 나라는 정치권력·경제권력·언론권력을 가진 자들의 천국이 되고, 얼빠진 국민들은 언제까지나 그들의 노예가 되어 지옥살이를 할 수밖에 없습니다.

21세기 현재 이 지구상에서 가장 인간다운 참된 민주주의 나라로 인정되는 곳이 스웨덴을 비롯한 북유럽 몇 나라입니다. 저는 그 나라들을 우리가 지향해야 하는 롤모델로 제시했습니다. 그들은 오늘과 같은 국가를 이루어내기 위해서 400년 세월이 걸렸다고 말합니다. 우리의 신생 조국의 역사는 얼마입니까! 늦지 않았습니다. 우리가 지금부터 자각하고 시작하면, 우리가 지금까지 지나온 세월 그만큼인 70년 후에는 우리나라도 그들처럼 될 수 있습니다. 그동안 우리가 이룩해 온 '경제대국', '문화대국'의 능력으로 필경 '민주천국'도 이룩해 낼 수 있습니다. 참된 민주주의는 국민이 권력을 맡겨서만 이루어지는 것이 아닙니다. 감시·감독까지 하는 '자기의무'를 실천해야만 '민주천국'에서 살 수 있습니다.

그런 국민들의 실행 앞에서 모든 정치인과 권력자들은 정직하지 않을 수가 없고, 열심히 하지 않을 수가 없고, 오로지 국민을 위한 충직한 봉사자가 되지 않을 수 없습니다.

'한국의 미래를 책임질 올바른 정치가의 모습'이 어떤 것이냐고요? 그 모습이 따로 있지 않습니다. 국민들의 감시·감독 정도가 정치가들의 질을 결정합니다. 오늘날의 모든 정치 권력자들과 재벌들과 언론들의 타락상은 전적으로 그들의 잘못입니까? 결코 아닙니다. 국민들이 감시·감독 행위를 하지 않고 무관심하고 방치했기 때문에 나온 결과입니다. 그러므로 그 책임은 반반입니다.

이 나라는 새롭게 재출발해야 합니다. 그 기로에 서서 가장 급한 것이 대통령의 나이부터 낮추는 것입니다. 그동안 대통령들은 나이가 너무 많았습니다. 국가 경영에는 경륜이 필요하다고요? 그건 구시대적 기준입니다. 우리나라는 지난 몇십 년 동안 체계적인 교육을 치열하게 시켜왔습니다. 그리고 인생살이 50년이면 겪을 것 다 겪은 세월로 대통령 하기에 모자람이 없는 경륜이 축적되어 있습니다. 활기차고 의욕 강한 50대에게 대통령 자리를 맡겨야 합니다. 지도자가 젊어지는 것이 세계적 추세입니다. 대한민국은 앞으로 더욱 더 세계적 국가가 될 것입니다.

3·1운동 100년 후 첫해를 맞으며

『아리랑』의 작가로서 101주년 3·1절 기념식에서 묵념사를 작성하고 직접 낭독까지 하신 것은 무척 잘 어울리는 장면이었습니다. 우리의 현대사 70년을 그렇게 짧게 압축시킬 수 있다는 것이 신기하고 큰 감동이었습니다. 그런데 그 내용이 영상으로 지나가버려 너무 아쉽습니다.

윤민호(50대, 경남 진주시)

3·1운동 101주년 기념식 묵념사

우리 민족의 독립 쟁취와 평화로운 민주국가를 건설하는 것이 3·1운동 정신이었습니다.

그 숭고한 정신을 받들어, 해방과 함께 우리의 선배 세대들은 온갖 역경을 돌파하며 세계 10위권의 경제대국을 건설했습니다.

그리고 후배 세대들은 그 튼튼한 물적 토대 위에서 여러 분야에 걸쳐 세계인들을 감동시키는 문화대국을 이룩해 냈습니다.

이제 우리는 3·1정신을 줄기차게 이어나갈 새 100년의 첫해를 시작했습니다.

앞으로도 더욱 더 빛나는 조국을 창조해 나갈 것을 순국선열과 호국영령 앞에 굳게 다짐합니다.

시대를 역행하는 맹목적 좌우 대립

우리나라는 언제까지 좌파와 우파로 나누어서 사람들을
구별하고 싸우게 될까요? 종전이 되면, 남북이 통일되면 그
용어가 사라질까요? 전 세계의 몇 안 되는 단일민족이 좌우
로 나누어진 것이 마음 아픕니다. 선생님께서도 언젠가 우리
민족이 하나의 마음이 되길 바라는 마음으로 책을 쓰셨을 것
이라 생각합니다. 존경하는 마음으로 질문합니다. 좋은 책 읽
게 해주셔서 감사합니다.

김혜영(40대, 경기도 화성시)

우리 사회에서 지난 수십 년 동안 상투적으로 습관적으로
사용되어 온 '좌파와 우파'는 이제 진지하고 심각하게 따지고 수
정되어야 할 시점에 와 있습니다.

스스로 우파라고 자처하는 집단과 세력에서 상대방을 '좌파'라
고 지칭하는 것은 다분히 정치적 악의와 사상적 모함을 내포한
자기들의 이익 추구 무기화입니다. 아주 쉽게 말해서, 분단상황을
악용해 백전백승을 누려왔던 반공주의의 공격입니다.

그러나 이제 반공주의는 일소되어야 합니다. 왜냐하면 소련의
자멸과 함께 이 지구상에서는 공산주의나 사회주의는 사라져버
렸기 때문입니다.

그 무슨 사기치는 소리냐! 중국·쿠바·베트남·북한 등 사회주

의 국가들이 엄연히 남아 있지 않느냐!

그게 사실일까요? 아닙니다. 그 국가들은 이미 사회주의를 버렸습니다. 생존을 유지하고 좌우하는 경제체제가 완전히 자본주의화돼 버렸습니다. 그들은 진작 사회주의 경제체제를 포기해 버린 채 기왕 장악하고 있던 권력의 지배를 쉽게 하기 위해 공산당 1당 독재체제만 고수하고 있을 뿐입니다. 그러므로 그 나라들을 굳이 이름 붙이자면 '자본주의적 사회주의'가 될 것입니다.

그 엄연한 시대 변화에 맞추어 우리의 고질적인 반공주의 의식도 뜯어고치고 바로잡아야 합니다. 우파가 상대방을 '좌파'라고 지목하고 공격하는 데는 '넌 빨갱이야!' 하는 시대착오적 음모와 모함이 내포되어 있습니다. 그걸 노골적으로 드러내고 있는 것이 현재에도 당당하게 사용하고 있는 '친북좌파'라는 말입니다. 이러한 악의를 반성하고 척결하지 않는다면 이 나라 장래는 없습니다.

이제 우리는 새로운 시대의 흐름을 따라 그런 퇴행적이고 음험한 용어들을 버리고 새 의식을 바르게 갖추어야 합니다. 의식이 건설적이어야 우리의 미래도 건강하고 밝아집니다.

참된 민주주의는 균형 잡힌 두 세력이 견제하며 공존해야 합니다. 51 대 49의 조화. 서로를 존중하는 의견 교환과 건강한 토론을 통한 협상의 창출로 사회를 안정적으로 건설해 가는 것. 그것이 가장 바람직한 민주주의이고, 인간의 인간을 위한 민주주의입니다.

그러므로 가장 먼저 구시대적인 '우파'와 '좌파'란 용어를 버리고, '진보'와 '보수'라고 바꿈으로써 새 시대의 문을 열 수 있을 것입니다. 그 이성 회복이 민족 통일의 길을 열어가는 데도 큰 기여를 할 수 있을 것입니다. 반공주의를 악용하는 정치적 악의만큼 저급하고 치졸하고 불쌍한 짓도 없습니다.

그런 세상의 실현은 특정 정치세력이 할 수 있는 일도 아니고, 어떤 법으로도 할 수 있는 일이 아닙니다. 깨어나 뭉치는 시민의 힘만이 그 일을 해낼 수 있습니다. 이 해결책 앞에서 우리는 또 망연해집니다. 그게 우리가 짊어진 숙제입니다.

한국 교육의 핵심 문제와 그 뿌리

우리나라의 교사들은 중고교 시절 성적이 상위권에 속했던 사람들입니다. 그럼에도 불구하고 그들이 활약하는 교육 현장이 세계 하위권 수준을 면하지 못하는 까닭은 무엇일까요?

유정걸(40대, 부산광역시 남구)

예, 정확하게 지적했습니다. 그런 모순적인 현실이야말로 우리나라의 교육정책, 교육체제가 얼마나 병적으로 왜곡되어 있는가를 단적으로 입증하는 것입니다.

우리나라 교육 현장의 고질적 문제점은 몇 가지로 적시할 수 있습니다.

1. 주입식 암기교육
2. 성적순 줄세우기 경쟁
3. 토론식 창의적 교육 외면
4. 중하위 그룹을 냉정하게 버리는 비교육적 무책임
5. 그 어떤 교육 개혁이나 혁신을 시도할 수 없도록 억압 체제로 작동되고 있는 국가 교육 권력

위의 문제점들은 다음 두 가지 사실이 그 뿌리를 형성하며 해방 후 70년 세월 동안 막강한 교육 권력으로 군림하게 되었습니다.

첫째 일본 식민지시대의 유산이 굳건하게 살아 이어져 내려온 것입니다.

둘째 빨리 잘살기 위한 급속한 산업화를 추진하기 위해 선진 기술들을 베끼고 흉내내야 하는 현실 속에서 주입식 암기 교육이 그 효과를 발휘했기 때문입니다.

그 거대한 수레바퀴가 맞물려 굴러가는 속에서 우리 교육은 국가 발전에 절대적 기여를 하는 한편으로 많은 문제점들을 배태하면서 선진 현대교육의 길과 반대 입장에 처하게 된 것입니다. 그 수레바퀴 아래서 선생들 개개인은 학창 시절의 우수성을 파괴당하며 하나의 부속품처럼 단순 지식만을 전달하는 삶을 살 수밖에 없게 된 것입니다.

교육의 문제는 심각한 우리 미래의 문제입니다. 국민 전체가 관심을 집중해 해결해 나가지 않으면 우리의 내일은 비관적일 수밖에 없습니다. 풀꽃도 꽃이게 만들어야 합니다.

반민족적 범죄에 공소시효란 없다

저는 민족문제연구소 후원회원들 중의 한 사람입니다. 얼마 전에 '반민특위를 부활시켜야 한다'는 선생님의 글을 읽었습니다. 그 발상이 무척 기발했고, 그 내용은 아주 충격적이었습니다. 건국 대통령이라고도 불리는 이승만이 친일경찰들에게 반민특위를 공격, 해산시키라고 '명령'했다니요. 그런데 그 글이 《광복회보》의 호외에 실려서 많은 사람이 읽지 못할 것 같은 아쉬움이 있었습니다. 그 글은 국민 모두가 읽어야만 될 것 같은데요. 그리고 한 가지 의문이 있습니다. 어떻게 해야 반민특위를 부활시킬 수 있을까요? 그게 과연 현실적으로 가능할까요?

김대규(30대, 서울특별시 마포구)

반민특위의 부활은 얼마든지 가능합니다. 단, 국민들의 자각과 의지와 실천의 삼위일체가 그 문제를 좌우하게 될 것입니다. 이게 무슨 말일까요. 이 문제 앞에서 우리는 다시 대한민국 헌법 1조 2항을 확인하지 않으면 안 됩니다.

'대한민국의 주권은 국민에게 있고, 모든 권력은 국민으로부터 나온다.'

무슨 뜻입니까. 대한민국의 주인은 국민이고, 나라를 다스리는 모든 권력은 국민이 원하는 뜻에 따라 만들어진다. 이렇게 확실

분명하게 길은 이미 제시되어 있습니다. 그러므로 국민들이 얼마나 냉철하게 자각하고, 얼마나 굳건히 의지를 세우고, 얼마나 적극적으로 실천에 나서느냐가 그 문제 해결을 결정짓게 할 것입니다.

그러나 그 일이 그렇게 쉽지는 않습니다. 이 세상 사람들은 거의 다 나날의 생업에 시달리고 지쳐 있습니다. 그래서 사회적이거나 국가적인 문제에 신경 쓰거나 관심을 돌릴 겨를이 없습니다. 그리고 대부분의 사람들은 "내가 나선다고 뭐가 되나", "권력 가진 놈들은 들은 척도 안 하는데 괜히 떠들어봐야 내 목만 아프지"하는 자기비하의 체념과 열패감의 소시민의식이 체질화되어 있습니다. 그뿐만 아니라 군부독재 30년을 겪어오면서 국가권력의 억압과 공포에 의한 집단 트라우마 환자들이 되어 있습니다. 그래서 정당한 정치 비판을 하면서도, 권력자들의 비리를 얘기할 때도, "누가 들어. 그런 소리 하지 말어", "아니 어쩌려고 그런 소리해?"하며 움츠러들고 몸을 사리고는 합니다.

그리고 또 하나의 고질적인 문제가 있습니다. 뜻밖에도 많은 사람들이 선거 때 투표하는 것으로 할 일 다했다고 생각해 버리는 것입니다. 그 정치 무관심에는 두 가지 의식이 작용하고 있습니다. 첫째, 정치는 정치가들이 하는 그들의 전유물이라고 생각하는 것입니다. 둘째, 정치가들이 무언가 잘해 주리라고 믿고 싶어 하는 의존적 심리를 갖고 있는 것입니다. 첫째 것은 정치에 대한 그릇된 인식입니다. 둘째 것은 정치하는 자들의 속성을 모르는 단순함과 순진함에서 비롯된 것입니다.

그런데 우리는 경험을 통해서 익히 알고 있습니다. 정치인들은 선거 때만 입에 침이 마르고 목이 쉬도록 국민을 외쳐대지만 선거가 끝나면 국민은 안중에 없습니다. 권력을 잡은 그들의 안하무인적 언행이 그 사실을 여실하게 입증해 줍니다. 그래서 정치인들은 국민을 위해서 정치하는 것이 아니라 자기 자신들을 위해 정치한다는 말이 나왔습니다.

그리고 우리가 언제나 기억해야 할 영원불변의 권력의 속성이 있습니다. 아무런 감시 감독이 없으면 모든 권력은 억압과 횡포를 자행하고, 부정부패를 일삼게 되어 있습니다.

그런 불변의 사실 때문에 2천 년이 넘는 저 먼 세월부터 정치는 감독하지 않으면 안 된다는 필연성이 제기된 것입니다. 그래서 그리스의 철학자 플라톤은 이렇게 말했습니다.

"국민이 정치에 무관심하면 가장 저질스러운 정치인들에게 지배당한다."

그리고 저는 『천년의 질문』에서 또 이렇게 말했습니다.

"정치에 무관심한 것은 자기 인생에 무책임한 것이다."

국가권력을 만들어주고 그 권력 행사에 무관심해 버리면 국민들이 불행에 빠져 지옥살이를 하게 될 것은 너무나도 자명한 일입니다. 그러므로 국민을 받들고 위하는 정치가 되게 하려면 투표를 한 다음에도 정치하는 자들을 줄기차게 감시 감독해야 한다는 필연성이 생기게 됩니다.

이 사실 앞에서 우리가 잊지 말아야 할 것이 또 하나 있습니다.

'정치인들이 가장 무서워하는 것이 뭉쳐서 외쳐대는 국민이고, 가장 무시하는 것이 정치에 무관심한 국민이다.'

그러므로 정치에 무관심한 것은 야비한 정치인들의 노예 되기를 자청하는 일입니다. 그런데 기본적 지식을 갖추었다는 사람들이 뜻밖에도 정치에 무관심한 것을 많이 보게 됩니다. 그건 곧 그 사회의 민주주의 수준을 결정하게 됩니다.

뭉쳐 외치는 국민의 힘

그와 마찬가지로 반민특위의 부활 여부도 국민들의 관심과 무관심의 여부가 결정짓게 될 것입니다. 국민들이 100만이 뭉치고, 200만이 뭉치고, 그 힘을 받아 500만이 외쳐대고, 1,000만 명이 '친일파 민족반역자 처벌 특별법을 제정하라'고 외쳐대면 국회가 어찌하겠습니까. 국민 눈치보기에 약삭빠른 국회의원들은 부랴부랴 그 법을 만들어낼 것입니다. 그건 밤이 지나면 아침해가 떠오르는 것과 똑같은 명백한 사실입니다.

그런데 국민들은 어떻게 생각할까요? 그 글을 써놓고 저는 그 사실이 못내 궁금합니다. 그러면서 정치에 무관심한 것처럼 그 일에도 무관심한 사람들이 너무 많지 않을까 두렵기도 합니다. 그래도 어쩔 수가 없습니다. 지금 우리가 겪고 있는 우리 사회의 온갖 불의, 온갖 모순, 온갖 부당함의 뿌리가 반민특위 해체로 친일파 민족반역자들을 처단하지 못하고 그들이 온 나라의 권력을 장악하고 제멋대로 횡포하게 된 데서 비롯되었습니다. 이제라도 그 잘못된 사실을 바로잡지 않으면 우리에게 정의롭고 참된 민주주의 세상은 없습니다.

반민특위를 부활시켜야 한다

일본 패망 몇 개월 전부터 우리의 독립투쟁 단체들은 해방을 예감하기 시작했다. 왜냐하면 연전연승을 거두고 있던 미국의 단파방송을 청취하고 있었기 때문이다.

그 단체들은 머지않아 맞이할 해방과 함께 추진해야 될 거사인 신생조국 건설의 설계도를 짰다. 그것이 바로 '건국 강령'이었다. 그 독립투쟁 단체들을 대별하면 넷이었다. 김구 세력, 이승만 세력, 박헌영 세력, 김일성 세력. 그런데 이승만을 제외한 세 단체의 건국 강령에는 신기한 우연 일치가 생겼다. 각기 멀리 떨어져 의논이라고는 할 수 없는 상황이었는데도 강령의 첫 번째, 두 번째가 꼭 거짓말처럼 똑같았던 것이다.

첫째, 모든 친일파를 처단한다. 둘째, 무상몰수 무상분배의 토지개혁을 실시한다. 이런 우연 일치는 어떻게 일어날 수 있었을까. 그 두 가지는 새 시대를 맞이하는 민족적 열망이었고, 전 국민적 요구였던 것이다. 그 열망과 요구에 명확한 응답을 하지 않고는 새 조국의 정권을 잡을 수 없기 때문에 생겨난 '우연 일치적 필연'이었던 것이다.

분단상황의 불행 속에서 임정의 법통을 이어받은 대한민국 정부가 수립되었고, 당연한 순서로 반민특위가 결성되어 그 역사적 활동을 시작했다. 그런데 그 민족정기의 샘이고, 민족 미래의 등불인 반민특위는 친일경찰들이 휘두른 폭력 난동으로 처참하게 파괴되고 말았다.

대통령 이승만은 그 폭거를 명령했다. 그는 유일하게 건국 강령을 제시하지 않았고, 그의 정권은 각 분야 친일파들의 옹위와 지지로 이루어져 있었다. 그때부터 친일파들은 안하무인으로 맘껏 득세하며 이 나라의 모든 권력을 장악했고, 이 땅은 비양심과 무질서의 천국이 되어버렸다.

이제 우리는 단재 신채호 선생의 말을 다시 곱씹어야 한다. "역사를 망각한 민족에게는 미래가 없다." 우리가 정의로운 세상, 참된 민주주의 세상을 원한다면 부정과 불의의 뿌리를 깨끗이 도려내지 않으면 안 된다.

그 확실한 길은 이제라도 반민특위를 부활시키는 것이다. 그리고 민족문제연구소의 『친일인명사전』에 명기된 죄상에 따라 냉철하고 단호하게 단죄해야 한다. 또 '다 지나간 일'이라고 말하지 말라. 프랑스와 독일과 이스라엘의 냉엄함과 철저함을 보라. 그동안 우리가 얼마나 직무유기를 해온 것인가! 반민족적 범죄에 공소시효란 없다.

귀하는 대통령 이승만이 그 폭거를 '명령'했다는 사실에 충격을 받은 모양입니다. 뭐 그리 놀랄 것 없습니다. 그건 엄연한 사실이니까요. 대통령 이승만은 AP기자에게 그 사실을 자랑하듯이 밝혔습니다. 1949년 6월 8일 《경향신문》 2면에 그 기사가 실려 있습니다.

그런데 그동안 그 사건에 대해 수많은 사람들이 글을 써왔는데 이승만의 행위에 대하여 모두가 묵인, 방임, 침묵, 방조, 양해 이런 단어를 동원했을 뿐 본인이 실토한 '명령'이라는 말을 쓰지 않았습니다.

왜 그랬을까요?

거기에는 몇 가지 의문이 따릅니다. 그 의문은 귀하께서 풀어 보시기 바랍니다. 그 수고가 곧 탐구적이고 효과적인 역사 공부가 될 것입니다.

횡포하는 권력 앞에서

선생님께서 『태백산맥』이나 『아리랑』 『한강』에 쓰셨던 친일파 문제, 신군부 등등 여러 가지 역사적 사건이 아직도 우리 사회에 많은 영향을 미치고 있습니다. 정권이 바뀌었다고 하지만, 그들이 여전히 권력이나 돈줄의 상부에 위치해 있으면서 우리 사회를 좌지우지하기도 하고요. 과연 우리 사회가 투명하고 정의로운 사회가 될 수 있을까요? 그러기 위해 우리는 어떤 노력을 해야 할까요?

윤소현(40대, 서울특별시 양천구)

예, 그렇게 중층적 다층적인 문제들로 점철되어 있는 이 나라의 병폐를 혁신하고, 불의를 척결하고, 타락한 국가 사회의 각종 권력들을 개혁하기 위해서 제가 쓴 것이 바로 『천년의 질문』입니다. 귀하의 고민 깊은 질문에 대한 정확한 응답이 바로 『천년의 질문』입니다.

저는 그 해결을 위한 자신 있는 방법까지 다 제시했는데 독자들의 반응은 지극히 미온적이었습니다. 그 이유는 이미 다른 분의 질문에서 밝혔습니다.

'대한민국의 주권은 국민에게 있고 모든 권력은 국민으로부터 나온다.'

대한민국 헌법 1조 2항입니다.

이 법은 국민에게 두 가지를 환기시키고, 요구하고 있습니다.

첫째, 나라의 주인의식입니다.

둘째, 나라에 대한 주인으로서의 책임의식입니다.

모든 국민은 투표를 함으로써 주인으로서의 권리를 행사했습니다(기권자들은 그 권리를 포기했으므로 스스로 국민이 아님을 입증했습니다). 문제는 두 번째 책임의식입니다. 투표로 권력을 위임한 대의민주주의는 참된 민주주의의 완성이 아니라 반쪽일 뿐입니다. 나머지 반쪽은 국민들의 철저한 권력 감시와 감독입니다. 그것이 두 번째의 책임의식 실천입니다. 그것 없이 참된 민주주의는 절대로 이루어지지 않습니다. 왜냐하면 감시 감독 없는 모든 권력은 반드시 횡포하고 타락하고 부패한다는 것을 인류의 긴 역사가 명백하게 보여주고 있습니다. 또한 참된 민주주의를 건설한 유럽의 몇몇 선진국가들이 수많은 시민단체들을 통해서 얼마나 철저하게 권력을 감시 감독하고 있는지 잘 보여주고 있습니다.

그런데 우리나라의 민주주의 현주소는 국민들이 전혀 그 감시 감독의 책임을 실천하지 않고 있습니다. 그러니 국가적인 모든 권력이 그 모양 그 꼴인 겁니다. 그것이 우리나라 민주주의 한계이고 수준입니다.

저는 『천년의 질문』을 써놓고 또 많이 지치고 맥빠져 있습니다. 그런데 최근에 만난 이정호 교수의 말이 저의 기분을 약간 돌려주었습니다.

"선생님의 『천년의 질문』은 우리 현실에서 아주 중요한 소설입니다. 그렇게 완벽한 현실 진단과 해결책을 보여주신 것에 새삼 놀랐습니다. 국민들이 꼭 읽어야 할 소설인데……, 참 아쉽습니다."

그 교수는 못내 안타까워했습니다.

이 응답이 너무 짧으면 귀하께서는 『천년의 질문』을 읽어보십시오. 그럼 만족하실 겁니다. 그 교수의 말처럼.

국민이란, 국가란 무엇인가

선생님께 (과거의, 현재의, 미래의) 대한민국은 무엇입니까?
더불어 잘살기 위해서 우리가 어떻게 살아야 하는지 생각을
듣고 싶습니다.

심동훈(20대, 전북 전주시)

『천년의 질문』을 읽고 국민이란, 국가란 무엇인가를 많이
되새겨보게 되었습니다. 선생님께서 생각하시는 국가와 국민
권력은 무엇인지요.

김영성(40대, 경남 김해시)

두 분의 질문이 같은 방향을 향하고 있기 때문에 함께 묶었
습니다.

저는 우리 대한민국이 진정한 국민의 나라, 참다운 민주주의
국가, 서로서로 존중하며 우리 모두가 행복한 삶을 누리는 살 만
한 세상이 되기를 간절히 바라며 소설 쓰는 삶을 살아왔습니다.
미력이나마 소설이 그런 세상을 만들어가는 데 기여할 수 있다고
믿으며.

그런 마음을 다잡아 우리 국가 사회를 지배하고 있는 권력들이
얼마나 병들고 썩어 있는지를 총체적으로 밝혀내고 그 처방까지
를 제시하고자 했던 것이 『천년의 질문』이었습니다. 저는 그 소설

을 현실 문제에 밀착된 마지막 작품으로 기획한 것입니다.

저는 국가와 국민의 상관관계를, 민주국가를 운영해 나가는 데 있어서 그 책임을 꼭 반반이라고 생각합니다. 그러므로 '그 나라의 민주주의 수준은 그 나라 국민들의 수준과 정비례한다'는 정의에 전적으로 동감합니다.

지금 문제 많은 이 나라의 민주주의는 바로 국민들이 그만큼 문제가 많기 때문에 이 지경에 처해 있다는 뜻입니다. 저는『천년의 질문』을 발표하고 나서 이 나라 민주주의가 참된 민주주의로 새롭게 태어나는 일은 요원하다는 사실을 새롭게 절감했습니다. 그 이유는 다른 분의 질문에서 자세히 응답했습니다. 답답하지만 실망하진 않습니다.

작가로서의 소임은 그쯤으로 끝내고 저는 새로운 작품세계를 향해 새 발길을 내딛기 시작했습니다.

더 이상의 6·25는 없어야 한다

6·25 70주년을 맞이해 철원에서 열린 강원도 행사 뉴스를 들었습니다. 그 행사의 하이라이트는 '한반도 종전기원문' 낭독이었습니다. 그런데 그 기원문을 선생님께서 작성하셨고, 여러 분들과 함께 직접 낭독도 하셨습니다. 『태백산맥』의 작가이기 때문에 그 의미가 더욱 각별하다'고 아나운서가 말했습니다. 다 그렇게 생각할 것입니다. 그런데 화해 분위기였던 남북관계가 갑자기 경색되었습니다. 탈북민들의 '대북 전단 살포'를 문제삼아 북한에서 개성의 남북연락사무소를 폭파해 버렸기 때문입니다. 이런 긴장된 위기상황 속에서 종전기원문 발표가 어떤 의미인지, 그리고 기원문 내용이 어떤 것인지 궁금합니다.

원종문(50대, 강원도 원주시)

우리의 민족분단사 75년 속에서 북한의 갑작스러운 그런 행동은 즉각적으로 우리에게 공포와 불안을 조성합니다. 그것은 우리 모두가 가지고 있는 참혹한 6·25전쟁이 남긴 씻겨지지 않는 집단 트라우마입니다. 그 트라우마는 북한 동포들도 우리와 똑같이 느끼는 병증일 것입니다. 그러므로 그 트라우마는 우리 민족 전체가 앓고 있는 고질적 불행입니다.

'또 전쟁이 일어나면 어떻게 하나!' 하는 불안과 공포.

또 전쟁이 일어나면 어떻게 될까요? 이것은 막연한 가정이 아닙니다. 분단상황 속에서는 언제나 벌어질 수 있는 현실입니다. 갑자기 터졌던 6·25전쟁이 그 증거입니다. 분단상황이란 제2의 6·25가 언제든지 일어날 수 있다는 위험을 내포하고 있습니다. 그래서 우리는 북과 끝없이 대화를 모색하며 평화를 유지해 나가려고 노력해 오고 있는 것입니다.

그런데 돌출상황이 발생해 전쟁이 벌어지면 어떻게 될까요? 그 참상을 계산해 내기는 어렵지 않습니다. 현재 공개되어 있는 정보만으로 단순계산을 하더라도 쌍방이 입게 될 피해는 상상할 수 없도록 끔찍스럽습니다.

6·25 때 남과 북의 정규병력은 10만에서 12만 정도였습니다. 그런데 지금은 남한이 60여만, 북한이 120여만입니다. 다섯 배에서 열 배로 확대되었습니다. 그럼 화력도 그만큼 강화되었을까요. 아닙니다. 화력은 그때보다 100배로 막강해졌습니다. 이런 상태로 전쟁이 다시 터지면 어떻게 될까요.

6·25의 피해가 얼마나 극심했고, 그 상처가 지금까지도 낫지 않고 고통을 주고 있다는 것을 우리는 생생히 느끼고 있습니다. 그때 사망자가 140만 명, 부상자가 212만 명, 그리고 이산가족이 1,000만 명이었습니다. 그리고 고아가 얼마였으며, 상이군인 말고 민간 불구자들이 얼마였는지는 그 숫자도 파악하기가 어려웠습니다. 그뿐만 아니라 전 국토가 초토화되고 말았습니다. 그 정도가 얼마나 심했으면 한국전에 참전했던 미 공군사령관이 상하원 합동 전과보고에서 '한반도를 석기시대로 돌려놨다'고 자랑하듯 말

했습니다.

6·25 때 그렇게 참혹했으니 병력 열 배, 화력 백 배로 강화된 상태에서 전쟁이 다시 발발한다면 어떤 상황이 벌어질지는 상상이 어렵지 않습니다. 양쪽에서 마구잡이로 화력을 다 써대면 1,000만이 죽을지 2,000만이 죽을지, 참으로 끔찍해질 것입니다. 그리고 국토는 그때보다 훨씬 더 극심하게 초토화되어 도저히 사람이 살 수 없는 잿더미 지옥이 되고 말 것입니다. 그런 예상이 우리를 일깨워주는 가르침이 있습니다.

'다시 전쟁은 공멸!'

함께 망할 것을 알면서도 또 전쟁을 일으키는 어리석음을 저질러서야 되겠습니까. 그래서 남과 북은 전쟁 이후 70년 가까이 서로 적대해 오면서도 전쟁을 피해 서는 자제와 대화를 꾸준히 해왔던 것입니다. 아슬아슬하고 조마조마한 위기들을 수없이 넘기면서 김대중 시대를 맞이해 첫 번째 남북정상회담을 개최했고, 노무현 시대를 열면서 두 번째 남북정상회담을 성사시켰고, 문재인 시대를 펼치면서 세 번째 남북정상회담을 전개했습니다.

세 번째 만남에서 민족의 미래를 위해 지혜를 모은 것이 '평화 공존, 공동 번영'이었습니다. '평화롭게 함께 살고, 함께 번영해 나간다.' 우리 민족 전체의 평화로운 현재, 행복한 미래를 위해서 이보다 더 좋은 합심은 없을 것입니다. 그 아름다운 이상이 실현되기 위해서는 서로가 서로를 이해하고, 존중하고, 그리고 신뢰할 수 있어야만 합니다.

탈북민단체들의 신중함을

그런데 남쪽에서 그 절대조건을 깨뜨리고 나섰습니다. 탈북민 단체들이 자행한 '대북 전단 살포'가 그것입니다.

그들은 표현의 자유라고 말합니다. 또, 가난한 북한 동포를 돕는 거라고 합니다. 그러나 그 말이 대한민국 국민들의 동의를 얻으려면 객관적 타당성과 순수성을 가져야 합니다. 그런데 그들의 언행은 불손하고, 야비하고 저급한 정치성을 가지고 있습니다.

그들이 북한이 싫어 남쪽 땅에 왔으면 대한민국 국민입니다. 대한민국 국민은 대한민국의 국법과 그 국가가 정한 규율에 따라 언행을 해야 합니다. 그것이 민주국가의 자유 행사입니다. 드넓은 창공을 날아가는 뭇새들도 제멋대로 아무렇게나 날아가는 것이 아닙니다. 무수한 새들도 그때그때의 기류 변화에 따라 제약받고, 바람에 순응하면서 제 방향을 찾아 날아가는 것입니다. 하물며 법 규정에 따라 운영되고 질서를 잡아가는 민주국가에서 자유가 '법이 허용하는 범위 내에서의 언행'임은 더 말할 것도 없는 상식입니다.

그리고 대통령은 국민의 생명과 재산을 지켜야 하는 임무를 수행하는 국가의 대표이며, 그 헌법적 임무를 대통령이 수행할 때에는 모든 국민은 그 일에 순응하고 협조해야 할 책임과 의무가 있습니다.

문재인 대통령이 김정은 위원장과 세 번째 정상회담에서 뜻을 모은 '평화 공존, 공동 번영'이야말로 우리 국민의 생명과 재산을 지키는 가장 큰 임무 수행이라 할 수 있습니다. 그러므로 우리 국민들은 그 일이 잘 이루어져 나아가도록 합심 노력해야만 합니다. 그런데 탈북민단체는 '대북 전단 살포'를 통해 그 중대한 일에 재를 뿌렸고, 대통령의 명예를 훼손하고, 권위를 실추시켰습니다.

왜냐하면 탈북민단체는 대형 비닐 주머니에 달려며 쌀만 넣어 보낸 것이 아닙니다. 거기에는 또 하나, 우리 대통령과 정상회담의 상대자였던 북한 정상을 흉보고, 헐뜯고, 욕해 대는 여러 가지 삐라들도 들어 있었습니다. 그 삐라들은 정상회담에서 약속한 상호 이해와 존중과 신뢰를 정면으로 짓밟고 파괴하는 망동이 아닐 수 없습니다.

그런 비이성적 망동이 '표현의 자유'라고 그들은 강변합니다. 먼 평화통일을 향하여 남과 북이 평화롭게 살아나가며 함께 행복하기를 바라는 대한민국 국민들은 그들의 그 시대착오적인 야비하고 저열한 정치행위를 절대로 용납하지도, 용서하지도 않습니다. 그들은 이성을 찾아 현실을 빨리 파악하고 더 이상 전단 살포를 하지 말아야 합니다. 그래야만 대한민국 국민으로서 대접받을 수 있습니다. 그리고 모든 국민들은 그들의 망동을 법적으로 제지하기를 바라고 있습니다. 정부에서는 그런 국민의 요구를 강력한 힘으로 실현시켜야 합니다.

저는 이런 뜻으로, 그리고 남북관계가 전혀 손상된 것이 없다는 것을 실증하는 마음으로, 이런 때일수록 진심으로 진정을 표하는 것이 예의이고 순리라고 생각하며 그 실천으로 종전기원문을 작성했습니다.

한반도 종전기원문

세계인과 더불어

해방과 함께 닥쳐온 분단은 어찌할 수 없는 우리 민족의 숙명적 불행이었습니다. 그 불행으로부터 야기된 동족상잔의 전쟁은 두 번째 불행이었습니다. 그 슬픈 전쟁이 깨끗하게 종식되지 못하고 휴전이 된 것은 세 번째 불행이었습니다. 그 휴전으로 남북이 서로 적대하며 70년 가까이 살아야 했던 것은 네 번째 불행이었습니다. 그리고 그 적대의 세월이 언제 끝날지 기약이 없는 것은 다섯 번째 불행인 것입니다.

서로를 적대하며 살아온 지난 세월 동안 저질러진 민족적 소모는 그 얼마이며, 퇴보 또한 그 얼마입니까. 5천 년을 함께 살아온 예지롭고 슬기로운 민족이 언제까지 그런 어리석은 삶을 살아갈 것입니까. 수수만년 뻗어갈 장구한 민족사에서 그보다 더 큰 죄는 없을 것입니다. 그 죄닦음의 길을 찾아 지혜를 모은 것이 '평화 공존, 공동 번영'이었습니다.

'평화롭게 함께 살고, 함께 번영해 나간다.' 이보다 더 고결하고 진정한 남북화합의 길이 어디 또 있겠습니까. 그것이야말로 우리 민족의 비원이고 숙원인 평화통일의 첩경이고, 5천 년 민족사를 다시 잇는 튼튼한 다리가 아닐 수 없습니다.

그 건설적이고 참된 뜻에 마음을 합쳐 남북 두 정상은 백두산 장군봉에서 두 손 맞잡아 올려 하늘을 향해 고했습니다. 평화롭게 함께 살고, 함께 번영해 나가겠노라고. 그리고 남과 북 8천만 겨레는 그 감동적인 합심에 뜨거운 박수갈채로 호응했습니다.

그러나 그 염원은 우리 민족만의 의지로 이루어지기는 어렵습니다. 우리의 분단은 세계의 평화와 연계되어 있기 때문입니다. 인류의 항구적 평화를 위하여 세계인들이 협조해 주어야만 그 일은 성취될 수 있습니다. 자유와 평화를 사랑하는 세계인들에게 간곡히 호소합니다. 우리가 휴전협정을 종전협정으로 바꿀 수 있도록 따뜻한 마음을 모아주십시오. 모두 흔쾌히 도와주실 것을 믿으며 우리는 8천만의 갈망을 담아 종전을 간절히 기원하는 바입니다.

스포츠계 폭력사태에 대하여

또 스포츠계의 폭력이 사회적 말썽을 일으키고 있습니다. 자살한 선수와 같은 여성으로서 슬픔과 분노를 함께 느낍니다. 반복되는 이런 문제의 해결책이 무엇인지 작가 선생님의 고견을 듣고 싶습니다.

이소미(30대, 서울특별시 성북구)

국가대표급 젊은 여자선수가 자살을 했으니 이보다 더 불행한 사태는 없습니다. 왜냐하면 그 선수의 자살은 체육계 전체가 저지른 '타살'이나 마찬가지이기 때문입니다. 그 선수는 자살을 택하기 전에 자신이 당하고 있는 문제를 해결해 달라고 크고 작은 여섯 군데의 체육 관계기관에 호소하고, 신고하고, 고발했습니다. 죽을 생각은 전혀 없었고, 가해자보다 강한 기관의 힘을 통해 보호받고 싶어 했던 것입니다. 그러나 모든 체육기관에서는 그 화급하고 절박한 구조 요청을 외면하거나 묵살했습니다. 그 냉혹한 고립 속에서 미처 살아보지도 못한 20대 초반의 생명은 자살을 택할 수밖에 없었습니다. 이것이 '집단 타살'이 아니고 무엇입니까.

이 엄연한 사실의 확인 앞에서 결론부터 말해야 될 것 같습니다. 사태가 표면화되자 가해 당사자에 대한 추궁이나 처벌을 놓고 온통 시끌시끌하고 야단법석입니다. 그러나 명백하게 말하건대 가해자의 문제만이 아닙니다. 왜냐하면 체육계의 폭력문제는 군대의 폭력과 함께 지난 수십 년 동안 줄기차고 끈질기게 저질러져 온 상습적 악습이고 고질적 범죄행위이기 때문입니다. 그 비인간적인 폭력의 병폐가 관행으로 뿌리박은 것은 무엇 때문입니까. 체육계 전체가 권장적 묵인을 일삼아온 탓입니다. '기록을 잘 내기 위해서는 어쩔 수 없다.' 폭력을 합리화하는 이 말을 모르는 대한민국 국민은 없을 것입니다. '군기를 잡기 위해서는 어쩔 수 없다'는 군대의 말과 함께. 그러므로 체육계의 폭력은 체육계 전체가 조장하고 묵인한 결과물입니다. 따라서 이번 사건은 가해자를 포함해 해당 기관의 간부들이 전부 책임져야 합니다.

민주의 시대, 인권의 시대에 기록을 위해 선수들을 두들겨 패다니, 이런 야만이 어디 있습니까. 스포츠는 우리가 즐겁고 신나고 행복하기 위해서 하는 레크리에이션입니다. 그러므로 운동을 하는 이나 경기를 보는 이나 함께 즐겁고 신나고 행복해야만 하는 것입니다. 그런데 운동선수들이 기록을 잘 내기 위해서 두들겨 맞는 고통까지 감수해야 한다니 그보다 더 참혹한 불행이 어디 있겠습니까. 그런 비인간적 야만행위를 저질러 따 오는 메달은 더 이상 필요없습니다.

이제 대한민국은 서로가 서로를 귀히 여기고 존중하고 사랑하는 문화대국이 되었습니다. 그런데 어찌 시대착오적인 폭행사건이 체육계에서는 계속 벌어지고 있는 것입니까. 그 일소를 위하고, 새롭게 태어나기 위해서 가해 당사자의 엄벌과 함께 관계기관 간부들 전부가 물러나야 합니다.

동물을 학대해도 처벌받는 이 시대에 국가대표급 선수들을 개 패듯 하고, 그 만행을 묵살하고 외면한 체육계 간부들이 국민 세금으로 먹고사는 그 뻔뻔스러운 직무유기를 국민들은 결코 용납하지 않습니다. 서럽고 억울한 젊은 넋의 죽음이 헛되지 않게 하는 것이 체육계의 정화입니다. 안타까운 이번 사건이 '동물체육'을 '인간체육'으로 바꾸는 확실한 계기가 되어야 합니다.

체육계의 병폐가 단순히 '육체폭력'에만 있는 것이 아니라는 것을 잘 알고 있습니다. '언어폭력'은 더욱 빈번하게 일어나며 선수들의 인격 모독과 의욕 저하를 불러오고 있고, 거기다가 '성추행'에 더하여 '성폭력'까지 자행되고 있다는 것을 그동안 저질러져온 사건들을 통해서 세상 사람들은 모두 다 알고 있습니다. 그런 저급한 야만의 시대는 이제 그만 일소시켜야 합니다.

창피스러운 일제의 잔재

"조선 놈들은 때려야 말을 듣는다."

이 말은 누가 한 것일까요.

나이 든 어른들은 다 아는 일입니다. 일본 놈들이 우리를 식민 지배하면서 입에 달고 산 말입니다. 여기서 '일본 놈들'이라고 하는 건 상스러운 욕이 아닙니다. 우리의 의지 굳건한 독립투사이며, 걸출한 논객이면서 역사학자이고 소설가였던 단재 신채호 선생께서 신문에 글을 쓸 때마다 꼭 '강도 일본 놈들'이라고 못박은 공식 명칭입니다. 우리나라를 강탈했으니 '강도'가 틀림없습니다. 저도 단재 선생의 그 단호함을 이어받아 '일본 놈들'이라고 쓰는 것입니다.

일본 놈들은 일상생활 속에서 우리나라 사람들에게 제멋대로 매질을 해댔고, 몽둥이를 휘둘렀고, 니뽄도를 뽑아 찌르고 내리쳤습니다. 그들의 폭력행사가 일상생활 속에서도 그렇게 난폭했으니 징용이나 징병을 끌려간 사람들이 얼마나 극심하게 당했는지는 이미 잘 알려져 있습니다. 맞아 죽은 사람이 숱했으니까요.

그런데 일본 놈들의 그 가혹한 폭력행사를 그대로 따라 배우는 조선 사람들이 있었습니다. 바로 친일파들이었습니다. 그 민족반역자들은 일본 놈들에게 충성을 바치기 위해서 같은 동포들에게 거침없이 폭행을 자행했습니다. 그 대표적인 부류가 경찰에 몸담은 자들과 직업군인이 된 자들이었습니다.

그런데 우리가 해방이 되면 그런 자들은 어찌해야 되겠습니까. 당연히 척결, 처단하여 죗값을 받게 했어야 합니다. 그 일을 수행하기 위해서 조직, 결성된 것이 반민특위였습니다. 그런데 다 아시다시피 반민특위는 무장한 친일경찰 패거리들의 기습으로 파괴되고 말았습니다.

친일파 척결은 수포로 돌아갔고, 150여만을 헤아리는 사회 모든 분야의 친일파들은 일제시대보다 더 지위가 높아지고, 힘이 더 강해지면서 국가 사회의 모든 권력을 장악하며 득세하게 되었습니다. 그 힘을 토대 삼아 지탱된 것이 이승만 정권이었습니다.

그랬으니 이승만 정권 12년 동안 일제 잔재를 청산하는 그 어떤 제도도 법도 시행되지 않았습니다. 그런 무책임한 상황 속에 군대에서는 군기 잡는 폭력이 난무하면서 점점 뿌리를 깊이 내렸고, 경찰조직도 일제시대의 폭력성을 그대로 행사하며 대중 위에 군림하고 있었습니다. 심지어 학교에서도 '사랑의 매'로 미화된 일본식 폭력이 모든 선생들에 의해 당연한 것처럼 자행되고 있었습니다. 그러니 스포츠계에도 승리를 위한 폭행이 군대에서처럼 일상화되고 상습화되는 것은 지극히 자연스러운 일이었습니다.

36년 동안 자행된 일본의 악습이 그 두 배 세월인 70년이 넘도록 답습되어 왔다니, 이 얼마나 주체성 없고, 줏대 없고, 민족적 자존심 없는 한심스러운 작태입니까. 일본이 우리를 깔보고 무시하는 여러 가지 이유 중의 하나가 바로 이 점이라는 사실을 아프게 인식하지 않으면 안 됩니다.

박근혜 탄핵 때 엄동설한 속에서 3개월여간 계속된 광화문 시위 현장을 보십시오. 연 1,700여만이 참여한 시위에서 폭력사태가 한 건도 벌어지지 않았고, 그 어떤 파괴행위도 일어나지 않았고, 거리가 휴지로 더럽혀지는 일도 생기지 않았습니다. 그 강렬한 열정이 무수한 촛불들로 타오르면서도 질서정연한 그 시위 현장을 보고 놀라고 감탄한 것은 유럽 언론들이었습니다. 독일의 유명한 주간지 《슈피겔》은 '미국과 유럽 여러 나라들은 한국에서 민주주의를 다시 배워야 한다'고 격찬했습니다.

어디 그뿐입니까. 코로나19가 창궐하는 위기의 상황 속에서 세계 1등 국가라고 하는 미국에서는 어떤 사태가 벌어졌습니까. 서로 싸움을 해대는 사재기와 함께 총들을 다투어 사는 긴 줄이 여기저기서 이어졌습니다. 그런데 우리나라에서는 그 어디에서도 사재기의 소동이 전혀 벌어지지 않았습니다. 언제나 문화국이라는 것을 뽐내고 싶어 하는 일본에서도 사재기가 극심해 편의점의 진열대마다 텅텅 비어 있는 것을 TV 뉴스가 여러 차례 보여주었습니다. 그런데 우리나라의 진열대에는 모든 물건들이 가득가득 쌓여 있었고, 많은 사람들은 한가할 정도로 침착하게 필요한 만큼만의 생필품들을 사는 모습을 TV 뉴스는 보여주고는 했습니다. 그 이해하기 어려운 사실을 또 세계가 확인하고는 놀라는 반응을 보였습니다. 신속하고 효과적인 정부 차원의 전염병 대응 체제의 작동과 함께.

그것은 우리 국민 모두의 문화 수준과 의식의 성숙을 보여주는 좋은 증거입니다. 우리는 그만큼 인간 존중과 상호 배려를 실천하는 민주사회를 건설했음을 전 세계에 보여준 것입니다. 그런 사회 수준과 전혀 어울리지 않게 체육계에서는 폭력이 상습적으로 자행되고, 성추행이며 성폭력까지도 벌어지고 있다니 이런 추악함이 어디 또 있을 수 있습니까.

다시 확인합니다. 스포츠는 우리 모두가 즐겁고 신나고 행복하기 위해서 하는 레크리에이션입니다. 시대착오적이고 시대역행적인 스포츠 폭력은 이번 기회에 반드시 척결되고 일소되어야 합니다. 그 악습과 폐습의 척결과 일소는 약속이나 사과로 되는 것이 아닙니다. 법과 제도로 엄히 다스려야 합니다. 시급히 그 일의 실천을 촉구합니다.

신적인 권능이 주어진다면

작가는 신의 권능과 마찬가지로 자기의 작품 세계를 자유자재로 창조해 냅니다. 실제로 이 세상을 마음대로 할 수 있는 권능이 주어진다면 무슨 일을 가장 하고 싶으십니까.

나승범(30대, 대전광역시 유성구)

'이 세상을 마음대로 움직일 수 있다면⋯⋯.' 이 가정법은 저에게 판타지 소설 한 편을 쓸 공간을 제공하는 것이나 마찬가지로군요.

글쎄요⋯⋯. 그런 신적인 권능이 주어진다면 꼭 하고 싶은 일이 한 가지 있기는 합니다. 인류의 항구적이고 영원한 평화를 위하는 일입니다.

무슨 수로 인류가 영원한 평화를 누리게 할 수 있냐고요? 그건 너무 거창하고 막연한 말이라 황당하게 들리기 십상입니다. 그러나 저에게는 그 거대한 일을 실현시킬 묘안이 있습니다.

기나긴 역사를 통해서 인류가 평화롭게 살지 못하고 불행했던 이유가 분명 있었습니다. 그건 끊임없이 전쟁을 했기 때문입니다. 그 증거가 인류의 역사 기록에 뚜렷하게 나타나 있습니다. 인류사를 기록한 역사책에는 수많은 전쟁의 기록들이 가장 많은 분량을 차지하고 있습니다. 그러므로 인류사란 곧 전쟁사란 압축적 정의도 가능합니다.

그러니까 인류의 평화를 영속시키는 가장 좋은 방법은 인간사에서 전쟁을 없애버리면 된다는 답이 나옵니다. 그럼 무슨 수로 전쟁을 없애느냐는 새로운 질문과 만나게 됩니다.

전쟁이 일어나는 가장 큰 이유는 강대국과 약소국 간의 힘의 불균형에서 비롯됩니다. 그 힘의 차이 때문에 강대국들은 끝없이 약소국들을 침략하고 싶은 유혹을 느낍니다.

그런 힘의 불균형의 현실 속에서 전쟁을 항구적으로 없앨 방법이 딱 한 가지가 있습니다. 저는 그 일을 하고 싶습니다. 여기까지 말했으면 그 딱 한 가지 방법이 귀하의 머릿속에 번뜩 떠올라야 합니다.

그러나 그걸 지금 당장 확인할 수 없으니까 제 생각을 털어놓을 수밖에 없군요.

그 방법: 영토 크고, 인구 많은 몇 개의 강대국을 없애버린다.

여기서 '없애버린다'는 것은 그 넓은 땅을 수십 개의 나라로 분할한다는 의미입니다. 영토와 인구가 비슷비슷한 나라들로 분리 독립시키는 것입니다. 그 실례로는 유럽, 아프리카, 남미가 있습니다. 그 대륙들에는 여러 나라들이 있지만 힘이 서로 그만그만해서 싸워봤자 별수 없다는 역사 체험을 통해 꽤나 오랜 세월을 평화롭게 살고 있습니다.

그러니까 미국·중국·러시아·캐나다·인도 같은 대륙들을 수십 개의 나라로 분할시키면 이 지구에는 항구적인 평화가 오지 않겠습니까.

귀하의 생각과 일치했습니까?

우리 시대의 절망과 희망 사이

선생님은 문학과 역사, 사회적인 현안에 대해서 발언하는 걸 두려워하지 않으셨고, 최근까지 문학적 열정을 보여주고 계신데요. 모든 크고 작은 이슈마다 첨예하게 의견이 갈리고 서로를 공격하는 현 시대를 보고 있으면 희망보다 절망이라는 단어가 먼저 떠오릅니다. 현 시대가 추구해야 할 유토피아를 정의하신다면 그것은 어떤 것이고, 그렇게 나아가기 위한 방안은 무엇인지 한 말씀 듣고 싶습니다.

김병석(40대, 경기도 군포시)

국론 분열, 소모적 논쟁, 불평불만, 일사불란한 단합, 이런 말들이 거침없이 사용되었던 시대가 있었습니다. 군사독재 30년 때 그랬습니다. 그 부정적인 단어들은 독재정권을 유지해 가기 위해서 분단상황을 최대한 이용해 가며 국민을 겁박하는 무기로 사용되었습니다.

그런데 민주화시대 25년이 넘었는데도 그런 단어들은 일소되지 않고 우리의 생활 속에서 그 얼굴을 드러내고 있습니다. 그건 언어의 생명력이 얼마나 질긴 것인가를 보여주는 증거입니다. 그리고 또 하나는, 우리 인간들의 의식은 언어로 한번 최면당하면 거기서 벗어나기가 얼마나 어려운 것인가도 잘 보여주고 있습니다.

우리는 저 80년대에 많은 희생과 출혈을 거쳐서 민주화를 성취했습니다. 그 누구의 도움도 없이 우리들이 싸워서 이긴 그 승리는 오늘의 민주주의를 이룩해 냈습니다. 그러면서도 독재자들이 악의적으로 동원했던 말들을 일소시키지 못하고 그 단어들로 민주 현실을 재단하려고 드는 것은 큰 불행이 아닐 수 없습니다.

민주주의와 민주사회는 다양한 생각과, 다양한 의견과, 다양한 토론이 그 생명력입니다. 그러므로 51 대 49 비율의 사회세력이 생성되는 것은 너무나도 당연하고 바람직한 현상입니다.

제가 보기에 우리 사회는 결코 절망적이지 않습니다. 그러므로 우리의 미래는 희망적입니다. 그리고 민주주의가 제아무리 발전한 나라에서도 유토피아란 없습니다. 유토피아란 미래 희망을 위해 만들어진 환상적 언어이지 현실적 실현성을 갖는 언어는 아닙니다.

그리고 인간의 욕망은 만족이 없이 끝없이 팽창되는 것이기에 유토피아를 현실에서 실현할 수 없는 게 인간의 숙명이 아닐까 합니다.

여행을 하십시오

선생님께서 대하소설 『아리랑』과 『한강』을 쓰시려고 지구의 세 바퀴 반 정도의 거리를 취재하셨다는 얘기를 들었습니다. 지금까지 가보신 곳 중에서 가장 인상적이어서 다시 한 번 더 가보고 싶은 나라 또는 지역을 추천해 주신다면 어디입니까?

전미혜(30대, 전남 목포시)

100번 가도 좋을 곳으로 저는 두 군데를 추천하고 싶습니다.

국외: 프랑스 파리

국내: 제주도

그 이유 설명을 하고 싶지만 애써 삼갑니다. 왜냐하면 그건 친절이 아니라 저의 주관일 뿐이고, 특히 여러분의 인생에 개입하고 간섭하는 일이 되기 때문입니다.

직접 가서 '보고' 그리고 '깨닫는 것', 그것이 여행의 묘미이고, 인생의 참맛입니다.

여행하십시오. 여행은 책을 읽는 것만큼이나 유익한 인생의 자양입니다. 단 그냥 떠나지 마시고 사전에 최소한의 상식을 갖추고 가십시오. 그럼 여행은 당신을 성숙한 교양인으로 키워줄 것이고, 그런 여행은 즐거움과 만족감을 열 배로 배가시켜 줄 것입니다.

'속도'와 '편리' 속의 '본질'

많은 대하소설과 장편소설을 쓰신 작가로서, 앞으로 인공
지능과 4차 산업 시대가 더욱 더 발전하게 될 텐데 그럴수록
인간이 어떤 마음가짐과 철학, 어떤 가치를 추구하며 살아야
할지 조언 부탁드립니다.

김빛나(20대, 서울특별시 은평구)

IT 문명의 시대는 분명 획기적이고 혁신적입니다. 그러나 '속
도'와 '편리' 두 가지로 현대인들을 사로잡고 있는 과학문명이 인간
의 삶에 얼마나 진정한 행복을 줄 것인지는 전혀 알 수가 없는 일
입니다. 왜냐하면 얼마 되지도 않는 그 역사 속에서 벌써 여러 가
지 폐해가 드러나 사회적인 문젯거리가 되고 있기 때문입니다.

수많은 음란물 사이트, 온갖 도박 사이트, 쉴 새 없이 새것이
쏟아지는 게임 사이트……. 청소년부터 장년층까지 그런 사이트
의 자극적 유혹에 휘말려 영혼이 타락하고 병들고 있습니다. 신
흥 부자들을 만들어내는 그런 사이트들은 갈수록 강한 자극력으
로 표피감정뿐인 부류들을 유혹해 댈 것이고, 인간사회의 황폐화
는 가속도가 붙게 될 것이 자명합니다.

그리고 또 하나의 중대한 사태가, 급속한 인공지능의 실용화 확
대로 초래될 사람들의 일자리 박탈입니다. 이 비극도 이미 대소
공장에서 현실로 나타나고 있는 문제입니다. 기업주들은 이윤 극

대화를 위해 인공지능 기계들을 갈수록 많이 설치할 것이고, 그에 따라 사람들은 일자리를 빼앗기고 직장에서 쫓겨나야 합니다. 실업자 양산이라는 이 사회적 비극은 소득 편중이라는 빈부격차를 가속화시킬 것입니다. 그 부익부 빈익빈의 사회적 불균형은 결국 사회의 몰락이라는 참극으로 귀착될 수밖에 없습니다. 그 사실은 우리 인간의 긴 역사가 잘 입증해 주고 있습니다.

자아, 인공지능이고 4차 산업이고, 우리는 그 정체를 똑바로 응시할 수 있어야 합니다. 그런 것들은 삶의 수단일 뿐 본질이 아니라는 사실을 투시하고 인식해야 합니다.

그런 기계들의 편리함과 속도감 그리고 표피적인 흥미와 말초적인 재미에 휘말려 서로가 무의식중에 저지르고 있는 대화 단절은 서로를 소외시키고, 외로움을 가중시키고, 끝내는 영혼의 황폐화에 빠지게 될 것입니다. 본질적으로 인간은 완벽하지 못하고, 그 미완성적 영혼은 존재와 죽음에 대한 불안과 두려움을 갖고 있고, 그것을 극복하기 위해서는 정신적 성장이 이루어지지 않으면 안 됩니다. 인공지능이 제아무리 발달해 봤자 그 본질적 문제 해결에는 아무런 도움도 되지 않습니다.

인공위성과 함께 20세기 획기적 발명품으로 꼽히는 것이 플라스틱입니다. 그것은 싸고 질기고 편리해서 비행기 부품들에서부터 온갖 생활도구까지 못 만들어내는 물건이 없이 전성시대를 구가해 왔습니다. 그러나 그것이 썩는 데 500년이나 걸리고, 그 쓰레기가 상상할 수 없는 양으로 쌓이고, 하천이나 바다에서 물살의 힘에 못 견뎌 그것들이 조각조각 깨지다 못해 현미경으로 보아야만 보일 정도로 미세먼지화함으로써 이미 3차, 4차 오염로를 거쳐 우리 인간의 핏속까지 침투하고 있다는 연구 결과가 발표되고 있습니다. 바닷새며, 물고기며, 거북이며, 고래까지 위에 플라스틱 조각들이 가득 차서 죽어버린 사실이 끔찍스럽도록 실감나게 텔레비전 화면에 비쳐지고 있습니다. 플라스틱은 이미 인류의 생명을 위협하는 가장 강력한 무기가 되어 우리를 공격하기 시작했습니다.

그게 인간 발명품이 가지고 있는 양면성입니다. 플라스틱이 가해오는 위협적 불행에 비해 그동안 누려온 행복이 얼마일까요. 인간의 발명품이 모두가 다 좋은 것이 아니라는 사실을 플라스틱은 대표적으로 보여주고 있습니다.

제 생각으로는 인공지능의 4차 산업도 제2의 플라스틱으로 공포의 대상이라고 여겨집니다. 그래서 『천년의 질문』에서 스마트폰이 플라스틱과 함께 21세기 인류의 재앙이라고 한 것입니다.

이런 세상일수록 자기 구원적 철학과 초월적 영혼의 세계를 확보해야만 할 것입니다. 그 길을 위해 심오한 가르침이 담긴 책들을 꾸준히 읽으며, 자아를 응시하고 발견할 수 있는 명상 생활도 함께 병행시켜 나가면 큰 효과를 볼 수 있을 것입니다. 과학은 수단일 뿐 본질일 수 없습니다.

종이책의 운명

과학의 발전에 따라 우리는 TV, 휴대폰을 뛰어넘어 '스마트폰의 시대'를 맞이하게 되었습니다. 이 같은 상황 속에서 종이책의 지명도는 자연스럽게 떨어지게 되었는데요. 선생님께서도 이미 수년 전부터 이 '종이책의 위기'를 경고하는 목소리를 지속적으로 내오셨던 것을 기억하고 있습니다. 그렇다면, 이러한 스마트폰의 시대에서 과연 종이책이 생명을 유지할 수 있을까요? 종이책이 살아남으려면 어떤 대비가 필요할까요?

김세진(20대, 경기도 여주시)

스마트폰의 신종 발매 행진은 끝없이 힘차게 진행되고 있습니다. 그 줄기찬 행진은 스마트폰의 기능 진화를 의미합니다. 마술적 기능을 또 새로 갖춘 스마트폰 출시에 환호하며 사람들(특히 젊은 남녀들)은 서로 빨리 사려고 밤샘 줄서기를 마다하지 않습니다.

해마다 반복되고 있는 그 진풍경은 '종이책 시대의 종말'을 여실하게 보여주는 증거입니다. 어느 나라에서나 책을 가장 많이 읽는 세대가 바로 20~30대의 젊은 남녀라고 합니다. 그들이 그렇게 스마트폰의 현란한 기능에 매료되어 그 속에 풍덩 빠져버리면 상대적으로 책은 멀리할 수밖에 없습니다.

그 증거가 이미 몇 년 전부터 뚜렷하게 나타나기 시작했습니다. 세계적으로 종이책 판매가 해마다 급격하게 줄어들었던 것입니다. 그리고 종이책의 운명에 대한 거론이 시작되었습니다. 그 예측의 결과는 지극히 비관적이었습니다.

'종이책이 위기에 처하는 것은 피할 수 없는 운명이다. 그러나 종이책은 그 생명을 계속 이어갈 것이다.'

참 궁색스럽고 초라한 전망이었습니다. 더구나 이런저런 영상으로 책읽기를 하는 것이 급속히 확산되면서 종이책의 종말은 더 가속화되고 있습니다. 저도 2~3년 전부터 '오디오북'의 인세를 종이책의 인세와 함께 받고 있으니까요.

시대의 변화란 그 어떤 힘으로도 막을 수 없었던 것이 인류의 역사였습니다. 더구나 정치가 아니라 과학의 힘으로 주도되는 변화는 더욱 그렇습니다.

'영상 책읽기'가 전자파 같은 것의 피해로 인체에 치명상을 가하는 문제 같은 것이 생기지 않는 한 종이책의 종말은 더욱 가속화될 것 같습니다. 그런 상황에서 종이책이 살아남을 어떤 대비란 무망한 것이 아닐까 싶습니다.

그런 시대에도 소설은 존재할 것입니다. '영상 책읽기'로 갈아타면서. 단 종이책의 시대보다 소설을 몇 배는 더 잘 써야만 독자들과의 만남이 이루어질 것입니다. 독자들의 구미가 엄청나게 달라지게 될 테니까요.

저는 그런 시대에 살지 않게 된 것이 다행이라면 참 다행입니다. 스마트폰 때문에 책을 읽지 않는 시대가 벌써 시작되었고, 그 피해를 실감하며 불가항력적인 시대 변화를 우울하게 바라보고 있습니다.

인공지능이 문학작품을 쓴다면

인공지능이 쓰는 시나 소설 등 문학작품에 대해 어떻게 생각하십니까?

류민서(10대, 경기도 성남시)

인공지능이 시나 소설도 쓰는 시대가 온다는 것을 이세돌 9단의 바둑 대국이 실감나게 보여주었습니다. 그 대국을 바라보면서 절망과 희망을 동시에 보았습니다.

이세돌 9단이 연거푸 지는 것을 보면서 절망에 빠졌고, 가까스로 한 판 이기는 것을 보면서 희망을 얻었습니다. 그것은 바로 '인간의 영역'과 '신의 영역' 차이의 발견이었습니다.

인공지능은 인간의 능력으로 덧셈·뺄셈·곱셈·나눗셈을 신속하게 할 수 있도록 만든 기계이고, 물리적 변화만을 할 수 있는 인간의 영역입니다. 그런데 인간은 나눗셈 그다음의 플러스알파를 해내 화학적 변화를 일으킬 수 있는 신의 영역에 속하는 존재라는 사실입니다.

다시 말하면 인공지능은 이 세상의 바둑 묘수를 모두 동원하여 덧셈·뺄셈·곱셈·나눗셈을 훈련하고 이세돌에게 도전했습니다. 그런데 이세돌은 인공지능의 그런 무장을 전혀 모른 채 도전을 받아들였습니다. 이세돌은 판판이 지면서 비로소 인공지능의 능력이 어느 정도인지 다급하게 파악하기 시작했습니다. 그리고 신의 영역인 플러스알파의 화학변화를 일으켜 인공지능을 무찌르게 되었습니다.

시와 소설, 모든 분야의 예술은 바둑에 비해 신의 영역인 영적 작용이 수십 배 강합니다. 그 화학변화의 불가사의한 능력을 인공지능이 어찌 감히 따라올 수 있겠습니까.

물론 인공지능이 시나 소설을 쓸 수 있을 것입니다. 그러나 그것은 예술일 수 없는 물리적 변화의 세계에 국한될 뿐일 것입니다. 개성 없고, 파격 없고, 비약 없고, 상징 없는 언어의 나열로 사건들을 엮어낼 수 있겠지요. 그러므로 인공지능이 써내는 시는 도식적인 행사시 수준일 것이고, 소설은 사건만을 얽히고설키게 만드는 탐정·추리 소설 정도를 쓸 수 있을 것입니다.

영혼을 사로잡는 독특하고, 기발하고, 파격적인 감동의 예술작품은 신의 영역에서 발화되는 화학변화입니다. 인간이 영혼의 존재인 한 영혼이 전율하는 감동적 예술을 향유하기를 바랍니다. 그 영적 요구에 영적 작업으로 감동을 유발시켜 교류하는 것이 예술입니다. 예술가의 길을 가고자 하는 사람들은 인공지능을 전혀 개의할 필요가 없습니다. 예술이야말로 고도의 신의 영역입니다.

새로운 싸움, 스마트폰에의 선전포고

마침내 스마트폰의 시대입니다. 동화에 나오는 요술 방망이가 못 당할 정도로 스마트폰의 기능은 안 되는 것이 없을 정도입니다. 그 편리하고 희한한 기능들 때문에 세상 사람들은 남녀노소를 가리지 않고 모두가 정신없이 스마트폰에 빠져 있습니다. 그래서 책을 읽지 않는 시대라고 매스컴이 말하기도 합니다. 몇 년 사이에 제 주위에도 책 읽는 사람들이 거의 없어졌습니다. 스마트폰만 들여다보느라고 정신이 없고요. 선생님께서는 작가로서 책을 읽지 않는 사람들에게 무언가 하실 말씀이 있으실 것 같은데요.

천정옥(40대, 대전광역시 서구)

저는 사람들이 스마트폰에 빠져 책을 안 읽는 바람에 출판사가 문을 닫는 사태가 벌어지는 상황 설정으로 『천년의 질문』을 시작했습니다. 그만큼 대중들의 스마트폰 중독이 심하고, 우리 사회의 정신 황폐화가 얼마나 심각한 상태에 처해 있는가를 일깨우고 싶었습니다. 그러나 한편으로는 그게 얼마나 부질없는 짓인가 하는 자조감도 없지 않았습니다. 제아무리 성심으로 써보았자 책을 안 읽는 사람들은 어차피 안 읽을 텐데 그처럼 멍청한 짓이 어디 또 있겠습니까.

자본주의 현대사회에서 우리 인간들은 두 가지 노예가 되었습니다. 돈의 노예가 되었고, 스마트폰의 노예가 되었습니다. 사람들은 무슨 수를 써서든 돈을 많이 가지려고 혈안이 되어 있고, 거리를 오가는 사람들 중에 스마트폰을 갖지 않은 사람은 거의 없습니다. 저는 스마트폰을 갖지 않았기 때문에 시내에 나갔다가 갑자기 전화를 걸 일이 생기면 난감해지고 맙니다. 여기저기 아무리 둘러보아도 공중전화를 찾을 수 없기 때문입니다. 그런 곤궁에 처한 것이 벌써 10년이 넘었습니다.

그리고 이런저런 인적 사항을 적어야 하는 경우에는 어디서든 핸드폰 번호를 적으라고 되어 있습니다. 저는 어쩔 수 없이 집 전화번호를 적습니다. 그럼 남녀 없이 이상한 눈초리로 저를 쳐다봅니다.

'당신 사람 맞아?' '당신 어느 나라 사람이야?' '당신 답답해서 어찌 살아?' 그들의 어이없어 하는 눈초리가 저에게 던지는 말들입니다.

스마트폰의 그 불가사의한 가지가지 요망한 기능에 빨려들어 사람들이 책을 안 읽기 시작한 것은 세계적인 현상이 되었습니다. 그 대표적인 나라가 일본입니다. 스마트폰이 나오기 전에 일본 사람들은 세계에서 책을 제일 많이 읽는 국민으로 꼽혔습니다. 그 사실을 입증하듯이 지하철을 탄 사람들이 거의 다 책을 읽고 있는 모습이 방송에 비쳐지고는 했습니다. 우리 방송들은 해마다 독서주간이 돌아오면 어김없이 책 읽는 일본 사람들을 보여주고는 했습니다. 민족 감정이 나쁜 일본 사람들의 그 지적인 모습을 보여주어 우리나라 사람들의 부끄러움을 자극해 독서를 하게 만들겠다는 의도가 다분한 보도였습니다. 그 시도가 적잖은 효과를 냈음을 부인할 수 없습니다. 우리나라 사람들도 점점 책을 많이 읽게 되었고, 저 1980~1990년대에는 100만 부 판매의 베스트셀러들이 예사로 나왔던 것입니다.

일본이 그 지경이 되어버렸으니 'IT 강국'이라고 뽐내는 대한민국이 어떻게 되었을지는 더 말할 것도 없습니다.

그 요망스럽고 망측한 스마트폰은 책만 못 읽게 방해한 것이 아닙니다. 사람들끼리의 대화를 단절시키고 차단시켰습니다. 애인끼리 마주앉아서도 대화를 전혀 나누지 않고 각기 스마트폰에 넋을 팔고 있습니다. 아들 손자 할아버지가 둘러앉은 식당에서도 말 한마디 없이 모두가 스마트폰에 흠뻑 빠져 있습니다. 월정사 일주문 앞에 자동차 진입을 막느라고 놓아둔 원통형 돌들을 의자 삼아 열서너 명의 관광객들이 조르륵 줄지어 앉아 산사의 정적이며 초록색 짙푸른 심산의 풍광에는 아무 관심도 없는 채 모두 스마트폰에 풍덩풍덩 빠져 있습니다.

작가로서 그런 사람들에게 아무 할말이 없습니다. 스마트폰의 막강 위력 앞에 저의 힘은 너무 미약하기 때문입니다. 그리고 제 입만 아플 뿐이지요.

다만 저는 새로운 싸움을 준비하고 있습니다. 『태백산맥』을 쓰려 했을 때 텔레비전 다이얼이 리모컨으로 바뀌어 사람들은 그 편리함에 실려 텔레비전 재미에 더욱 더 빠져들고 있었습니다. 그런 상황 속에서 저는 리모컨과의 싸움에 나섰던 것입니다. 그때처럼 저는 다음 작품을 쓸 때는 스마트폰과 싸울 작정을 하고 있습니다. 『태백산맥』 때 이겼던 것처럼 저는 또 새로운 승리를 위해 출발하려고 합니다. 그것만이 작가로서 할 수 있는 유일한 일입니다. 무찌를 수 없는 적은 없습니다.

나무와 숲의 상관관계를 보는 안목

『천년의 질문』을 읽으며 사회를 숲과 나무의 관점에서 모두 볼 수 있는 혜안을 선생님께서는 가지고 계신다고 느꼈습니다. 나무밖에 보지 못하는 저도 그런 혜안을 가지고 싶습니다. 선생님은 어떤 질문을 던지며 혹은 어떤 질문의 형태를 가지고 사회를 보시나요? 읽는 것을 넘어 생각을 닮고 싶습니다!

심윤정(20대, 대전광역시 중구)

귀하가 20대인데도 불구하고 『천년의 질문』을 읽으며 '작가가 사회를 숲과 나무의 관점에서 모두 본다'고 인식한 것은 대단한 안목입니다. 귀하는 이미 귀하가 원하고 있는 바를 절반은 이룬 것이나 마찬가집니다. 이것은 결코 과찬이 아닙니다.

『천년의 질문』에서 작가가 독자들이 깨닫고 동감하기를 바란 것은 여러 가지입니다. 그중에 중요한 것 하나가 바로 '나무를 보고 숲을 보지 못하는 우'를 범하지 말고 나무와 숲의 상관관계를 동시에 알아차리라는 것이었습니다. 그 총체적 안목을 확보하는 것, 그것이 바로 '국민에게 국가란 무엇인가' 하는 주제를 제대로 파악하는 것이고, 그 파악이 곧 국민의 길을 여는 열쇠를 갖게 되는 것입니다.

'읽는 것을 넘어 생각을 닮고 싶다'고 했습니다. 그 의지가 20대로서 무척 성숙해 있습니다. 성숙한 만큼, 20대니까 그 소망을 이

룰 수 있는 시간이 넉넉합니다. 따라서 그 건실하고 건강한 바람을 틀림없이 실현시킬 수 있는 확실한 방법 하나를 가르쳐드리겠습니다.

책을 읽으십시오. 문학만이 아니라 폭넓게 책을 읽으십시오. 책이야말로 가장 확실하고 실력 좋은 스승입니다. 그리고 수업료도 가장 싸게 듭니다.

책을 읽을 때마다 분석적 인식과 논리적 비판으로 귀하의 의식 세계는 날로 달로 성장·확대되어 나갈 것입니다. 그 과정을 따라 귀하의 눈앞에는 다음에 어떤 책을 읽어야 할지 자연스럽게 방향이 나타나게 될 것입니다. 그때 비로소 그대의 소망은 이루어지게 될 것입니다.

불평만으로는 아무것도 바꾸지 못한다

젊은 세대일수록 정치에 무관심합니다. 그러면서 기성세대에 대해서 불평불만은 많습니다. 그들은 기성세대를 불신하고 야유하는 말로 '꼰대'를 입에 달고 삽니다. 여러 가지 문제가 많지만 그래도 국민소득 3만 2천 불의 경제력을 키워낸 것은 전적으로 기성세대들이 피땀 흘려 이룩해 낸 결과 아닙니까. 그런 고마움은 전혀 없이 기성세대를 무시하고 조롱해 대는 젊은이들의 행태는 어찌 된 것일까요? 얼마 전 어느 댓글에서 선생님 같으신 분마저 '꼰대'라고 하는 걸 보고 그만 분노가 치솟았습니다. 이런 소행을 어째야 하는 것입니까. 무슨 개선책은 없겠습니까?

노선곤(60대, 서울특별시 강동구)

저 1960년대부터 기성세대에 대한 젊은 세대들의 반항은 세계적인 현상으로 문제가 되어왔습니다. 그 상태가 얼마나 심각했으면 〈이유 없는 반항〉이라는 할리우드 영화까지 만들어졌겠습니까. 그 반항의 결과물로 탄생한 것이 '히피족'이었습니다.

집단적으로 마약을 하고, 남녀 구분을 못 하도록 긴 머리에 괴상한 옷을 입고, 떼지어 오토바이로 질주해 대며 경적을 울려대고, 남녀가 만취한 채 뒤얽혀 노숙을 하고……, 그 파격적이고 돌출적인 행위들은 미국을 비롯한 유럽 여러 나라로 무슨 전염병처럼 빠르게 퍼져나가고 있었습니다.

물론 그 유행바람은 한국에도 상륙했습니다. 그러나 우리나라는 워낙 가난했고 살아가기에 허덕거리고 있었기 때문에 그 얄궂은 바람이 크게 기세를 떨치지는 못했습니다. 도시를 중심으로 소수의 젊은이들이 어설프게 흉내를 내는 정도에서 그치고 말았습니다.

그리고 60여 년이 흘러 기성세대에 대한 젊은 세대들의 불신이 예사롭지 않다는 것을 저도 느끼고 있습니다. 취업 불안, 신분 상승 사다리 제거, 불공정한 경쟁, 심한 임금 격차, 비정규직 미해결 등 젊은 세대들이 기성세대들을 불신하지 않을 수 없는 사회적 요인들이 너무 많은 것도 잘 알고 있습니다.

그런 심각한 문제들을 해결해야 할 책임은 전적으로 기성세대에게 있습니다. 기성세대들이 만든 문제니까요.

그러나 젊은 세대들에게는 아무런 책임이 없는 것이 아닙니다. 왜냐하면, 그들도 엄연한 이 사회의 성원이고, 같은 시대를 함께 호흡하고 있으면 그 시대의 문제점에 대해서는 함께 짐을 져야 할 공동책임이 있기 때문입니다. 다만 그 책임에 경중이 있을 뿐입니다.

그 많은 문제점들의 잘못을 고치려면 그에 합당한 법의 힘을 빌리는 것이 민주국가의 정도입니다. 따라서 그 법의 힘을 확보하려면 정치에 적극 참여해야 합니다. 그 참여란 직접 정치가로 나서라는 것이 아닙니다. 민주시민의 적극적인 1차 정치 참여는 투표권 행사입니다. 투표를 통해 기존의 문제들을 해결할 의지와 능력이 있는 정치인을 뽑아야 합니다.

그런데 여기서 젊은 세대들의 무책임한 직무유기가 자행됩니다. 투표를 하지 않는 것이 그것입니다. 지난 20~30년 동안의 젊은 세대들의 투표율은 총선이든 대선이든 겨우 24~32퍼센트에 지나지 않습니다. 그런데 상대적으로 50대에서 70대의 투표율은 75~85퍼센트에 이릅니다. 이것은 무슨 뜻입니까? 젊은 세대들은 모든 분야의 정책 결정권을 기성세대들에게 넘겨버리고 자기네 결정권을 포기해 버렸다는 뜻입니다. 그 결과 젊은 세대들은 민주시민의 기본권 행사인 투표도 기권한 무책임을 저지르고는 무슨 불평불만만 늘어놓느냐는 비난과 비판을 피할 수 없게 됩니다.

　젊은 세대가 그 무책임한 직무유기의 고질병을 고치지 않는 한 그들이 피해를 입고 있다고 생각하는 여러 가지 문제점들은 쉽게 고쳐지지 않을 것입니다. 그들이 자신들이 원하는 세상을 만들고자 한다면 기성세대에 맞서서 투표율을 70~80퍼센트로 올려야 합니다. 그 투표를 통해서 개혁적인 인물을 뽑아내는 것이 1차 정치 참여입니다.

　그리고 2차 정치 참여를 개시해야 합니다. 개혁적 인물을 뽑았다고 하여 그들이 젊은 세대가 원하는 세상을 곧바로 만들 수 있는 것이 아닙니다. 왜냐하면 그 신진들은 당내의 기존세력과의 관계 균형을 유지해야 하기 때문에 개혁적 일을 곧바로 추진하기가 어렵습니다. 그래서 젊은 세대의 2차 정치 참여가 이어져야 합니다.

　그것이 지속적인 시민단체 활동 참여와 전개입니다. 시민단체들의 건전한 압력으로 개혁적인 신진 세력들을 옹위해 주고 추동해야 하는 것입니다.

그 2단계 정치 참여가 끈질기게 계속되어야 건강한 민주주의는 힘차게 작동되고, 기존의 잘못된 사회문제들은 혁신적인 법의 힘으로 해결의 길을 찾아가게 됩니다.

'기권도 투표다.'

'찍을 만한 인물이 없다.'

이런 유식한 말들을 동원해 가며 자기 기권을 합리화하려 들고, 변명을 일삼으며 계속 무책임한 고질병 환자 노릇을 즐긴다면 젊은 세대들이 바라는 세상은 영원히 오지 않을 것입니다.

졸혼에 대하여

　선생님께서는 어떤 신문 인터뷰에서 '부부는 나이 들수록 한 이불 속에서 손을 꼭 잡고 정답게 자야 한다. 앞으로 살 날이 얼마 안 남기도 했고, 사람은 늙어가면서 체온이 낮아지기 때문이다. 그런데 늙었다고 부부가 각방을 쓰는 건……, 글쎄 그건 서로가 실패한 인생 아닐까?' 이렇게 말씀하셨습니다. 그런데 기자가 놀라움을 표시한 만큼 저도 놀랐습니다. 그리고 그 말씀을 곰곰이 다시 새겨봤습니다. 그런데 선생님 말씀과는 정반대로 한 10여 년 전부터 나이 든 세대들 사이에서 '졸혼'이라는 것이 신종 유행처럼 퍼져가고 있습니다. 통찰력 크신 선생님께서는 이런 세태를 어떻게 진단하시는지요?

유재현(50대, 대전광역시 서구)

　예, 저도 '졸혼'이라는 신조어를 대하면서 마음이 착잡하고 우울했습니다. 그러나 그런 사회현상에 대해서 뭐라고 말하기는 쉬운 일이 아닙니다. 왜냐하면 모든 인간은 제각기 하나씩의 우주이고, 모두의 인생은 제각기 경영해 나가는 것이기 때문에 타인이 왈가왈부할 수 없는 것입니다. 더구나 부부간의 문제는 사적 영역 속에서도 더욱 금기지역이라 타인의 개입이란 추호의 틈도 없습니다.

　그러나 그 졸혼의 문제가 텔레비전의 오락 프로나 수다 떨기 프로에서 웃음거리 화제로 자주 등장하는 것을 보면서 심히 불유쾌하고 우려가 컸습니다. 그것은 우리 사회 한 부분이 병들고 무너져 내리는 현장이었기 때문입니다.

우리 인간의 삶은 유희가 아니며, 장난은 더구나 아닙니다. 유희와 장난은 진지하고 치열하게 삶을 사느라고 생긴 피로와 스트레스를 풀기 위한 수단으로 필요한 것일 뿐입니다. 휴식이 노동으로 쌓인 피로를 풀기 위해 필요하듯이.

더구나 결혼이란 인간사에서 가장 기본적이면서 가장 중대한 약속이고 실천입니다. 너무나 상식적인 이야기지만, 우리 인간의 기나긴 역사는 그 결혼이라는 약속과 실천을 통해서 유지되고, 번성하고, 발전되어 왔습니다. 그런데 그 진지한 문제가 이 대한민국이라는 나라에서 오락거리로, 웃음거리로, 수다거리로 추락하고, 파괴되고, 오물을 뒤집어쓰고 있습니다.

대한민국이라는 나라는 장점도 많지만 그에 못지않게 단점도 너무나 많은 나라입니다. 국가·사회 권력을 형성하고 있는 권력층들이 상호 결탁해서 저지르는 고질적인 부정과 부패, 국민 절대다수가 깊이 빠져 있는 황금 절대주의, 내 이익 추구에만 혈안이 된 개인주의 팽배, 수단과 방법을 가리지 않는 사교육 열풍, 해가 갈수록 어느 나라인지 구분이 안 될 정도로 심해지고 있는 광적인 영어 범람, 남녀노소 없이 스마트폰에 미쳐서 서로 대화를 단절해 버린 세태, 그리고 '졸혼'이라는 심각한 사태를 재미나는 웃음거리로 삼으며 권장하고 있는 듯한 방송 프로들. 이런 것은 다 망국의 징조들입니다.

우리 인생사가 정상적으로 움직이고 그 건강성을 잃지 않으려면 언제나 첫출발의 진실함과 순수함과 진지함을 생성시킬 수 있어야 합니다. 그 마음을 '항심'이라고 합니다. 결혼이야말로 그 항심을 세월의 흐름과 상관없이 '키워가야 하는' 중대한 인생사입니다.

　모든 결혼식장에서 주례가 엄숙하고 숙연하게 낭독하는 성혼선언문이 있습니다. 그 약속이 뭐라고 되어 있습니까. 그걸 서로 성실하게 지키면서 서로에 대한 사랑을 '키워나가는 것', 그것이 결혼생활입니다. 그 기본적인 인생사를 저버린 것, 그것이 '졸혼'이라는 것입니다. 그것은 서로가 인생사에 불성실했다는 뚜렷한 증거입니다. 그리고 서로 자기주장만 했다는 명백한 증거입니다. 또한 서로 상대방의 단점만 들춰내 공박해 왔다는 확연한 증거입니다. 그러므로 결혼생활에 실패할 수밖에 없었던 것이고, 그런 인생은 쌍방이 다 실패한 것입니다.

　방송에 나와서 '졸혼'에 성공했다고 키들대고 있는 그 사람이야말로 가장 철없고, 인생을 헛산 실패자입니다.

행복과 평화를 물려주고 싶어서

『풀꽃도 꽃이다』는 손자를 위해 쓰신 글이라고 들었습니다. 손자를 사랑하시는 마음이 엿보이는데요. 손자가 살아갈 세상, 즉 우리 자녀들이 살아갈 세상이 앞으로 어떻게 변화해 가면 좋을지 고견을 듣고 싶습니다.

전정순(50대, 전북 익산시)

예, 손자 하나만을 위해서가 아니라 손자와 손자 세대들의 세상이 '인간다운 행복'을 누리면서 살 수 있는 교육 환경이 조성되기를 바라며 『풀꽃도 꽃이다』를 쓰게 되었습니다. 교육이야말로, '국가 백년대계'인 동시에 '인간 재창조'의 작업이니까요.

『풀꽃도 꽃이다』에 이어 『천년의 질문』을 쓴 것도 다음 세대들이 현재의 지옥 상황에서 벗어나 인간답게 살 수 있기를 소망했기 때문입니다. 『천년의 질문』에 우리 후대들이 살아갈 행복한 국가 모델이 제시되어 있습니다.

그 나라는 북유럽의 스웨덴입니다. 『풀꽃도 꽃이다』가 이 나라의 문제 많은 교육 혁신을 소망하며 썼다면, 『천년의 질문』은 말도 많고 탈도 많은 이 나라의 새로운 탄생을 위한 '평화혁명'이 성취되기를 소원하며 썼습니다. 일찍이 작가란 그 시대의 산소며, 미래의 나침반이며, 예지자로서 하나의 정부 같은 존재라고 정의되어 왔기 때문입니다.

그러나 작가의 순수한 노력이나 구상이 현실적으로 실현되기란 지극히 어려운 일이 아닌가 합니다. 작가의 생각은 순수하되 자못 이상적이고, 현실을 지배하고 장악하고 있는 국가권력들은 자기들의 기득권을 지키기 위해 변혁적인 구상이나 발언들을 거부하고 억압하는 법이니까요.

거기다가 국가권력을 탄생시킨 주인인 국민들의 정치·사회 문제에 대한 고질적인 무신경, 무감각, 무관심이 합세하여 작가들이 제시하는 문제성이나 이상을 실현 불가능한 잠꼬대로 만들어버립니다.

조지 오웰이 소련을 방문한 것이 1940년대였습니다. 사회주의 소련에 심히 실망하고 돌아온 사회주의자 조지 오웰은 사회주의를 버리는 동시에 『동물농장』 집필에 착수했습니다. 그 소설이 바로 개막된 냉전시대의 소련을 강타했음은 더 말할 것이 없습니다. 그 위력은 자유진영 세계가 소련과 사회주의체제를 공격하는 무기로 사용했기 때문에 더 막대해진 것은 물론입니다.

그러나 소련은 『동물농장』에서 지적하고 있는 문제점과 모순들을 철저하게 외면하고 묵살했습니다. 그리고 결국 40여 년 후에 자본주의 진영과 전쟁을 하지도 않았는데 자멸하고 말았습니다.

『풀꽃도 꽃이다』를 쓰고 실망하고, 또 『천년의 질문』을 쓰고 좀 더 심하게 절망했습니다. 그러나 그 실망감과 절망감이 작가에게 글쓰기를 포기하게 하지는 못합니다. 그럴수록 작가는 더 쓰려고 의지를 가다듬는 존재입니다. 그 고달프고 외로운 숙명의 길을 꾸역꾸역 미련스럽게 가는 것이 작가의 숙명이기도 합니다.

젊은이에게 전하는 네 가지 당부

지금 젊은이들에게 해주고 싶은 말이 있으시다면, 어떤 것인가요?

나지영(30대, 전남 광양시)

그대들이 원하는 세상을 만들고 싶으면 그저 불평불만만 하지 말고,

첫째, 90퍼센트 이상 투표하라.

둘째, 시민단체 활동을 전개하라.

셋째, 하루 10페이지씩이라도 날마다 책을 읽어라.

넷째, 스마트폰에 빠지지 마라.

홀로 쓰고, 함께 살다

제1판 1쇄 / 2020년 10월 15일

저자 / 조정래
발행인 / 송영석

발행처 / (株)해냄출판사
등록번호 / 제10-229호
등록일자 / 1988년 5월 11일(설립연도 | 1983년 6월 24일)

04042 서울시 마포구 잔다리로 30 해냄빌딩 5·6층
대표전화 / 326-1600 팩스 / 326-1624
홈페이지 / www.hainaim.com

ISBN 978-89-6574-999-8

이 도서의 국립중앙도서관 출판예정도서목록(CIP)은
서지정보유통지원시스템 홈페이지(http://seoji.nl.go.kr)와
국가자료공동목록시스템(http://www.nl.go.kr/kolisnet)에서 이용하실 수 있습니다.
(CIP제어번호: CIP2020039150)